천사
혈성

장담 新무협 장편 소설
FANTASTIC ORIENTAL HEROES

천사혈성 5

장담 新무협 판타지 소설

초판 1쇄 찍은 날 § 2007년 11월 5일
초판 1쇄 펴낸 날 § 2007년 11월 15일

지은이 § 장담
펴낸이 § 서경석

편집장 § 문혜영
편집책임 § 서지현
편집 § 유혜림

펴낸곳 § 도서출판 청어람
등록번호 § 제1081-1-89호
등록일자 § 1999. 5. 31
어람번호 § 제2-1335호

주소 § 경기도 부천시 원미구 심곡1동 350-1 남성B/D 3F (우) 420-011
전화 § 032-656-4452 팩스 § 032-656-4453
http://www.chungeoram.com
E-mail § eoram99@chollian.net

ISBN 978-89-251-1002-8 04810
ISBN 978-89-251-0862-9 (세트)

天外血星

5

천왕비사(天王秘事)

천사혈성

장담

新무협 판타지 소설

FANTASTIC ORIENTAL HEROES

도서출판 청어람

目次

第一章

귀향(歸鄉)

死星
天血

1

뒤쫓는 자들은 하루가 지나도록 똑같은 거리를 유지하고 있었다. 누군가를 기다리는 듯했다.

전무심은 그들까지 기다리기로 했다. 귀찮게 또 다른 꼬리를 남기고 싶지 않아서였다.

그렇게 꼬리를 달고 한수를 따라 내려간 지 하루. 마침내 전무심의 눈에 영안촌의 굽이진 물가가 보였다.

배를 타고 왔다면 어제 석양이 질 무렵에 왔을 테니 반나절을 더 소비한 셈. 하지만 그런 생각을 모두 잊을 만큼 변해 버린 영안촌의 풍경은 그를 사로잡고도 남았다.

'마침내 돌아온 건가?'

능선에서 바라본 영안촌은 옛날과 확연히 달라진 모습이

었다.

마을이 사라졌기 때문이 아니었다. 오히려 마을은 황토에 뒤덮이기 전보다 훨씬 더 커져 있었다.

백 호 정도에 불과하던 집들이 족히 삼백 호는 되어 보였다. 선착장에도 제법 많은 고깃배들이 떠 있고, 전에는 없던 객점의 깃발까지 걸려 있었다. 그만큼 사람의 왕래가 많아졌다는 말.

한데 우습게도 그렇게 된 이유가, 황토가 마을을 덮었기 때문인 듯했다. 땅이 높아져서인지 축대가 전보다 훨씬 높이 쌓아져 있었던 것이다. 축대가 높으면 홍수에 영향을 덜 받을 테니 사람이 모이는 것은 당연한 일이 아닌가.

참으로 우스운 일이었다. 그날의 참담함이 눈에 선하거늘······.

'누가 쌓았을까? 그때 살아남은 사람들이 쌓았을까? 그럼 그 사람들이 지금도 살고 있는 걸까?'

수많은 생각이 스쳐 지나갔다.

황톳물에 쓸리고 묻혀 죽어간 마을 사람들의 얼굴이 하나씩 떠올랐다.

청이도, 홍이도, 그리고 군악의 어머니도······.

'알고 있느냐, 군악? 영안촌이 이렇게 변했다는 것을?'

전무심의 눈이 마을을 넘어 도도히 흐르고 있는 한수로 향했다.

청아와 자신이 매달렸던 버드나무는 더 이상 보이지 않았다. 아마도 마을 사람들이 그날의 악몽을 떨치기 위해 잘라냈을지도 몰랐다.

아쉬움과 그리움이 번갈아 가슴을 적셨다.

'차라리 이곳에 살았을 때가 더 좋았을지도 모르겠구나.'

전무심이 움직이지 않고 묵묵히 마을만 바라보자 소미하란이 슬쩍 전무심을 바라보았다. 그러다 뭘 봤는지 눈꺼풀을 파르르 떨었다.

'왜… 왜 전공자가 저렇게 슬프게 보이는 거지?'

소리는 나지 않았다. 눈물도 흐르지 않았다.

하지만 소미하란은 느낄 수 있었다.

천하에 다시없을 냉혈한 같은 전무심이 울고 있다. 소리없이 가슴으로.

그녀가 조심스럽게 입을 열었다.

"아름다운 곳이군요."

전무심의 입꼬리가 살짝 올라갔다.

"영안촌이라는 곳이오, 내가 열 살 때까지 살았던."

'그럼 여기가 전 공자의 고향?'

소미하란과 궁사한이 전무심을 쳐다보았다. 영운과 영호, 등운평도 의외라 생각했는지 내려가려던 걸음을 멈추고 뒤돌아보았다.

그때 전무심이 말했다.

"내려가기 전에 들를 곳이 있습니다. 먼저 내려가십시오."

일행과 헤어져 뒷산을 오르자 중턱 여기저기에 수십 개의 무덤이 보였다.

수마에 휩쓸렸을 당시 죽은 사람들의 무덤인 듯했다. 그전만 해도 그곳에는 무덤이 없었으니까.

그곳을 지나 삼십여 장이나 올라갔을까, 칼날처럼 솟아 있는 거대한 바위 몇 개가 눈에 들어왔다. 그 바위 사이의 작은 동굴도.

그곳을 바라보는 전무심의 눈이 가늘게 떨렸다. 그곳이 바로 어릴 적 그가 놀던 박쥐굴이었다. 아버지의 무덤이 가까워 그는 매일같이 그곳을 찾았었다. 군악이를 만나기 전까지는.

전무심은 한참 동안 바위틈의 박쥐 굴을 바라보고는, 천천히 몸을 돌려 커다란 소나무가 서 있는 곳으로 다가갔다.

소나무 옆에는 흙이 거의 무너진 자그마한 봉분 하나가 흔적만 남아 있었다. 아버지의 무덤이었다.

"아버지……."

묘비도 없었다.

잡초가 수북이 자라 그가 아니라면 누구도 그곳에 무덤이 있었다는 것을 알 수 없을 정도였다. 조금만 늦게 왔다면 흔적조차 남지 않고 없어졌을지도 몰랐다.

전무심은 손을 뻗어 쓰다듬듯이 무덤을 쓸어냈다.

몇 번의 손질에 잡초들이 밑동만 남긴 채 깨끗이 잘려 나갔고, 높이가 한 자도 되지 않는 봉분이 모습을 드러냈다.

너무도 초라했다. 보는 내내 눈물이 날 지경이었다.

전무심은 주위의 깨끗해 보이는 흙을 손으로 떠내서 봉분에 올렸다.

한 번, 두 번, 세 번······. 봉분이 조금씩 높아졌다.

잠시 후 봉분이 두 자 반 높이로 깨끗하게 단장되자, 전무심은 그제야 손을 놓고 옆에 앉았다. 그리고 품속에서 비단 보자기를 꺼냈다.

천천히 비단 보자기를 풀어 젖히는 그의 얼굴에 작은 미소가 걸렸다.

"보고 싶은 분을 모셔왔어요."

입에서 미미하게 떨리는 목소리가 새어 나왔다.

절대 떨고 싶지 않았는데 마음대로 되지 않았다.

마치 아버지의 마음이 전이된 것만 같았다.

전무심은 비단 보자기로 봉분을 덮고 넓게 펼친 그림을 그 위에 올려놓았다.

눈물이 핑 돌았다. 참으려 해도 참을 수가 없었다.

갑자기 솟구친 격정은 일각 정도가 지나서야 가라앉았다.

오랜만이었다. 한편으로는 시원했다.

아버지에게 모든 것을 다 이야기하고 나니 가슴속에 남아 있던 앙금이 씻겨 내려가는 기분이었다.

천유옥도, 전무심도 모두 자신의 이름이었다.

천유명도, 전풍백도 모두 자신의 아버지였다.

그렇다. 둘은 결코 다르지 않았다. 두 분 다 자신의 아버지였다.

천가의 아들로 해야 할 일은 천유옥으로 하면 되는 것이고, 전풍백의 아들로 해야 할 일은 전무심으로 하면 될 터였다.

전무심은 조용히 떠다니는 구름을 바라보며 나직이 허공에 대고 물었다.

"아버지, 아버지는 제가 할아버지를 받아들여야 할 거라고 생각하십니까?"

대답은 없었다. 대신 가슴 한 켠으로 쓰라림이 밀려왔다.

아버지도 가슴이 아픈 듯했다.

휘이이이잉!

바람이 불더니 봉분 위에 올려놓은 그림이 펄럭였다.

어머니가 춤을 추는 것처럼 보였다.

너무도 아름다워서 달빛 아래서 춤을 출 때까지 보고 싶었다.

하지만 더 놔둘 수는 없었다. 깨끗한 돌로 사방을 눌러놨다 해도 바람이 더 세지면 상할지도 몰랐다.

하나밖에 없는 어머니의 초상을 그렇게 훼손할 수는 없는 일. 전무심은 돌을 치우고 조심스럽게 어머니의 초상을 접었다. 그리고 천천히 몸을 일으켰다.

언제까지나 이곳에 앉아 있을 수만은 없었다. 이제 이별할 때가 다가오고 있었다.

비단 보자기를 가슴에 집어넣은 전무심은 그러고도 한참을 더 무덤을 바라보았다.

왔을 때보다 훨씬 더 좋아 보였다. 그 역시도 마음이 편해졌다.

지전(紙錢)을 준비하지 못한 것이 조금 아쉬웠지만, 이 정도로도 아버지는 웃고 있을 것이 분명했다.

"지전은 다음에 가져올게요, 아버지."

더구나 다음 약속까지는 했으니 아버지는 한수를 바라보며 아들이 또 오기만을 즐겁게 기다릴 것이다.

마지막 인사를 한 전무심은 천천히 돌아서서 동쪽의 산등성이를 바라보았다. 바로 그때였다.

"충분히 기다려 줬다고 생각하네만."

굵고 힘있는 목소리가 산등성이에서 들리더니 세 명의 혈의인이 천천히 바위를 돌아 내려왔다.

목소리의 주인은 혈도웅 거승, 바로 그였다.

그는 십팔혈웅객 중 두 명을 대동하고 있었는데, 서둘지 않는 발걸음으로 봐선 아직 고민이 해결되지 않은 듯했다.

사실이 그랬다. 그게 아니었다면 그로선 지금까지 기다릴 일도 없었다. 홍곽열이 온 이상은.

그러나 지난 하루 거승의 마음을 잠식한 께름칙함은 홍곽열이 왔다고 해서 떨쳐지지 않았다.

전무심의 무위에 대한 모호함. 원인을 알 수 없는 답답함. 그로 인해 그는 지난밤 잠마저도 설쳐야 했다. 오죽했으면 수하들을 보내지 않고 그가 직접 이곳까지 왔을까.

거승이 여전히 찜찜한 표정을 한 채 다가오자 전무심이 담담히 말했다.

"그 점에 대해선 고맙게 생각하고 있소."

덕분에 아버지와의 만남을 조용히 마칠 수 있게 되었다. 아무리 목을 걸고 싸울 사이일지라도 그것만큼은 진심이었다.

"누구의 무덤인가?"

"아버지외다."

거승이 의외라는 표정을 지었다.

"흠, 그럼 다른 곳으로 장소를 옮길까?"

이번에는 전무심이 뜻밖이라는 눈빛으로 거승을 바라보았다. 그러고는 아무런 말도 하지 않고 걸음을 옮겼다.

묘한 상황이었다.

삼 장의 간격을 두고 평행선을 그리며 걸어가는 두 사람의 표정은 결코 목숨을 걸고 싸우려는 사람들 같지 않았다.

다만 실팔혈응객 중 두 사람만이 이해할 수 없는 표정으로 거승과 전무심을 번갈아 보며 따라올 뿐이었다.

"내가 온 것을 알고 있었나?"

거승이 불쑥 말을 꺼냈다.

전무심은 대답 대신 천천히 고개를 끄덕였다. 그러자 거승은 곤혹스런 표정으로 이맛살을 찌푸렸다.

"자네는 참으로 이상한 사람이야. 내 그리 오래 살지는 않았지만, 자네와 같은 사람은 처음 보네."

"무엇이 말이오?"

"자네의 몸에선 알 수 없는 냉기가 흐르고 있었어. 보는 것

만으로도 답답하게 느껴질 정도였지. 한데 조금 전에는 내가
잘못 본 것이 아닌가 할 정도로 완전히 달라져 있었단 말이
야."

전무심은 고요히 가라앉은 눈으로 거승을 바라보았다.

"당신도 그렇소."

"내가? 내가 뭘 말인가?"

"무당의 도장에게 들으니 혈도옹 거승의 성격이 아주 급하
지는 않지만, 그렇다고 차분한 성격도 아니라 들었소. 한데 꼭
그것만도 아닌 것 같단 말이오."

"흠……."

그가 고개를 갸웃거렸다.

그러고 보니 이상했다. 자신은 말보다 칼을 앞세우는 성격
이다. 남들도 그렇게 말하고 자신도 그렇게 생각한다.

그런데 지금은 그것이 아니다. 칼은 잠자고 있고, 자신은 마
치 오랜 친구를 만난 것처럼 이야기나 나누고 있다.

문제는 지금 상황이 그리 기분 나쁘지가 않다는 것이다.

어쩌면 그것이 더 이상했다.

그는 제법 넓은 공터가 나오자 걸음을 멈추고 전무심을 바
라보았다.

전무심도 걸음을 멈추었다. 이제는 위쪽을 바라봐도 아버지
의 무덤이 보이지 않았다. 적당한 장소였다.

그때 거승이 먼저 물었다.

"자네, 이름이 뭔가?"

"전무심."

전무심이 한수를 보며 짧게 대답했다.

거승의 이마에 골이 더 깊어졌다. 역시 모르는 이름이었다.

"나는 자네를 죽이려고 왔네. 그런데 자네는 조금도 긴장을 하지 않는군."

"당신은 나를 죽일 수 없으니까."

거승의 이마가 꿈틀거렸다.

"몇 마디 이야기를 나누었다고 해서 내가 손에 사정을 둘 거라 생각하나?"

전무심이 고개를 돌려 그를 직시했다.

깊게 가라앉은 눈에는 미미한 웃음이 떠올라 있었다. 사로잡아 고문을 해서라도 목적을 달성하려 했는데, 마침 더 좋은 생각이 떠오른 것이다.

"내기를 합시다."

"내기?"

"이기는 자의 조건을 지는 자가 들어주는 것이오."

거승의 부리부리한 눈이 조금 가늘어졌다.

"흠, 그거 재미있겠군."

전무심이 한마디 덧붙였다.

"셋이 합공해도 좋소."

그 말에 거승의 가늘어진 눈에서 새파란 살기가 쏟아졌다.

언제 그가 이런 대접을 받아본 적이 있던가?

단 한 번도 없었다. 누가 감히 혈도옹 앞에서 합공 운운한단 말인가!

"보자 보자 하니까 꽤나 광오한 젊은이군!"

냉랭한 거승의 질타에 전무심은 무심히 무정의 검격(劍格)을 밀어 올렸다.

"미리 말하지만, 전력을 다해야 할 거요."

철컥!

전무심의 엄지가 검격을 밀어 올리자, 무정의 날도 서지 않은 검신이 한 치 정도 그 모습을 드러냈다.

그 순간이었다.

살랑거리던 바람이 멈추고 시간이 정지된 것만 같았다.

머리 위에서 지저귀던 새들도 노랫소리를 멈추고 숨을 죽였다.

하늘이 그대로 내려와 짓누르는 기분!

거승은 갑작스런 변화에 숨이 막혔다.

도를 잡은 손이 하얗게 탈색되었는데도 그는 눈만 부릅뜬 채 전무심을 노려보았다.

그때였다.

"광오한 자! 당주, 제가 먼저 상대해 보겠소이다!"

십팔혈웅객 중 넷째인 사응(四鷹)이 짧고 넓은 도를 빼 들고 몸을 날렸다.

그런데도 거승은 말리지 못했다. 그리고 그제야 알았다. 전무심이 무형의 기세를 자신에게만 쏘아 보냈다는 것을.

'안 돼!'

목소리가 목구멍 안에서만 맴돌았다.

그사이 사웅이 전무심을 향해 도를 내려쳤다.

그때다. 거승의 눈이 커졌다.

그는 전무심의 무정이 검집을 빠져나오며 사웅의 도를 휘감는 것을 하나도 놓치지 않고 모두 볼 수 있었다.

마치 전무심이 고의로 보여주는 것 같았다.

눈을 부릅뜬 그는 다물어진 턱에 이가 부서지도록 힘을 주고 도를 뽑았다.

찰나!

쾅!

굉음이 터지면서 사웅의 몸이 벼락에 맞은 것처럼 튕겨졌다.

동시에 거승의 몸이 거대한 독수리처럼 전무심을 덮쳐 갔다.

전력을 다한 공격!

핏빛 도영(刀影)이 일 장 넓이를 덮으며 쏟아져 내렸다.

그걸 보면서도 전무심은 움직이지를 않았다.

아니, 움직임이 있긴 했다. 사웅을 날려 버린 무정이 느릿하게 원을 그리고 있었다. 너무도 느려 움직임이 느껴지지 않을 정도로.

하지만 전무심을 향해 마웅혈참의 일격을 내려치던 거승에게는 결코 느리게 보이지 않았다.

그가 본 것은 검이 아니라 하나의 시커먼 둥근 원반이었다.

구전암황기가 동반된 전마회선검이 너무나 빨라 느리게 보인 것뿐이었다.

또한 거기에는 자신이 감당 못할 거력이 담겨 있었다.

피할 수도 없는 상황!

거승의 거도와 전무심의 무정이 부딪친 것은 일수유의 순간이었다.

따다당!

한 번처럼 보였지만, 그사이 세 번의 공방이 이루어졌다.

그 공방의 여파로 주위의 몸통만 한 바위들이 몸서리치며 깎여져 나갔다.

"크윽!"

이어서 터져 나온 짧은 신음. 달려들 때만큼이나 빠르게 뒤로 물러서는 거승이다.

혈도옹이라는 별호답게 그의 반응은 빠르고도 민첩했다.

평상시라면 충분히 상대의 공격권에서 벗어날 수 있는 속도였다. 아마 그러고도 재공격을 위해 숨을 가다듬을 수 있을 터였다.

하지만 그는 숨을 쉬지도 못하고 도를 들어 올려야 했다. 공격이 아닌 방어를 위해서.

그림자처럼 따라붙은 전무심의 검이 코앞에 다가와 있었던 것이다.

전무심은 무령풍으로 거승을 따라붙으며 별다른 초식도 없이 일검을 내질렀다. 그러자 거승이 몸을 눕히며 거도를 휘둘렀다.

쩡!

둔중한 공명음이 울리고, 아교라도 칠한 것처럼 무정이 거도에 달라붙었다.

"끄으으응!"

그러고는 힘을 쓰는 거승의 거도를 짓눌러 버렸다.

힘이라면 누구 못지않은 거승이었지만, 무정의 하향 속도를 늦추지는 못했다.

천천히 내려온 무정이 어깨를 파고드는 데도 거승은 속절없이 바라볼 수밖에 없었다.

그러다 도저히 안 되겠는지, 얼굴이 붉게 달아오른 그는 피가 나도록 이를 악물고 거도를 두 손으로 잡았다. 일단은 짓누르는 검을 정지시키는 것이 우선이었다.

동시였다. 삼웅이 번개처럼 몸을 날렸다!

"여기도 있다!"

움직일 기회조차 잡지 못한 채 바라보고만 있던 그였다.

절호의 기회!

성공하면 목적을 달성할 수 있을 테고, 실패한다 해도 거승이 압박에서 풀려날 수 있을 터였다.

전무심의 옆구리를 향해 검첨이 두 갈래로 갈라진 기형검을 들이미는 그의 입가에 회심의 미소가 떠올랐다.

한 치 앞도 볼 수 없는 급박한 상황!

하지만 전무심은 거도를 내리누르는 무정에서 힘을 빼지 않았다. 그런 상태에서 옆구리를 파고드는 삼웅의 기형검을 향해 좌수를 뻗었다.

순간 시퍼런 장영이 번쩍이더니 삼웅의 기형검을 감쌌다.

와직!

수숫대 부러지는 소리에 이어 삼웅의 입에서 목 메인 신음이 터져 나왔다.

"크억!"

전무심이 천강벽월로 삼웅의 기형검을 부수고, 수룡금나로 마혈이 있는 부위의 목을 움켜쥔 것이다.

그사이 무정은 거승의 어깨를 반 치 정도 파고든 채 멈춰 서 있었다.

갑자기 정적이 감돌았다.

공터에선 삼웅의 신음 소리와 거승의 힘쓰는 소리만이 짐승의 헐떡임처럼 흘러나왔다.

"내기는 내가 이긴 것 같소만."

와중에 전무심의 태연한 목소리가 울렸다.

거승이 참담함을 넘어 허탈한 표정으로 고개를 끄덕였다.

전무심은 그제야 무심한 표정으로 무정을 거두어들이며 좌수에 잡힌 삼웅을 가볍게 밀었다.

"내기에 이긴 기분으로 살려주지."

일 장 밖으로 던져진 삼웅은 창백하게 질린 얼굴로 비칠거리며 일어섰다. 그러고는 행여나 전무심이 마음을 바꾸기라도 할까 겁나는지 정신없이 뒤로 물러섰다. 이미 대적을 포기한 채 도를 거둔 사응 옆으로.

그렇게 싸움이 마무리되자 전무심은 무심한 표정으로 거승을 직시했다.

칠성에 이르는 힘을 썼다. 그러고도 가장 빠른 길을 찾아 싸움을 마무리지었다.

시간이 없기 때문이다. 거승이 이곳에 왔다는 것은 그가 기다리던 누군가가 왔다는 말이 아닌가.

그가 누군지는 모른다. 하지만 거승이 기다렸을 정도면 거승보다 못하지 않다는 뜻. 아직은 별다른 기미가 보이지 않지만 돌아갈 즈음이면 일행이 곤란에 처했을 수도 있었다.

확인을 위해 전무심이 물었다.

"귀하와 함께 온 사람들이 공격을 시작했소?"

허탈한 표정으로 자신의 도를 내려다보고 있던 거승이 고개를 들었다.

"곧…… 할 거외다."

아직 안 했다는 말. 내심 안도한 전무심이 다시 말했다.

"최대한 빨리 그들을 철수시키시오. 그리고 약속을 지킬 생각이 있거든 석양이 질 무렵 나를 찾아오시오."

"만일 공격을 시작했으면……?"

전무심이 천천히 영안촌을 향해 고개를 돌리며 말했다.

"안 됐지만, 그들은 모두 죽을 것이오."

거승의 어깨가 가늘게 떨렸다.

거짓이 아니다. 이자는 그들을 모두 죽일 수 있는 자다. 설

령 자신과 십팔혈응객, 그리고 홍곽열과 그가 이끄는 열두 명
의 혈수귀가 함께 손을 쓴다고 해도 결과는 마찬가지다.

분명 그럴 것이다.

이자는 하늘의 힘을 가진 자니까!

거승과 두 명의 혈의무사을 먼저 보내고 전무심도 천천히
걸음을 옮겼다.

아직 어떤 기세의 격돌도 감지되지 않았다. 그렇다면 서두
를 이유가 없었다. 설령 이후로 싸움이 시작된다 해도 그 정도
의 시간은 견딜 수 있는 사람들이었으니까.

전무심은 마음의 여유를 가지고 어릴 적 자신이 뛰어놀았던
길을 더듬으며 아래로 내려갔다.

그렇게 수십 개의 무덤이 늘어선 곳에 내려왔을 때다. 무덤
가 구석진 곳에 누워 있는 한 사람이 보였다.

그는 술에 취한 듯 하늘을 향해 손짓을 하며 알아듣지도 못
할 말을 중얼거리고 있었다.

자세히 보니 나이가 쉰도 넘어 보이는 자였다. 흐트러진 머
리카락이 이마를 가려 얼굴은 제대로 보이지 않았다.

전무심은 억지로 피하고 싶은 마음이 없었기에 그를 상관하
지 않고 옆으로 다가갔다.

한데 묘한 생각이 들었다.

저자는 누군데 이곳에 누워 있는 것일까?

그가 생각하기에 이곳의 무덤들은 대부분이 십 년도 더 전

에 만들어진 무덤이었다.

그렇다면 둘 중 하나일 터였다.

이 무덤들의 주인을 아는 사람이든지, 아니면 그냥 술에 취해 잘 곳을 찾아온 자든지.

그런데 무덤가를 잠자기 위해 오는 사람이 누가 있을까?

전무심은 술에 취한 자가 가까워지자 자세히 살펴봤다. 혹시나 아는 사람이 아닌가 해서였다.

그때 술에 취한 자가 전무심을 향해 고개를 돌렸다. 그러더니 발작하듯이 벌떡 몸을 일으켰다.

"누, 누구요?"

순간적으로 전무심의 눈이 번뜩였다.

'설마, 척이 아버지?'

비록 흐트러진 머리카락에 이마가 가려져 있지만, 각진 턱에 커다란 상처를 가진 사람이 도처에 널려 있을 리는 없었다.

전무심이 조심스럽게 물었다.

"혹시 척이라는 아들이 있었지 않습니까?"

갑자기 술에 취해 있던 자가 겁에 질린 얼굴로 뒤로 물러섰다.

"나, 나는…… 나는… 모르는 이름입니다요. 나는 이곳에 온 지 오, 오 년밖에 안 됐습니다요."

마치 전무심이 자신을 죽이기라도 하려는 줄 알았는지 그는 와들와들 떨며 억지로 입을 열었다.

순간 전무심은 확신했다. 탁해지긴 했어도 어릴 적 들었던 목소리였다. 거기다 각진 턱에 남은 커다란 상처까지.

분명 척이 아버지였다.

"그럼 유옥이라는 이름을 모르십니까?"

그때였다. 척이 아버지가 고개를 땅에 처박더니 바들거리며 말했다.

"사, 살려주십시오, 무사님. 저는 정말 아무것도 모릅니다 요. 척이도 모르고, 유옥이도 모르고, 아무도 모릅니다요. 제발……."

너무나 괴이한 반응이었다. 아무리 칼을 든 무사를 무서워한다고 해도 지나친 두려움이었다.

전무심은 반쯤 무릎을 꿇고 공력을 살짝 끌어올려 나직이 말했다.

"제가 바로 유옥입니다, 척이 아버지. 정말 저를 모르시겠습니까?"

"저는, 저는……."

사시나무처럼 떨던 척이 아버지의 떨림이 조금씩 가라앉았다. 그러던 어느 순간이었다. 천천히 고개를 드는 척이 아버지의 눈이 유옥이의 얼굴을 향해 치켜떠졌다.

"어, 어……. 정말…… 정말 유옥이……?"

"예, 이제 알아보시겠어요?"

한데 정말 기이한 일이었다. 안심하기는커녕 더욱더 공포에 물든 눈빛이 아닌가.

"사, 살려줘, 유옥이! 멀리 떠나가서 살게! 다 죽었으니까 나만 입 다물면 되잖아. 응? 살려주게, 제발……."

이해할 수 없는 반응에 전무심의 눈이 딱딱하게 굳었다.

"무슨 말씀이죠? 다 죽었다니요?"

척이 아버지가 엉금엉금 기더니, 와락! 전무심의 바짓가랑이를 붙잡았다.

"살려줘, 으흐흐흑! 제발 살려줘!"

반쯤 제정신이 아닌 척이 아버지였다.

전무심은 조금 더 강한 목소리로 윽박지르듯이 말했다.

"말씀해 보세요! 알고 계신 걸 다 말씀하시면 원대로 해드릴 테니까요. 제 성격 아시죠? 절대 헛소리하지 않는다는 거."

그 말에 척이 아버지는 술 때문인지, 아니면 울어서인지 붉게 충혈된 눈을 쳐들었다. 그러고는 한참 동안 전무심의 눈을 바라보더니 바짓가랑이를 잡은 손에서 서서히 힘을 뺐다.

그가 입을 다시 연 것은 거칠어진 숨이 완전히 가라앉은 다음이었다.

"정말…… 모른단 말이야? 무사들이 와서 마을 사람들을 다 죽인걸?"

"무슨 말이죠? 누가 누굴 죽였단 말입니까?"

"다 봤어. 내가 다 봤다고……. 똥구덩이 속에서 다 봤어……."

"말씀해 보세요. 뭘 봤다는 겁니까?"

그날의 일이 떠오르는지 척이 아버지가 부들부들 몸을 떨면서 나직이 입을 열었다.

"그러니까 너희들이 누군가에게 납치된 지 몇 년 지났을 때였어. 그날도 오늘처럼 술에 취해서 산에 올라갔는데 깜박 잠이 들었지."

가끔씩 그런 적이 있었다. 마을 사람들 모두가 알고 있는 일이었다. 척이 아버지가 술만 취하면 죽은 마누라의 무덤에 찾아간다는 것을.

"그 바람에 해가 질 무렵에야 산에서 내려왔다네. 그런데, 그런데 무사들이 마을 사람들을 개 잡듯이 죽이고 있었어. 으흐흐흑! 잘려진 머리가 바닥에 뒹굴고, 펄떡거리는 팔다리가 사방에 널려 있었어. 그놈들은 사람이 아니었네. 사람이 아니었다구! 똥구덩이 속으로 기어들어 가지 않았다면 분명 나도 죽었을 거야. 그날⋯⋯."

"대체 어떤 놈들이⋯⋯!"

딱딱하게 굳은 전무심의 눈 깊은 곳에서 새파란 살기가 뿜어졌다.

그토록 처절한 아픔을 겪은 사람들은 죽이다니.

무슨 원한을 졌다고! 대체 어떤 놈들이 그토록 악랄하단 말인가!

전무심이 살기를 뿜어내자 공포에 질린 척이 아버지가 오들오들 떨었다. 최대한 억눌렀다 해도 일반 양민이 견디기에는 무리일 수밖에 없었다.

뒤늦게 자신의 실수를 깨달은 전무심이 급히 기운을 갈무리하고는 물었다.

"놈들에 대해 조금이라도 생각나는 것이 있습니까?"

척이 아버지가 두려운 눈으로 전무심을 쳐다보았다.

"똥구덩이 속에서 놈들 중 한 놈이 하는 말을 들었네."

말을 들었다고? 그걸 지금까지 기억하고 있었단 말인가?

"말씀해 보세요. 그놈들이 무슨 말을 했는지."

척이 아버지는 잠시 머뭇거리더니 전무심의 눈을 똑바로 바라보며 조심스럽게 입을 열었다.

"……너와 군악이를 아는 사람이 한 사람도 살아남아선 안 된다고, 깨끗한 핏줄을 잇기 위해선 모든 걸 완벽하게 정리해야 한다고……. 그렇게 말했네."

"……."

그 말을 이해하는 데는 굳이 긴 시간이 필요없었다.

누군가가 쇠망치로 뒤통수를 후려쳤다 해도 이런 충격은 아닐 터였다.

전무심의 입은 뒷산의 만 근 거암이 겹친 것처럼 달라붙어 버렸다.

무슨 말을 한단 말인가.

자신과 군악이, 그리고 완벽한 핏줄!

더 생각할 것도 없었다. 마을 사람들은 자신들 때문에 죽었다.

천왕교의 무사들이, 정확히는 천기원의 명을 받은 무사들이 군악이의 과거를 지우기 위해 마을 사람들을 모두 죽인 것이다.

부끄러웠다. 너무나 부끄럽고 미안해서 척이 아버지를 쳐다볼 수도 없었다.

그래서 두려워했던 거였구나. 그래서 그렇게 애원했던 거였어!

바짓가랑이를 붙잡고 바들바들 떨며 살려달라고 외쳤던 게 행여나 내가 죽일까 봐 그랬던 거였어!

내가 죽일까 봐 말이야!

'으아아아아아!'

미칠 것 같았다. 속에서 치밀어 오르는 분노에 가슴이 하얗게 타버릴 것 같았다.

그런 줄도 모르고, 한수를 바라보며 낭만에 젖었던 자신이 아니었던가.

진정 우습지도 않았다.

전무심은 척이 아버지 앞에 천천히 무릎을 꿇었다.

"이, 이보게, 유옥이⋯⋯."

흠칫 놀란 척이 아버지가 무릎걸음으로 물러선다. 아직도 두려움이 완전히 가시지 않은 표정이다.

전무심이 참담한 마음으로 입을 열었다.

무슨 말을 해도 죽은 사람이 살아오지는 않는다. 그러나 무슨 말이든 하고 싶었다.

미안하다고, 정말 죄송하다고.

하지만 척이 아버지에게 필요한 말은 그런 것이 아니었다.

"이제 다시는 그런 일이 없을 겁니다. 그러니 앞으로는 마음

편히 사십시오."

자리에서 일어난 것은 그 후로도 이각가량이 더 지나서였다. 척이 아버지로부터 그때의 상황을 조금이라도 더 듣기 위해서였다.

먼저 내려간 사람들이 기다릴 거라는 것은 알고 있었지만, 그 사람들을 생각할 마음의 여유가 없었다.

마음이 가라앉았는지 척이 아버지는 차분하게 그날 본 모든 것을 하나하나 더듬어 기억해 냈다.

전무심은 이야기를 다 듣고서야 자리에서 일어났다. 그리고는 넝마나 다름없는 척이 아버지의 옷을 보고 품속에서 주머니를 하나 꺼내 통째로 건네주었다.

"이걸로 땅이라도 사서 농사를 지으시든지, 아니면 장사라도 하십시오. 이제 정상적인 생활을 하셔야 하지 않겠습니까?"

주머니를 받아 든 척이 아버지가 가만히 고개를 끄덕였다. 오랜 세월 형체없는 두려움에 짓눌려 온 삶이 갑자기 종식되자 실감이 나지 않는 듯했다.

"크흑!"

갑자기 척이 아버지가 울음을 터뜨렸다.

전무심은 차마 그 모습을 더 보지 못하고 몸을 돌렸다.

2

내려가서 본 영안촌의 풍경은 위에서 볼 때와 또 달랐다.

활기 넘치는 표정으로 오가는 사람들이다. 그들의 얼굴 어디에서도 십수 년 전의 참담함은 찾아볼 수가 없다. 영안촌 사람들의 피로 얼룩진 자리에 이제는 새로운 사람들이 들어차 있는 것이다.

가슴이 아프다. 금방이라도 아는 사람이 보일 것 같은데, 길이 끝날 때까지 아는 사람은 아무도 보이지 않는다.

아무도…….

그 이유를 아는 전무심은 한수가 눈앞에 보이자 주먹을 말아 쥐었다. 무슨 생각을 하고 있는지는 그만이 알 뿐이었다.

객잔은 선창에서 그리 멀리 떨어지지 않은 곳에 있었다.

안으로 들어가자 엽차만 홀짝거리고 있던 사람들이 반갑게 맞이했다. 다행히 몇 시진씩 벽만 보고 수련을 할 때도 있는 무인들이라서 그런지 그다지 지루해하는 표정은 아니었다.

게다가 혈곡의 공격을 받지 않았다는 것을 증명이라도 하려는 듯 모두가 깨끗한 옷차림 그대로였다.

전무심이 약간의 미안함을 담아 입을 열었다.

"조금 늦었습니다."

그러나 누구도 왜 늦었는지는 묻지 않았다. 그저 표정이 무거운 것을 보고는 무슨 일이 있었나 보다, 생각할 뿐이었다.

그때 점소이가 달려왔다. 그동안 엽차만 죽이는 손님들을 차마 쫓아내지 못한 게 한이라도 된다는 표정이었다.

　사실 점소이로선 두 명의 도사가 무당의 도사들만 아니었다면, 모두가 도검만 차지 않았다면 선착장의 건달 형님들을 불러서라도 쫓아내고 싶은 마음이었다.

　하지만 상대가 상대인 만큼 그는 인내로써 자신의 마음을 눌러야만 했다. 그러던 차에 전무심이 들어오자 그는 자신의 인내에 만족하며 손님을 맞이했다.

　"이제 다 오셨나 보군요. 음식은 뭘 드시겠습니까?"

　그러자 전무심이 말했다.

　"일단 엽차부터 한잔 주시겠소?"

　천천히 돌아서는 점소이의 눈에 핏발이 섰다.

　'씨발! 키만 좀 작았으면, 그냥……!'

　해가 지려면 아직 많은 시간이 남아 있었다. 배편도 아직 남아 있는 데다, 육로로 가도 경공을 펼치면 백 리는 갈 수 있는 시간이었다.

　그런데도 일행은 영안촌에서 하루를 쉬어가기로 했다. 내심 불만을 표하는 등운평과 무당의 두 도장에게 전무심이 한마디 했다.

　"거승을 만나기로 했습니다."

　등운평이 눈을 휘둥그렇게 뜨고 물었다.

　"거승을? 혈도옹 거승 말이오?"

　놀라지 않으면 그것이 이상했다. 영운과 영호도장도 놀란 눈으로 전무심을 바라보았다.

　오히려 그럴 수도 있지, 하는 표정을 짓는 궁사한과 소미하란이 이상해 보일 지경이었다.

　놀란 표정을 짓는 세 사람을 향해 전무심은 간단하게 거승과 벌인 내기에 대해 말했다.

　"……결국 내가 이겼습니다. 해서 해가 지기 전에 나를 찾아오라 했습니다."

　"……."

　전무심의 말대로 석양이 질 무렵 거승이 객잔으로 찾아왔다. 자신에 비해 반쪽밖에 되지 않는 한 사람을 대동한 채. 아마도 그가 거승이 여태 공격을 미루고 기다렸던 사람인 듯했다.

　전무심의 객방에 사람들이 모이자 거승이 그를 소개했다.

　"나와 절친한 홍곽열이라는 친구외다."

　그 말에 등운평과 무당의 두 도장이 또 놀란 표정을 지었다.

　"혈…… 조… 홍곽열?"

　궁사한과 소미하란도 약간의 호기심 어린 눈으로 두 사람을 바라보았다. 혈곡의 고수들 중 가장 많이 알려진 자들이 바로 팔마혈(八魔血)이었다. 그런데 홍곽열은 거승과 함께 팔마혈 중의 한 사람으로 혈조(血爪)라 불리는 자였던 것이다.

　빼빼 마른 체격, 눈초리가 올라가 날카롭게 보이는 눈매. 혈조라는 별호가 잘 어울린다는 생각이 들었다.

"홍곽열이외다. 이 친구에게 말은 들었소. 솔직히 불만이 많지만, 오늘 일에 대해서만큼은 이 친구의 뜻에 따르기로 했소. 약속은 약속이니까."

"전무심이오."

전무심은 나직이 자신의 이름을 말하고는 거승을 향해 물었다.

"무엇이든 승자가 원하는 것을 들어준다는 점에 변함이 없소?"

거승이 천천히 고개를 끄덕였다.

"나는 지금까지 입 밖으로 내뱉은 말을 어겨본 적이 없소. 지키지 못할 거면 차라리 죽음을 택할 것이오."

"흥! 네가 죽으면 내가 복수를 해줄 테니 걱정 말아라."

거승이 순순히 굽히는 게 마음에 안 드는지 홍곽열이 냉랭히 코웃음 쳤다.

그걸 보고 전무심이 다시 물었다.

"나중에 한 말은 안 했나 보군요."

거승의 얼굴에 씁쓸한 웃음이 떠올랐다.

차마 할 수가 없었다. 대놓고 '덤비면 다 죽는다!' 라는 말을 하면 더 날뛸 게 분명한 홍가가 아닌가 말이다.

한데 그것도 모르고 홍가가 눈살을 찌푸리며 묻는다.

"나에게 하지 않은 말이 있나?"

거승은 속도 모르고 묻는 친구를 향해 지나가듯이 말했다.

"내 말을 안 들었으면, 우리는 지금 여기에 앉아 있지도 못했을 거다."

"뭐야?!"

"사실 나도 믿기지 않았다. 나를 오 초에 제압할 수 있는 사람이 있을 줄은."

노한 얼굴로 반쯤 일어섰던 홍곽열이 그 자세 그대로 거승을 바라보았다.

등운평과 무당의 두 도장도 경악한 표정으로 전무심을 바라보았다. 이겼다는 말은 들었지만, 그렇다고 단 오 초라니.

정말일까?

하지만 홍곽열은 그들처럼 의문을 품지 않았다.

다른 것은 몰라도 거짓말은 절대 하지 않는 거승이다. 그렇다면 지금 한 말도 진짜란 말이었다.

"오 초?"

"그래, 오 초. 아! 삼응과 사응이 나를 돕는답시고 합공했었으니까, 셋이 오 초군."

홍곽열의 날카로운 눈이 천천히 전무심을 향했다.

여전히 반쯤 일어선 상태였다.

'대체 저놈이 누구기에!' 그런 눈빛이다.

"일단 앉으시오."

그때 전무심이 무심한 목소리로 말했다.

홍곽열은 자신도 모르게 털썩 의자에 주저앉았다. 순간 주저앉은 홍곽열의 표정이 딱딱하게 굳었다.

'이, 이런……'

자신의 의지가 아니었다. 그렇다고 거승의 말에 놀라서도 아니었다. 그는 전무심의 목소리를 듣는 순간 그렇게 해야만 한다는 생각뿐이었다. 마치 주인의 명령대로 움직이는 말 잘 듣는 강아지처럼.

전무심은 무형의 기운을 실은 한마디로 홍곽열을 주저앉히 고는 거승을 향해 말했다.

"몇 가지 물을 것이 있소. 그중 아는 것만 대답해 주시면 되 오."

이미 각오하고 온 바였다. 거승이 이를 지그시 깨물고는 고 개를 끄덕였다.

"좋소. 물어보시오."

전무심이 물었다.

"혈옹마환 여환령 곡주가 돌아가셨소?"

꿈틀, 거승의 눈썹이 가운데로 몰리며 역팔자로 치켜 올라 갔다.

"아직은 모르오. 소식만 들었으니까. 다만 내가 들은 소식 은 주화입마를 당하셨다는 것이었소."

주화입마?

그럼 아직 죽지는 않았다는 말이다. 그동안의 예상이 살짝 틀어지는 소식이었다.

"여동천이 혈옹마환을 간직한 채 동굴에서 죽어가는 모습 으로 발견되었소. 어떻게 그런 일이 벌어지게 된 거요?"

사정을 잘 모르는 듯 거승의 눈이 흔들렸다.

"나도 정확한 것은 모르오. 곡에서는 여동천이 혈응마환을 훔쳐 달아났다고만 했소."

"곡주의 아들인 여동천이 굳이 그런 일을 벌일 이유가 있다고 보시오? 그렇게 하지 않아도 별일만 없다면 혈응마환의 주인이 될 수 있을 텐데?"

거승이 천천히 고개를 저었다.

"강호에 알려지지는 않았지만, 여동천은 곡주의 친아들이 아니오."

친아들이 아니다?

그 말이 전무심에게는 그럴 수 있다는 말로 들렸다. 또한 후계자 역시 아니라는 말로도 들렸다.

"후계구도가 복잡한가 보군요."

"그 일은 곡의 사정이오. 자세한 것은 말하기 힘드오."

후계자를 둘러싼 암투가 한두 마디로 설명할 수 없을 만큼 얽혀 있다는 말. 아마도 거승은 그 일을 다 말하기 위해선 복잡한 혈곡의 사정을 모두 드러내야 할 거라 생각한 듯했다.

강요한다고 말할 거승도 아니고, 전무심도 당장 전부를 알고 싶지 않았다. 그가 알고 싶은 것은 한두 가지의 핵심적인 상황이었다.

"그럼 한두 가지만 더 묻지요. 갑작스런 곡주의 유고시 누가 곡을 이끌게 됩니까?"

전무심은 질문을 던지고 거승을 직시했다. 그것만큼은 꼭 말해야 한다는 것처럼.

거승은 잠시 방설이더니 말해도 괜찮다 생각했는지 천천히 입을 열었다.

"본래는 원로원과 몇 명의 대표들이 의견을 모아 다음 대의 곡주가 정해질 때까지 곡을 이끌도록 되어 있소. 하나 이번만 큼은 상황이 조금 다르오. 일 년 전, 곡주님의 사숙이시자 본 곡의 제일 어른이신 현오량 어르신께서 이십 년 만에 돌아오 셨는데, 아마 그분을 중심으로 원로 몇 분이 당분간 본 곡의 제 자들을 이끌지 않을까 싶소."

전무심의 눈이 반짝 빛을 발했다.

현오량.

처음 듣는 이름이었다. 그러나 중요한 것은 그가 이십 년 만 에 나타났다는 것이다. 그것도 곡주가 갑작스런 주화입마로 쓰러지기 전에.

"혹시 그가 지난 이십 년 동안 어디에 있었는지 아시오?"

그 말에 거승과 홍곽열이 서로를 마주 보았다.

그에 대해서 깊게 생각한 혈곡의 사람들은 거의 없었다. 그 저 절대고수 한 명이 돌아옴으로 해서 혈곡의 힘이 그만큼 강 해졌다는 것에 기뻐했을 뿐이었다.

만일 이번 일이 아니었다면 그가 지옥에서 살아 돌아왔다고 해도 하등에 이상할 일이 없었다.

그런데 전무심의 말을 듣자 그가 그동안 어디에 있다 왔는 지 궁금해지는 두 사람이었다.

거승이 왠지 곤혹스런 눈빛으로 전무심을 바라보았다.

"우리는 그분이 어디에 있다 왔는지 알지 못하고 있소. 한데 그게 그렇게 중요한 일이오?"

"어쩌면……."

"무엇 때문에 그게 중요한 것이란 말이오?"

홍곽열이 참지 못하고 까칠해진 목소리로 쏘듯이 물었다.

전무심이 두 사람을 번갈아보며 말했다.

"가정이지만, 만일 혈웅마환을 여환령이 여동천에게 주었다면 왜 주었을 것 같소?"

"무슨……? 곡주님이 왜 혈웅마환을 여동천에게 넘긴단 말이오?"

"뭔가 불길한 위험을 감지했다면 그럴 수도 있지 않겠소?"

"말도 안 되는 소리!"

버럭 소리를 지르는 홍곽열의 눈초리가 가늘게 떨렸다.

그는 힘만 믿고 날뛰는 둔한 사람이 아니었다.

이십 년 만에 돌아온 절대의 고수. 갑작스런 곡주의 주화입마. 이해할 수 없는 여동천의 행동. 혈웅마환의 분실.

돌이켜 생각해 보면 모든 것이 의문이었다. 그러려니 했던 자신이 멍청하게 생각될 정도다.

하지만 자존심만은 잃고 싶지 않았다. 그것이 오기라도 해도 마찬가지 마음이었다.

"본 곡의 역사는 백 년이 넘소. 강호인들이 칠대마세 중 하나로 뽑기에 주저하지 않을 정도로 힘도 커졌소. 홍! 누가 감히 본 곡을 상대로 장난을 칠 수 있단 말이오?"

조용히 앉아 있던 사람들은, 어림도 없다는 듯 소리치는 홍곽열을 물끄러미 쳐다보았다.

─있지, 그런 곳이. 그것도 두 곳이나.

그런 눈빛으로.

그때 전무심이 입을 열었다.

"혈곡에 대한 자부심이 상당하시군."

"당연히! 힘에 눌렸다면 몰라도, 얄팍한 계책에는 절대 굽히지 않는 사람들이 혈곡의 사람들이외다!"

아마 모든 마도의 대문파들이 그러할 것이다. 그들은 힘으로 일어선 자들. 힘만이 그들을 굽힐 수 있을 터였다.

전무심은 조금 전과 다르게 목소리에 힘주어 물었다.

"그곳이 천왕교라 해도 말이오?"

그 말이 떨어진 순간이었다.

열이 뻗쳐 소리치던 홍곽열이 입을 닫았다.

거승도 부릅뜬 눈으로 전무심을 바라보았다.

그러더니 무슨 뜻인지 알아들은 듯 지그시 입술을 깨물고 말했다.

"아무리 천왕교라도 우리를 그런 식으로 침범할 수는 없소이다. 차라리 힘으로 밀고 들어와서 집어삼킨다면 몰라도."

그럴 수는 없을 것이다. 아직은.

정천무맹의 눈도 신경 써야 할 테고, 여기저기 벌여놓은 일도 적지 않은 데다가, 자신으로 인해 입은 손해도 만만치 않을 테니까. 더구나 그들의 힘은 둘로 갈라져 있질 않던가.

"그럼 먼저 현오량이라는 분이 어디에서 왔는지 알아보시오. 만일 그가 내가 생각한 곳에서 왔다면 그때 다시 이야기해 봅시다. 내기에 대한 것은 끝난 것으로 생각하겠소. 나머지 결정은 당신들이 알아서 내리시오. 그리고……."

전무심은 말을 끌며 옆을 바라보았다. 거승이 도착하기 전에 영운 도장과 한 이야기가 있었다.

"혈웅마환을 그들에게 넘겨줬으면 합니다."

"혈웅마환을?"

"도장께서 그 물건을 무당으로 가지고 간다 해서 혈곡이 포기할 거라 생각하십니까?"

그건 절대로 아니다. 그 점에 대해선 영운 도장도 충분히 인지하고 있었다.

"그래서 정천무맹으로 가져갈까 생각했네만."

"정천무맹으로 향한 길이 혈로가 되도 말입니까?"

그 일은 그도, 영호도, 등운평도 원치 않았다.

대답을 못하자 전무심이 말했다.

"적절한 때 건네주는 것도 괜찮을 것 같습니다만. 명분이 있으니 훗날 할 말도 있고 말입니다."

결국 그 말에 영운 도장은 순리에 따르기로 했다. 본래 자신들의 물건이 아니었으니 사실 아쉬울 것도 없었다.

영운 도장은 전무심이 바라보자 품속에서 손바닥 넓이의 붉은 고리를 하나 꺼냈다. 여섯 마리의 시뻘건 매부리가 륜(輪)처럼 고리를 빙 둘러 양각된 기물이었다.

혈응마환(血鷹魔環)!

그랬다. 그것이 바로 구마 중 한 사람인 혈응마제 여환령의 신물이자, 혈곡주의 상징인 혈응마환이었다.

혈응마환을 바라보는 거승과 홍곽열의 눈매가 붉게 달아올랐다. 한데 그때다. 영운 도장이 거승을 향해 혈응마환을 불쑥 내밀었다.

"받으시구려."

뜻밖이었는지 선뜻 손을 내밀지 못하는 거승을 보고 영운 도장이 말을 이었다.

"이걸 찾기 위해 나오지 않았습니까?"

욕심 같아서는 덥석 받고 싶은 거승이었다. 그들의 목적이 그것이었으니까.

하지만 자신의 힘으로 얻은 게 아니라는 것이 마음에 걸렸다. 공짜에는 조건이 붙는 법.

"뭘 원하는 것이오?"

"이것은 무당의 물건이 아니외다. 우리까지 죽이려 하지 않았다면 처음 만났을 때 해결되었을 문제지요. 그것이 조금 늦어졌을 뿐이니 부담 갖지 말고 받으시지요."

거승은 영운 도장의 말에 홍곽열을 바라보았다.

홍곽열이 슬쩍 고개를 끄덕였다.

그제야 거승이 손을 내밀어 영운 도장의 손에서 혈응마환을 건네받았다.

"언제고…… 오늘의 일에 대해선 보답하리다."

마도문파인 혈곡의 무사가 한 약속이다.

정파인 중에는 그러한 것조차 달갑게 여기지 않는 자가 부지기수였다. 하지만 영운 도장은 담담히 그의 뜻을 받아들였다.

"빈도는 그저 강호가 피로 물드는 것을 바라지 않을 뿐입니다."

第二章
변화(變化), 그리고 입곡(入谷)

千秀芳景深更瑠雲霞

雨間容量現改

華開故近天下　漢此知名敬京　界

長庭前再拜禮一天睹與

道古廣為傳

日弟子趙孟頫敬書至大改元四月

死星天血

1

"이해해 주시길 바라겠습니다."

"네, 네놈이 감히!"

"원주께서 구해놓으신 물건은 제가 잘 쓰도록 하겠습니다."

고막을 파고드는 전음에 헌원무강의 얼굴이 붉게 달아올랐다.

"이놈! 천왕께서 오늘의 일을 그냥 넘길 것이라 생각하느냐!"

"아직 모르셨던가요? 천왕께서는 저에게 모든 일의 책임을 맡겼습니다. 원주님에 대한 처리까지 말이지요."

"무, 무슨……?"

"그러기에 제가 조용히 계시라 하지 않았습니까? 왜 쓸데없는 일을 벌여서 천왕의 심기를 상하게 하신 겁니까?"

"그, 그건 네놈을 상대하려고 했던 것이지 천왕과는 아무런 관련이……."

백리군악이 그의 말을 끊으며 한심하다는 투로 말했다.

"하아, 그것이 곧 천왕을 상대하려 함이란 것을 모르셨다니……."

"네 이놈!!"

헌원무강이 더 이상 참지 못하고 벌떡 일어서서 자신의 힘을 개방했다.

천왕이고 나발이고 다 소용이 없었다.

그저 눈앞에 있는 놈의 대가리를 터뜨려 죽이고 싶었다.

그러나 마음이 그렇다고 해서 모든 것이 뜻대로 되는 것은 아니었다.

"정녕 원주께선 천왕께 대항하시겠단 말이오?!"

한 사람이 나직이 소리치며 한 걸음 앞으로 나선다.

백리군악과 함께 온 노인. 그가 바로 천왕대전의 십대장로 중 서열 이위인 천혈검마 추관위다.

그가 나서자 암암리에 쏘아낸 기운이 벽에 막혀 버린다.

헌원무강의 얼굴이 푸들거리며 일그러졌다.

추관위는 자신에 못지않은 고수. 더구나 백리군악의 옆에는 아직도 세 명의 고수가 더 있다. 싸우면 필패의 형국.

'빌어먹을 놈!'

하지만 그는 추관위에게 신경 쓰느라 미처 한 가지 사실을 인식하지 못하고 있었다. 자신에게서 뻗친 기운은 일류고수조차 견딜 수 있는 것이 아닌데도 정면에 앉아 있는 백리군악의 안색이 처음과 마찬가지라는 것을.

"내가 어찌 천왕께 대적한단 말인가?"

"하면 왜 천왕의 명을 받고 온 제군(帝君)을 해하려 한단 말이오?"

헌원무강이 의아한 표정으로 백리군악을 바라보았다.

"제군?"

백리군악이 깜박 잊었다는 듯 손가락으로 의자의 손잡이를 톡 쳤다.

"아! 미처 말씀드리지 못했군요. 오늘 아침 천왕께서 제게 새로운 지위를 내리셨습니다. 송구스럽게도 천왕께선 일인지하 만인지상인 천왕군주의 지위를 내리시며 제군이라는 호칭을 선물하셨습니다."

어이가 없었다.

자기도 모르는 사이 천왕교의 이인자가 결정되다니!

어느 정도 예상은 했지만, 그 말을 들으니 끓어오른 노화에 불길만 더해질 뿐이다.

'대체 이놈들은 뭐 하느라 얼굴도 내밀지 않는단 말인가?'

헌원무강은 공연히 죄없는 수하들에게로 노화의 방향을 틀었다. 지금쯤은 방 안의 상황을 충분히 알고 있을 수하들이었다. 한데도 얼굴을 내미는 놈이 없다. 그들이 들어오면 한바탕 모험을 해볼 만도 하거늘.

이를 악물고 있는 그의 귓전에 백리군악의 고저없는 목소리가 파고든 것은 그때였다.

"혹시 삼루의 주인들이나 호법들을 기다리시는 거라면 포기하시지요."

불안감이 바늘 끝처럼 숨구멍을 파고들었다. 저 만 년 먹은 여우 같은 놈이 또 무슨 수작질을 해놨는지 겁부터 났다.

"무슨 말이냐?"

"그들은 천왕께 충성하기로 한 사람들입니다. 하물며 그런 그들이 천왕을 배신하고 원주를 따르겠습니까?"

마지막 말은 마치 남에게 들으라는 듯 강한 어조였다. 그의 목소리가 기이할 정도로 넓게 울린다 싶을 때였다.

"저희들은 천왕교의 사람들이지, 집마원주의 개인 수하가 아니외다, 제군!"

건물 밖에서 우렁찬 외침이 들려왔다.

얼굴이 창백하게 질린 헌원무강의 두 눈이 찢어질 것처럼 홉떠졌다.

많이 듣던 목소리들이 섞여 있었다.

삼루의 주인들 목소리, 자신의 직속 호법들 목소리, 그리고 자신에게 충성을 맹세했던 또 다른 조직의 수장들 목소리까지.

미치고 환장할 일이었다.

'이, 이, 이런 개 같은 일이……!'

그때 방문이 열리고 한 사람이 들어오더니 백리군악 뒤에 무릎을 꿇었다. 그를 본 헌원무강의 얼굴이 납덩이처럼 굳어졌다.

'저놈이 왜?'

반면에 백리군악의 얼굴에는 서릿발 같은 냉소가 떠올랐다.

"말해보시오. 집마원주가 왜 악마의 단약이라 불리는 환락단을 비밀리에 매입한 것이오?"

"이 상황에 어찌 거짓을 아뢰겠습니까. 제군께 말씀드립니다! 집마원주께선 본 교의 권력을 잡을 길은 그것밖에 없다며 명을 내리셨습니다!"

"그 물건이 무사들의 정신을 갉아먹는다는 것을 알고도 말이오?"

"그렇사옵니다."

"그러니까, 본 교의 무사들이 미치광이가 될지도 모르는데, 그런 부작용을 알고도 물건을 들여왔다 그 말이군. 자신의 욕심을 채우기 위해서."

"그렇사옵니다, 제군!"

교묘한 말장난이었다. 하지만 사실이 그러니 대꾸할 말도 없었다.

헌원무강은 부들부들 떨며 고개를 숙이고 있는 등천우를 뚫어지게 바라보았다.

"네, 네놈이……."

등천우가 담담한 표정으로 고개를 들고 말을 이었다.

"해서…… 천왕교의 안녕을 위해 이 일을 고하게 된 것이옵니다, 제군!"

그 말에 헌원무강의 부릅뜬 눈에 의혹의 물결이 출렁거렸다. 그리고 곧 짙은 안개 속에서 진실의 줄기 한 가닥을 잡아챈 그는 눈을 질끈 감고 손톱이 손바닥을 후벼 파도록 주먹을 움켜쥐었다.

'설마…… 오래전부터 저놈의 사람이었단 말?'

마치 머릿속이 바늘 끝 같은 서리로 가득 들어찬 기분이다.

"하나 그동안의 공로를 생각해 목숨만은……."

백리군악의 목소리가 이어지는 데도 아무런 생각이 나지 않는다.

"……그대의 선택에 따라 가족들도……."

멍청이가 된 것만 같다. 그 잘난 무공 한 번 펼쳐 보지도 못하고 이렇게 무너지다니.

"……결정을 하시오."

헌원무강은 온기 하나 없는 눈을 뜨고서 자신의 결정을 기다리는 백리군악을 응시했다.

"내가 졌군. 뭘 바라나?"

백리군악이 천천히 자리에서 일어났다. 모든 것이 끝나기라도 한 것처럼.

"곧 천왕의 명령이 떨어질 것입니다. 그때까지 편히 쉬십시오."

그리고 한 줄기 전음을 보내 헌원무강의 고막을 흔들었다.

"때로는 굽히는 것이 나을 때가 있소. 나중에 봅시다."

순간, 더 이상 흔들리지 않을 것 같던 헌원무강의 눈빛이 금 간 얼음처럼 갈라졌다.

'저, 저놈이 또 무슨 수작을 부리려고……'

이제는 백리군악이 만 년 묵은 여우보다 더 무섭게 보였다.

"왜 그 자리에서 결정 내지 않으셨습니까?"

백리군악이 천기선원으로 돌아오자 방운휴가 물었다.

"진심으로 그를 따르는 사람들도 적지 않네. 완전히 멸하기 위해선 상당한 피해를 감수해야 하는데, 지금은 때가 아니야. 하나의 힘도 아까운 상황이거든."

"그자가 권토중래를 노리지 않겠습니까?"

방운휴의 말에 백리군악이 희미하게 미소 지으며 찻잔을 집어 들었다.

'글쎄, 그에겐 그럴 시간이 없을 거네.'

탁!

다탁에 찻잔을 내려놓은 백리군악이 창문 밖을 응시했다.

"곧 가을이 가고 겨울이 오겠군."

"단풍이 지고 붉은 눈이 내릴 겁니다."

"아무래도 그렇겠지. 하지만 조금 더 기다려 볼 생각이네. 겨울은 너무 춥거든."

그때 방운휴가 다른 보고를 올렸다.

"그자에 대한 정보가 들어왔습니다, 주군."

백리군악이 창문에서 시선을 떼고 공손한 자세로 앉아 있는 방운휴를 바라보았다. 그러자 그가 말했다.

"그의 이름은 전무심. 나이는 스물대여섯 정도. 한 자루 짧은 검을 쓰는데, 그가 누구의 제자인지는 아직 밝혀지지 않았습니다."

"용모파기는?"

방운휴가 품에서 한 장의 종이를 꺼내 다탁에 올려놓고 넓게 펼쳤다.

곧 한 사람의 전면 초상이 다탁 위에 고스란히 드러났다.

한동안 초상화를 바라보던 백리군악이 침잠된 목소리로 조용히 입을 열었다.

"그를 닮았군."

"하지만 그는 아닙니다."

백리군악은 고개를 끄덕이지도, 젓지도 않고 초상화만 바라보았다.

"전무심이라……."

그러자 방운휴가 조용히 입을 떼었다.

"그가 백하에서 배를 내렸다는데, 그 이후로 소식이 끊겼습니다."

'백하(白河)?'

그 이름에 백리군악의 입가에 희미한 미소가 그려졌다.

'영안촌에서 그리 멀지 않은 곳이군.'

순간 그의 얼굴에서 서서히 미소가 사라졌다.

"운휴."

"예, 주군."

"즉시 알아봐야 할 것이 있다."

2

첩첩이 쌓인 준봉의 머리꼭대기에 쌓인 서리가 너무도 하얗다.

겨울이 오고 있음인가. 고개를 넘는 길손들의 옷깃 사이로 찬바람이 스며든다.

전무심은 고개 정상에 이르자 신형을 멈추고 바람을 가슴으로 안았다. 이제는 잊혀진 줄 알았던 산바람이 그의 가슴으로 안겨들었다.

'이제 멀지 않았군.'

영운 도장에게 들은 대로라면 하루만 더 가면 천왕곡이다.

아무도 예견할 수 없는 앞날이 단 하루 남은 것이다.

"이제 두 분은 돌아갈 때가 된 것 같소."

거산준봉을 바라보던 두 사람이 전무심을 향해 고개를 돌렸다. 고향을 생각했던 듯 그들의 두 눈은 보이지 않게 젖어 있었다.

"여기까지 와서 돌아가란 말인가요?"

소미하란이 전무심을 똑바로 쳐다보았다.

"곧 천왕곡의 영지요. 허락받지 않은 외인은 들어갈 수 없소."

"설마 이 넓은 산을 모두 감시한다는 것은 아니겠죠?"

당연히 아니다. 그러나 천왕곡에 들어가면 금방 탄로가 난다. 오랜 세월 함께 산 사람들이기에 사람이 지닌 분위기와 기운만으로도 외부인을 식별할 수가 있는 것이다. 자신이 천왕교의 사람들을 쉽게 판별해 내듯이.

"들어가자마자 들킬 거요. 그대들은 지닌 기운도, 분위기도 그들과는 다르니까."

"분위기요?"

"그렇소. 곡 안에서 평생을 산 자들이 대부분이오. 그들에게는 그들만의 분위기가 있소. 외부인들은 잘 못 느끼지만."

"그럼 전 공자는 어떤가요? 전 공자도 쉽게 탄로날지 모르잖아요?"

전무심은 고개를 들어 하늘을 올려다봤다. 흰구름이 서편으로 흘러가고 있었다. 천왕곡이 있는 그곳을 향해.

"본의 아니게 떠났지만, 천왕곡은 내 고향이나 마찬가지인 곳이오. 걱정하지 않아도 되오."

그 말이 떨어지자 소미하란과 궁사한의 눈이 커졌다.

"그, 그럼……?"

전무심이 천왕교에 대해 잘 안다 싶어서 관련이 있는 줄은 알았다. 하지만 설마 본인이 천왕교의 사람이었을 줄이야!

그런 한편으로는 의문이 들었다.

그런데 왜 천왕곡 사람들에게 그토록 매몰차게 손을 썼을까? 어떤 원한이 있기에?

영안촌이라는 마을을 보며 그토록 슬퍼 보이는 눈빛을 한 이유와도 상관이 있는 걸까?

소미하란이 이런저런 상념에 잠기자 궁사한이 물었다.

"정말 우리는 들어갈 수 없습니까? 곡의 입구를 통해 정식으로 들어가면 안 됩니까?"

외부인이 천왕곡에 들어가기 위해선 철저한 검증을 거쳐야 한다. 그러나 두 사람은 그것도 불가능했다.

"지금쯤 우리에 대한 자세한 정보가 전해졌을 거요. 입구를 통과하기도 전에 붙잡힐 거요."

사실이 그러니 더 이상 우길 수도 없었다. 아쉬워도 발길을 돌리는 수밖에. 한데 문득 드는 생각.

'가만? 천왕교와 그리 사이가 좋지 않은 것 같던데.'

전무심의 손에 죽은 천왕교의 고수들이 몇 명이던가. 사이가 좋다면 그것이 더 이상했다.

한데 만일 사이가 좋지 않다면……?

궁사한이 눈빛을 빛내며 전무심을 바라보았다.

"다시 나오실 겁니까?"

"아무래도 그럴 것 같소."

"언제쯤……?"

"친구들을 구하고, 곡 안에서 처리할 일이 좀 있소. 그러다 보면 한 달이 될지, 아니면 두 달이 될지 그건 확실치가 않소."

자신의 생각대로였다. 전무심은 머무르기 위해서 천왕곡에 가는 것이 아니었다.

궁사한의 얼굴이 조금 밝아졌다.

"그럼 들어가지 않고 기다리겠습니다. 사매와 함께."

소미하란이 발작적으로 뭐라고 하려다가, 무엇 때문인지 입을 꾹 닫았다.

"그건 마음대로 하시오."

그러다가 전무심이 말하자 재빨리 입을 열었다.

"우리는 영안촌이라는 마을로 가서 기다릴 거예요. 전 공자가 오실 때까지."

전무심이 잠시 입을 닫고 하얗게 물든 산봉우리를 쳐다보았다.

그리고 한참 만에야 천천히 고개를 끄덕였다.

"좋을 대로."

第三章
그리운 사람들

千秀芳景深處採雲露　雨間容差現政

年間故迎天下　淫此知名張密界

長壁前再拜禮一天師兴

道言廣爲傳

日弟子趙孟頫敬書至大政元四月

死星
天血

1

　절벽 중턱에 나 있는 길게 갈라진 틈은 전과 그다지 달라진
곳이 없었다. 어둠 속에서 박쥐들이 드나드는 것도 여전했다.

　하지만 그곳을 바라보는 전무심의 표정은 그리 밝지 않았
다. 박쥐들의 날갯짓 소리만이 들릴 뿐, 인기척이 느껴지지 않
는 것이다.

　쉬이이이!

　전무심의 입술 사이에서 기음이 흘러나왔다.

　입구에서 사방팔방으로 날아다니던 박쥐들이 갑자기 안으
로 몰려들어 갔다. 그리고 박쥐들과 함께 전무심의 신형도 입
구에서 사라졌다.

동굴 안에는 여기저기 사람이 살았던 흔적이 남아 있었다. 박쥐들의 사체 부스러기를 덮기 위해 쌓은 돌탑도 보였다.

"그리 오래 되지는 않은 것 같군."

마지막으로 흔적이 남겨진 때는 한 달에서 보름 사이인 듯했다.

지루해서 나간 것은 아닌 것 같았다. 지옥의 수련관에서 오년 이상을 보낸 사람들이 아니던가.

그렇다면 무엇이 이들을 밖으로 이끌어낸 것일까.

전무심은 그 이유를 생각하며 안쪽으로 더 들어가 봤다.

한데 칠관에 들어갔을 때였다. 벽을 바라본 그의 얼굴에 희미한 웃음이 떠올랐다.

안 오기만 해봐라! 하루에 백 번씩 저주를 걸 테다!

천궁검법을 완벽히 익혀서 대형의 엉덩이에 검을 꽂으리라!

무슨 수를 써서라도 예종이의 손에서 벗어날 수 있는 신법을 익힐 것이다!

대형은 살아 있다. 대형은 틀림없이 살아 있다. 대형은 무조건 살아 있다. 대형이…… 보고 싶다. 대형…….

어지간히 답답했나 보다. 여기저기 끄적거리고, 지우고, 다시 그 위에 써놓은 낙서들이 수백 개는 되는 것 같다.

반수 이상이 어떻게 하면 자신을 혼내줄 수 있을까, 하는 글들이다. 아마 낄낄거리며 썼을 게 분명하다.

'이것들이 나 없는 사이에 작당을 한 모양이군.'

전무심은 피식거리며 난잡하게 쓰여 있는 글들을 하나하나 읽어갔다.

그렇게 세 번째 통로를 지나갈 즈음이었다. 전무심은 걸음을 멈추고 한곳을 뚫어지게 쳐다보았다.

벽면을 가득 메운 칼바람이 훑은 듯한 문양.

표향귀도(飄香鬼刀)의 흔적이었다. 사진옥의 솜씨가 분명했다.

"팔성 정도는 익힌 것 같군."

전무심은 만족한 표정으로 천천히 고개를 끄덕였다. 이 년이 조금 넘는 시간에 절정의 무공인 표향귀도를 팔성에 이르도록 익혔다. 그것은 그만큼 사진옥의 재질이 뛰어나다는 뜻이다.

내공만 조금 더 뒷받침된다면 곧 십성의 경지에 도달할 수 있을 것 같다. 그 정도라면 장로나 호법을 홀로 상대할 수 있는 실력을 갖추었다는 말.

전무심은 친구들의 솜씨가 생각보다 뛰어난 듯하자 조금은 안심이 되었다.

"그건 그렇고…… 대체 어디로 간 거지?"

차가운 밤바람이 얼굴을 때렸다.

시월 중순인데도, 깊은 산중인 데다 고지가 높아서인지 강하게 불 때는 한겨울 바람처럼 매섭게 느껴지기까지 했다.

전무심은 동굴을 빠져나오자마자 패왕전이 있던 곳을 향해 신형을 날렸다. 그리고 일각, 그는 패왕전이 보이는 건너편 삼나무 가지에 내려서서 전과 다름없이 그 자리에 서 있는 패왕전을 깊어진 눈으로 바라보았다.

불 꺼진 패왕전은 을씨년스러웠다.

바람에 쓸려 나뒹구는 낙엽들이 마당 여기저기에 수북하다.

바람 소리, 낙엽이 쓸리는 소리, 그리고 패왕전의 처마 끝에 매달린 채 인고의 세월을 견뎌온 녹슨 풍경 소리.

'저 풍경 소리는 여전하군.'

전무심은 한참 동안 패왕전을 바라보다 천천히 나무 위에서 내려왔다.

저벅저벅. 패왕전을 향해 걸어가는 그의 발걸음 소리가 어둠 속에 유난히 크게 울렸다.

한 가지 확인할 것이 있기에 고의로 낸 소리였다.

그의 의도가 통했는지, 그가 패왕전과 십 장의 거리를 남겨 놓았을 즈음, 패왕전 옆에 있는 작은 건물의 방문이 천천히 열렸다. 그리고 방 안에서 힘없는 노인의 목소리가 흘러나왔다.

"누구요?"

전무심은 걸음을 멈추고 물끄러미 열린 방문을 바라보았다.

머리에 하얀 서리를 인 노인이 고개를 내밀고 있었다. 전무심도 익히 아는 노인이었다.

"오랜만입니다, 공 할아버지."

노인은 연신 눈을 껌벅이며 희미한 달빛 아래 서 있는 전무심을 멍하니 쳐다보았다. 마치 유령이라도 본 듯한 표정이었다.

방 안에는 변변한 살림살이 하나 없었다.

허름한 이불과 낡은 침상 하나, 부러진 다리를 대충 이어놓은 탁자와 의자 대용으로 보이는 두 개의 통나무, 그리고 자질구레한 물품을 넣기 위한 두어 개의 대바구니가 구석에 놓여 있을 뿐이었다.

공 노인은 전무심이 통나무 의자에 앉자 그제야 탄식하듯이 입을 열었다.

"허어, 살아 있었구먼."

"아버지가 살려주셨지요. 당신의 목숨을 포기하시고……."

"그랬군, 그랬어……. 그 사람, 그렇게 자네를 좋아하더니. 쯔쯔쯔……."

"한데 언제 돌아오셨습니까?"

"풍백이 전부터 부탁을 했었네. 자기가 떠나면 이곳을 지켜달라고 말이야."

전무심은 눈을 떨며 턱에 힘을 주었다.

예감하고 있었던가 보다.

자신처럼 초감각도 없는 분이 본능적으로 느꼈나 보다.

자식이 언제 위험에 빠질지 몰라 노심초사하면서!

'바보 같은 아버지! 왜 말을 하지 않은 겁니까!'

"그 사람이 떠난 지 사흘이 지나서야 이곳에 들어올 수 있었네. 벼락 맞아 뒈질 놈들이 악착같이 지키고 있었거든. 행여나 자네와 풍백이 이곳으로 올까 봐 말이야. 멍청한 놈들."

말하다 보니 화가 치밀어오르는지 공 노인은 인상을 쓰며 씨근덕거렸다.

"그놈들 때문에 두 번이나 왔다가 되돌아갔다네. 세 번째 왔더니 놈들이 보이지 않더군. 그때도 보였으면 후환이 있더라도 패 죽이려고 했는데……."

"그래도 나중에 쫓아내지는 않았나 보군요."

"그게 좀 묘하다네."

공 노인이 고개를 갸웃거리며 말을 이었다.

"처음에는 떠나라고 지랄을 떨었는데, 염곡호가 왔다 가더니 조용해지더군."

'축융신마 염곡호가?'

전무심은 대충 상황을 짐작할 것 같았다.

천왕이 모든 것을 알게 된 것은 분명 염곡호 때문이었을 것이다. 하기에 그는 자신의 말과 행동이 어떤 파장을 불러왔는지 누구보다도 잘 알 터였다. 양심에 가책을 느낀 염곡호가 이곳을 찾아왔다면, 그리고 공 노인이 패왕전을 지키고 있는 것을 봤다면 그로선 그렇게 할 수밖에 없었을 것이다.

그러나 그 정도로 그의 죄를 용서할 수는 없었다.

"혹시 상황이 어떻게 돌아가는지 아시는 것이 있습니까?"

공 노인은 그 말이 떨어지자 자리에서 몸을 일으켰다. 그러더니 침상으로 다가가 이불을 젖히고는 판자 하나를 들어냈다.

전무심은 의아한 표정으로 그 모습을 바라보다가, 공 노인이 침상 속에서 꺼낸 얇은 나무 판을 보고 감탄을 금치 못했다.

나무 판은 손톱 두께만큼이나 얇았다. 아마도 종이 대용으로 사용한 듯싶었다.

"늙으니 기억이 가물거려서……. 종이를 구하려면 내려가야 하는데, 아무래도 종이를 사는 늙은이를 이상하게 볼 것 같아서 여기에 써놨다네."

나무 판은 가로 다섯 치, 세로 일곱 치 정도의 넓이였다. 예리한 칼날에 잘린 듯 잘린 면은 반질반질 윤이 날 정도였다.

그것만으로도 전무심은 공 노인의 칼솜씨가 녹슬지 않았다는 것을 알 수 있었다.

삼십여 년 전에 칼을 놓은 절정의 도객, 비혼도객 공철주. 그것이 공 노인의 오래전 이름이라는 것을 아버지에게서 들어 알고 있는 것이다.

또한 아버지는 공 노인이 바로 패왕전의 전설과 함께 잊혀진 패왕칠객 중 한 사람이라고도 했다.

다만 그가 왜 다른 곳으로 가지 않고 패왕전의 하인을 자처했는지는 아버지도 자세히 모른다고 했다. 사부님이신 태대원로 때문일 거라고만 막연히 추측할 뿐.

"읽어보게. 나름대로 들은 이야기 중 중요한 것만 써놓았다네."

전무심은 공 노인의 말에 상념을 떨치고, 공 노인이 내려놓은 나무 판을 자세히 바라보았다.

나무 판은 모두 삼십여 장. 그곳에는 작은 글씨가 촘촘히 쓰여 있었는데, 개중에는 조금씩 번진 글자도 몇 개 있었다. 그래도 읽는 데는 그다지 어려움이 없어 보였다.

전무심은 나무 판 위에 쓰인 순서에 따라 한 장 한 장 읽어 봤다.

거기에는 비록 상세하진 않지만 대략적인 천왕교의 흐름이 모두 적혀 있었다.

자신이 풍백의 팔에 안겨 사라진 때부터 시작해서, 며칠 전 백리군악에 의해 헌원무강이 퇴출된 이야기까지.

마지막 나무 판을 보던 전무심의 표정이 딱딱하게 굳었다.

"헌원무강이 백기를 들었단 말입니까?"

"어제 식량을 구하러 내려갔더니 그 이야기로 시끌시끌하더군. 백리군악이 작정한 것 같아."

생각지도 못했던 일이었다. 두 사람이 견제하고 있었기에 그나마 풍파가 일지 않고 있었다. 한데 그것이 사실이라면 이제는 사정이 달라질 수밖에 없었다.

백리군악, 그를 막을 수 있는 제동 장치가 풀려 버린 것이다!

"집마원의 동태에 대해서 아시는 게 있습니까? 혹시 그들이 반발하거나 하지는 않았습니까?"

공 노인이 천천히 고개를 저었다.

"그냥 모조리 백리군악의 수중에 들어갔네. 정말 놀라운 자야. 천하의 헌원무강을 단숨에 무너뜨린 것도 놀라운데, 그 와중에 집마원마저 완벽하게 차지해 버렸어. 그것까지는 천왕대전조차 생각하지 못했나 보더군."

백리군악을 상대하기가 그만큼 더 어려워졌다는 말이었다.

'군악, 정말 너답구나.'

생명과도 같았던 친구를 죽음으로 내몬 그였다. 그런 각오
를 지닌 백리군악이 무엇인들 못할까.

헌원무강이 아니라 천왕을 무너뜨렸다고 해도 그러려니 했
을 전무심이었다. 단지 상대해야 할 백리군악은 날아오르는
데, 자신은 여전히 제자리인 것이 답답할 뿐.

'하지만 아직 네가 이긴 것은 아니다. 네가 욕망에 물든 이
상, 너는 나를 막을 수 없을 것이다!'

그렇다. 하늘에서 내려다보는 아버지가 있거늘, 벌써부터
걱정할 필요는 없었다.

백리군악에게 천왕교라는 힘이 있다면, 자신에게는 아버지
가 남긴 마지막 힘이 남아 있다.

누가 이길지, 그것은 하늘만이 아는 것이다!

전무심은 마음을 가라앉히고 공 노인을 바라보았다.

태대원로가 오래전에 패왕전을 거의 봉문하다시피 했다고
는 해도, 패왕전의 무사들마저 완전히 사라진 것은 아니었다.
눈앞의 공 노인처럼 말이다.

생각지도 않게 공 노인을 통해 많은 것을 알게 된 것이 좋은
징조처럼 느껴졌다.

"다른 분들은 건강하십니까?"

전무심은 장천궁이 죽기 전까지 공 노인과 함께 패왕전의

하인으로 있던 두 노인에 대해 물어보았다.

그 말에 공 노인이 쓴웃음을 지었다.

"소가는 작년 이맘때에 죽었고, 철가는 움직이기도 힘들 정도네. 이 나무 판에 적힌 내용 중 태반이 철가가 수집한 것들이지."

"그랬군요……."

전무심은 숙연한 표정으로 소 노인의 죽음을 안타까워했다. 그때 공 노인이 갑자기 생각났다는 듯 말했다.

"아! 보름 전에 웬 미친놈들이 나타났었는데……."

"미친놈들이요?"

"거지 중에 그런 상거지도 없었지. 냄새는 또 얼마나 고약한지 말을 나누면서도 내내 코를 잡고 있었다네. 좌우간 한밤중에 나타난 그 미친놈들 하는 말이, 친구가 죽게 생겼으니 약 있으면 좀 달라고 하더군. 그래서 없다고 했더니 덩치도 커다란 놈이 한참 울고불고 방정을 떨지 뭔가. 그러더니 갑자기 빼빼 마른 놈이 묻더군. 혹시 천유옥이라는 이름을 아느냐고."

순간 전무심은 그들이 누군지 알 것 같았다. 그리고 그들이 왜 동굴을 나왔는지, 그 이유도 짐작할 수 있을 듯했다.

"다른 말은 없었습니까?"

"안다고 했더니, 자신들은 친구가 팔 병신 된 그곳에 있을 테니까 혹시 오면 말 좀 전해달라고 하더구만."

"아픈 사람은 언제 보였습니까?"

전무심이 묻자 공 노인이 피식 웃었다.

"내가 보기에는 급체 같더군."

전무심의 눈이 조금 커졌다.

"걱정하지 않아도 될 거네. 아마 두어 시진 지나서 괜찮아졌을 거야."

"예?"

"하도 더러워서, 직접 만지지는 않고 몰래 칼로 손가락을 그어버렸거든. 몸뚱이만큼이나 시커먼 피가 제법 나왔으니 곧 체한 것이 진정되기 시작했을 것이네. 뭐, 사실 그놈들이 강제로 윽박질렀으면 손가락 대신 목을 그어버리려 하긴 했지만, 그렇게까지는 안하고 그냥 가더군."

피식, 절로 웃음이 나왔다.

'물도 많은데 좀 씻고 지내지……'

그런 한편으로는 친구들이 더욱 보고 싶어졌다.

친구들을 생각하자 그는 더 이상 앉아 있을 수가 없었다.

"그들을 찾아봐야 할 것 같습니다."

"조심하게. 요즘 상황이 심상치 않아."

"알고 있습니다. 너무 걱정 마십시오."

2

백리군악은 조용히 찻잔을 입가로 가져갔다.

공오가 물었다.

"그가 올까요?"

"고민은 하겠지만, 결국은 올 것이야. 자신이 어리석은 줄 모르는 사람은 항상 자신을 지나치게 믿거든."

공오는 백리군악의 대답에 더 이상 의문을 달지 않았다.

백리군악이 온다고 한 이상 반드시 올 테니까.

아니나 다를까, 사람을 보낸 지 이각이 지났을 무렵이었다.

"집마원주께서 찾아오셨습니다."

밖에서 무종령의 수하 하나가 그가 왔음을 알렸다.

부엉이들이 울어대는 해시 초.

백리군악에게서 할 말이 있으니 천기원으로 오라는 전갈이 왔다.

"건방진 놈! 감히 나를 오라 가라 하다니!"

헌원무강은 분노에 치가 떨렸다.

생각 같아서는 당장 쫓아가 때려죽이고 싶었다.

그러나 그것도 불가능하다는 것을 그는 자신의 꿈이 무너지던 그날 저녁 머리를 쥐어뜯으며 곰곰이 생각한 후에 깨달았다.

놈은 자신의 무형지기에 피를 토하기는커녕 표정 하나 변하지 않았었다. 오히려 입가에 잔잔한 웃음마저 띠고 있지 않았던가.

그제야 알았다. 그저 책벌레로만 알았던 놈이 믿을 수 없게도 절정의 고수라는 것을. 그것도 최소한 자신의 십 초는 받아낼 수 있을 정도의 실력을 감춘 진짜 고수라는 것을.

게다가 놈의 주위에는 몸을 숨긴 자들 또한 한둘이 아닐 터, 한 수에 죽일 수 있다면 몰라도 실패하면 끝장인 것이다.

과연 한 수에 놈을 죽일 수 있을까?

확실한 것은 아무것도 없었다.

수년간 절대의 고수들 눈조차 속인 놈이 아니던가. 숨기고 있는 것이 얼마나 되는지, 그것은 아무도 모르는 일이었다.

헌원무강은 쓸데없는 모험을 할 생각이 없었다.

또다시 새파랗게 어린 놈 앞에 무릎을 꿇고 싶지 않았다. 그리고 무엇보다, 이제는 놈에게 당하지 않을 자신이 있었다.

"흥! 좋아, 일단 네놈 말대로 따라주마!"

그는 결국 그렇게 오지 않을 수 없었다. 모든 주도권이 넘어간 이상은 겉으로나마 굽힐 수밖에.

한데 마주 앉은 지 일각이 지났을 즈음, 그는 자신의 몸이 이상하다는 것을 느꼈다.

찻잔을 잡은 손이 가늘게 떨린다.

쿵쾅거리는 가슴이 터질 것처럼 끓어오른다.

아득해지는 정신.

갑작스런 반응에 그는 이를 앙다물었다.

'또 당한 건가? 나, 헌원무강이?'

그는 핏발 선 눈으로 앞을 뚫어지게 노려보았다.

"악마 같은 놈! 대체 무슨 짓을 한 것이냐!"

뚝뚝 끊어지는 듯한 목소리에는 당황이 역력하다.

그러나 그런 헌원무강의 다그침에도 백리군악의 표정은 조금도 변하지 않았다.

"너무 걱정 마시오. 죽지는 않을 테니까."

"이, 이…… 뭘, 뭘 원하는…… 것이냐?"

헌원무강의 입술을 뚫고 비음이 새어 나왔다.

뭔가에 취한 듯 조금 묘한 음색이었다.

"별거 아니오. 그저 원주의 무공이 필요할 뿐. 아니, 정확히 말하면 원주의 몸뚱이라고나 할까?"

"이, 이놈! 결코 네놈 뜻대로 되지는 않을 것이다. 내가 이곳에 온 것을 아는 사람들이 알고 있다. 설마 그들의 눈을 모두 속일 수 있다고 생각하는 것은 아닐 테지?"

몇 마디 내뱉는데도 달구어진 얼굴이 화끈거린다.

스멀거리는 두려움에 손발마저 떨린다.

이대로, 이대로 나 헌원무강이 무너진단 말인가!

'안 돼! 안 돼! 이럴 수는 없어!'

"그건 원주가 걱정하실 일이 아니오. 원주께서는 계속 집마원에 있게 될 테니."

"이, 이 개 같은……."

쿵!

부들부들 떨던 헌원무강이 끝내 탁자에 고개를 처박았다.

무심한 눈으로 그의 뒤통수를 노려보던 백리군악이 조용히 입을 열었다.

"데려가라."

동시였다. 천장에서 뿌연 두 개의 그림자가 늘어지더니 백리군악의 앞에 부복했다.

　"열흘간 아무것도 먹이지 말고 오직 그것만 먹여라."

　"존명!"

　두 개의 그림자가 헌원무강을 옆구리에 끼더니 나타날 때만큼이나 신비롭게 사라졌다.

　그제야 공오가 물었다.

　"귀독마의의 말을 믿으십니까?"

　"나는 아무도 안 믿는다네. 나 자신조차."

　"하오면 왜?"

　의아해하는 공오의 말에 백리군악이 희미한 미소를 지었다.

　"하늘 아래에 사람의 정신을 조종하는 방법이 귀독마의가 말한 방법만 있는 것이 아니라네."

　"그 말씀은……?"

　"일전에 내가 천왕동의 비고에 들어갔다 온 것을 자네도 알지?"

　"육 개월 전의 일 말씀이십니까?"

　백리군악은 공오가 앞에 없는데도 앞을 보며 고개를 끄덕였다.

　"그때 비고에서 아주 재미있는 책을 하나 얻었지. 자네, 혹시 광혼마자라는 이름을 들어보았는가?"

　"광혼마자요?"

　"백수십 년 전, 한 무리의 미치광이들을 몰고 호남을 피바다로 만든 자가 있었네. 당시에 죽은 강호의 무림인들만 일천을 헤아렸다 하더군."

백리군악이 잠시 말을 끊고 고개를 쳐들었다.

"내가 얻은 책이 바로 그가 남긴 책이네. 거기에 멀쩡한 사람도 미치광이로 만드는 방법이 적혀 있더군. 그것도 아주 빠르게."

"미치광이라면, 다스리기가 어렵지 않겠습니까?"

사람이 미치면 정상적인 상태보다 훨씬 강한 힘을 쓴다.

그래서 무공을 익힌 사람이 미치면 그만큼 더 위험해질 수밖에 없는 것이다.

공오의 염려에 백리군악이 싸늘한 미소를 지었다.

"그 내용 중에서 제일 재미난 부분이 뭔지 아나? 그것은 미치광이들이 절대복종을 한다는 것이라네."

그 말을 하는 순간, 그의 웃음이 잦아졌다.

"나는 혹시 써먹을 데가 없을까 해서 그가 어떻게 미치광이들을 만들었나 살펴봤지. 그리고 알았다네. 그가 남만의 독초로 만든 광혼단을 이용해서 사람들의 정신을 지배했다는걸."

문제는 광혼단을 만드는 방법이 너무 복잡하고 쉽게 구할 수 없는 독초가 대부분이라는 것이었다.

결국 그는 아쉬움을 뒤로 남기고 광혼단에 대한 생각을 접어야만 했다.

한데 그러던 어느 날이었다. 그는 사천무림의 정보를 모아놓은 곳에서 우연히 한 가지 정보를 접했다.

환락단! 바로 그것이었다.

"우연인지는 몰라도, 광혼단과 환락단은 아주 비슷한 면이 많지 뭔가. 어떤 면에선 환락단이 더 뛰어나다고 볼 수도 있고. 어떤가? 우리에게 천운이 따른 것 같지 않은가?"

그럼 처음부터 그것 때문에 환락단에 대한 계획을 꾸몄다는 말?

"아!"

뜻밖의 말에 공오가 자신도 모르게 감탄성을 터뜨렸다.

"그럼 귀독마의가 없어도 되지 않겠습니까?"

그 말에 백리군악이 고개를 저었다.

"앞을 가려줄 바람막이 정도는 있어야겠지. 거기다 더 좋은 결과를 얻을 수 있다면 더 좋을 테고 말이야. 일단은 그냥 그에게 맡겨놓게. 감시만 잘하고."

"알겠습니다, 주군."

"헌원무강을 대신해 집마원을 지킬 사람은 보냈는가?"

"지금쯤 도착했을 것입니다. 백변환귀(百變幻鬼)라면 그의 역할을 충실히 할 수 있을 것입니다."

3

천양원의 사층 누각은 천왕대전의 칠층 누각을 빼고는 천왕곡에서 제일 높았다.

야심한 시각, 패왕전을 나온 전무심은 그 꼭대기에 오연히 서서 사방을 쓸어보았다.

저 멀리 동쪽에 천기원이 보이고, 그 반대편에 집마원이 보였다. 그리고 정면 이백여 장 저 너머에는, 천왕대전이 웅장한 위용을 자랑하며 저 멀리 깎아지른 절벽이 시작되는 곳까지 드넓게 펼쳐져 있었다.

귀왕전과 지옥전은 산세에 가려 보이지 않았다.

'내가 돌아왔다, 천왕교여! 혈사자 천유옥이 아닌, 풍백의 아들 전무심으로!'

그가 깊은 상념에 젖어 있는 사이, 낮게 깔린 스산한 안개가 계곡을 따라 흐르는 강가에서 밀려들었다.

그러자 순식간에 안개바다 위로 징검다리처럼 이어진 지붕들이 희미한 달빛아래 늘어섰다.

전과 조금도 다름없는 모습이었다.

하지만 그 안에 사는 사람들은 예전의 사람들이 아니었다.

떠난 자와 남은 자, 죽은 자와 산 자.

결국 세상은 그렇게 갈렸다.

비록 한정된 곳에서 지내긴 했어도 간간이 여기저기서 웃음이 터져 나오던 곳이었다. 그러나 지금은 음산한 욕망의 마소(魔笑)만이 가득 남은 곳이 되었다.

네가 바라는 욕망의 끝에는 무엇이 있느냐.

뜻대로 되면 행복할 거라 생각하는 것이냐, 백리군악?

그것이 아니라는 것은 네가 더 잘 알 터. 욕망은 결코 너의 꿈을 채워주지 못할 것이다, 군악.

그래도 그 길을 가겠다면 너의 심장에 검을 꽂는 걸 주저하지 않을 것이다.

'바로 내가! 아버지의 이름으로!'

마음 같아서는 당장 천기원으로 달려가 백리군악을 만나고 싶었다. 하지만 그 일이 그리 간단치 않다는 것을 누구보다도 자신이 잘 알고 있었다.

멀리서 보아도 천기원에는 하늘의 벼락조차 뚫고 들어갈 수 없는 천겹의 방어막이 쳐져 있었다.

공연히 준비도 하기 전에 그를 격동시킬 수는 없는 일. 게다가 자신이 원하는 대상은 백리군악만이 아니었다.

천왕! 그가 있는 것이다.

"기다려라, 백리군악. 이제 시작일 뿐이니까."

어느 순간, 전무심의 신형이 허공으로 떠오르더니 고요히 밀려가는 안개바다 속으로 사라졌다.

일각 후, 전무심은 석화봉에 올라 고사목의 아래를 파보았다. 한 자가량을 파자 서너 겹의 유지로 감싼 서신이 들어 있는 작은 함이 모습을 드러냈다.

전무심은 유지를 들추고 서신을 집어 들었다.

달빛 아래 펼쳐진 서신은 모두 다섯 장이었다. 거기에는 화운곡과 흑화령이 조사한 내용이 빼곡히 적혀 있었다.

차분하게 서신을 읽어가던 전무심의 얼굴이 굳은 것은 세 번째 서신을 읽을 때였다.

흑화령의 조사에 의하면 환락단이 천왕교로 들어갔는데, 그 최종 목적지가 집마원이라는 것이었다.

예상과는 조금 다른 결과였다. 백리군악이 환락단을 원한 것이 아닐까 생각했거늘, 헌원무강이라니.

물론 결과적으로는 백리군악의 손에 들어간 셈이 되었지만, 그것은 결과가 그리되었을 뿐이니 의미가 다를 수밖에 없었다.

전무심은 머릿속이 더욱 복잡해졌다.

과연 백리군악은 환락단의 존재를 알고 있을까?

알고 있다면 그는 그것을 어떤 용도로 사용할까?

분명한 것은, 백리군악이라면 환락단을 단순히 쾌락을 즐기기 위해 사용하지는 않을 거라는 것이었다.

어쩌면 그래서 더 위험한 것일지도 몰랐다.

'복잡해졌어. 그것이 백리군악의 손에 들어가다니…….'

왠지 모를 불안감이 그의 초감각을 자극했다.

이주 끈적끈적한, 기분 니쁜 느낌이었다.

전무심은 굳은 표정으로 두 손에 공력을 끌어올리고는, 가루로 변한 서신이 순식간에 바람에 날려 사라지자 품속에서 한 장의 서신을 꺼냈다.

서신에 적힌 내용은 간단했다.

천왕교를 빠져나가라. 영안촌으로 가서 궁사한과 소미하란을 찾은 후 강호의 정세에 대한 정보를 모아라.

화운곡이 이끄는 흑화령 사화각 요원들의 능력이 제아무리 뛰어나다 해도 이곳은 천왕교였다.

천왕교에는 남들이 모르는 천왕교 사람들만의 특징이 있었다.

하기에 흑화령 사람들이 장시간 머무르는 것은 위험할 수밖에 없었다. 그리고 그들이 할 일이 꼭 이곳에만 있는 것은 아니었다.

전무심이 서신을 집어넣은 함을 다시 파묻고 몸을 일으켰을 때는 이미 축시가 거의 다 지난 시각이었다.

4

안개가 천왕곡을 휘어감은 그날 밤이었다.

세 개의 등불이 은은히 밝혀진 방 안에 모두 아홉 사람이 빙 둘러앉았다.

모두 같은 복장인데다 눈만 내놓은 복면조차 펑퍼짐해서 누가 누군지조차 알 수가 없었다.

"그가 집마원의 힘마저 차지한 이상 시간을 더 늦출 수 없을 것 같소."

"글쎄, 비록 헌원무강이 뒤통수를 맞았다고는 하지만, 누가 뭐래도 그는 헌원무강이오. 그냥 쓰러지지는 않을 것이오."

"기다리자는 말이오?"

"조금 더 기다려도 괜찮을 것 같소만."

"그가 우리의 존재를 알고 있다면 위험하오."

"위험은 처음부터 존재했소. 죽음이 두려웠다면 이곳에 앉아 있지도 않았을 것이오."

"하긴……."

비슷한 말투, 왠지 본인의 목소리가 아닌 듯한 거친 음성. 그들은 철저히 자신을 감춘 채 각자의 생각을 쏟아냈다.

"그건 그렇고. 천왕께서도 백리군악의 성장을 그리 반기고 있지만은 않을 것 같은데, 천왕께서 백리군악을 견제할 경우에 대해선 생각해 봤소?"

"지금으로선 불가능한 일이오. 백리군악의 힘이 천왕 못지않게 강해졌소."

"흥! 천왕의 한마디면 백리군악의 힘 중 절반은 등을 돌릴 겁니다."

"문제는 천왕께서 그걸 원하지 않는다는 것이오. 현재 백리군악에 대한 천왕의 신임은 절대적이오. 섣불리 건드렸나간 긁어 부스럼만 될 뿐이오."

"으음……."

"이미 천왕과 백리군악은 외부로 힘을 돌리기 시작했습니다. 우리라고 해서 꼭 곡 안에서만 대항할 필요가 있겠습니까?"

"아직은 힘을 분산시킬 때가 아니오. 그리고 백리군악의 힘이 밖으로 빠져나가면 오히려 우리에게 더 많은 기회가 올 수도 있소. 그러니 조금 더 기다려 봅시다."

"그 말씀은 맞습니다. 저도 일단은 기다리는 것이 낫다고 생각합니다."

"나도 그리 생각하오. 외부에 근거지가 있는 것도 아니고, 함부로 움직이다간 이것도 저것도 아닌 상태에서 거꾸로 당할 수도 있소."

그동안 한마디도 하지 않고 조용히 바라만 보고 있던 복면인이 천천히 자리에서 일어섰다. 비록 몸은 커다란 장포 속에 가려져 있으나 언뜻 보기로도 그리 커 보이지는 않았다.

"그럼 그렇게 결론을 내리도록 하겠소. 하나 무작정 기다릴 수만도 없는 일. 우리와 같은 생각을 지닌 사람들을 좀 더 포섭하는 데 주력하도록 하시오."

마치 결론을 내리는 듯한 말투였다. 그런데도 모두가 이견을 내지 않고 고개를 끄덕였다. 그러자 그가 다시 말했다.

"우리가 왜 여기에 모였는지 잊지 말아야 할 것이오. 우리는 천왕교를 위해서 모인 것이지, 단순히 권력에 대항하기 위해서 모인 것이 아니오. 그 점을 잊지 말아야 할 것이오."

"험, 당연한 말씀이오."

"잊을 게 따로 있지, 어찌 그걸 잊겠소?"

당연하다는 듯 고개를 끄덕이는 사람들이다.

개중에는 조금 민망하다는 투로 헛기침을 하는 자도 있고, 알게 모르게 불만을 가진 자도 있다. 하지만 반발하는 자는 없었다.

"그럼 다음에 다시 연락을 하겠소. 다음 비문은 역침(力沈)이오."

여덟 사람이 빠져나간 방 안에 홀로 남은 그는 천천히 의자에 주저앉았다.

의자에 깊숙이 몸을 묻은 그는 아무런 움직임도 없이 탁자 위의 찻잔을 바라보았다.

여덟 개의 찻잔은 거의가 비어 있었다. 오직 그의 것만이 반쯤 남아 있을 뿐이었다. 그만큼 긴장했다는 말이었다.

폭풍이 부는 날, 천 장 절벽에서 외줄을 타는 기분이 이러할까?

'그라면 어떻게 했을까?'

침묵이 조용히 그의 어깨를 어루만졌다.

'어차피 시작된 일, 이제는 멈출 수도 없어.'

너무 많은 사람이 이 일에 매달렸다. 목숨을 걸고서!

멈추기에는 늦었다는 말이다.

그는 반쯤 남은 찻잔을 들어 한 입에 털어 넣었다.

갑자기 갈증이 났다. 차를 마셨는데도 목이 타는 것만 같았다.

'오늘은 독한 술이라도 한잔해야겠군.'

그는 벌떡 자리에서 일어섰다. 그리고 몸을 돌려 사람들이 나간 반대편의 벽을 밀고는, 유등불이 은은히 비추는 지하 통로를 통해 방을 빠져나갔다.

아홉 개의 빈 찻잔만 덩그러니 남겨놓은 채.

5

안개는 생각보다도 더 짙었다. 계곡 안은 더해서 삼 장 앞도 보기 힘들 정도였다.

그 때문인지 안개에 덮인 무덤은 더욱더 음산하게만 보였다. 금방이라도 무덤이 갈라지며 시체가 벌떡 일어설 것만 같았다. 그래도 절대 이상할 것이 하나도 없는 오싹한 풍경이었다.

그런데도 전무심은 거침없이 나아갔다.

커다란 키, 기다란 머리, 시커먼 흑의. 거기다 굳은 얼굴. 안개를 헤치고 가는 그의 모습은 귀신조차 겁먹을 저승사자, 바로 그 모습이었다. 막상 자신만 모를 뿐.

저승사자처럼 안개 사이를 누비며 나아가던 전무심은 무덤이 드문드문 보일 무렵에서야 방향을 틀었다. 자신의 기억이 잘못되지 않았다면, 그래야 폐쇄된 뇌옥으로 갈 수 있기 때문이었다.

덜컹!

철문이 거친 쇳소리를 내며 열렸다.

어둠에 잠긴 뇌옥 안에서 곰팡내가 훅 풍겨왔다. 인기척은 커녕 쥐새끼들의 움직임도 느껴지지 않았다.

전무심은 바로 들어가지 않고 입구에 서서 어둠에 눈이 익기를 기다렸다.

그리 오랜 시간은 필요없었다. 숨을 서너 번 쉴 시간도 되지 않아 뇌옥 안이 환하게 보이기 시작했다.

전무심의 입가에 희미한 미소가 떠오른 것은 그때였다. 사람은 없지만 그 흔적이 남아 있었던 것이다.

전무심은 천천히 안으로 걸어 들어갔다.

뇌옥은 이전과 많이 달라져 있었다. 입구의 철문이 제대로 붙어 있다는 것부터 달랐다. 그리고 안쪽에 어수선하게 널려 있던 부서지고 깨진 잔해물들이 하나도 보이지 않았다.

누군가가 치웠단 말이었다. 그리고 분명 그 누군가는 자신의 친구들일 터였다.

삼 년 안에 대형을 이기자!

가오를 다지는 문구가 벽면에 크게 쓰여 있지 않은가 말이다.

그걸 보는 순간 피식 웃음이 나오는 전무심이었다.

"글쎄, 삼 년 안에는 힘들걸?"

전무심은 말도 안 된다는 듯 중얼거리며 더 안쪽의 통로로 다가갔다.

사실 전무심이 서 있는 곳, 전날 고후명이 고문을 받았던 곳은 뇌옥에 수감되는 자들이 이런저런 일을 보는 입구에 불과했다.

진짜 창살이 있는 뇌옥은 더 안쪽에 있었다. 지금은 쇠를 모두 뜯어낸 바람에 아무것도 없지만, 과거에는 몇 단계에 걸쳐 쇠창살로 막혀 있었을 게 분명했다.

대체 저 안의 구조는 어떻게 생겼을까?

통로의 입구에 선 전무심은 문득 그것이 궁금해졌다.

저벅저벅, 석벽에 반사되어 통로를 울리는 발걸음 소리가 음산하게 들려왔다.

안쪽도 생각보다는 깨끗했다. 사진옥 등이 치운 듯했다.

왜 여기까지 치웠을까?

그 의문에 대한 답은 그리 오래지 않아 스스로 모습을 드러냈다. 십여 장을 들어가자 제법 큰 석실이 보였는데, 그곳에 무공수련을 한 흔적이 여기저기 남아 있었던 것이다.

전무심은 만족한 표정으로 고개를 끄덕이고는 다시 안쪽으로 걸음을 옮겼다.

뇌옥의 통로는 십 장마다 직각으로 꺾여 있었다. 그리고 그때마다 기관이 설치된 흔적과 함께 석실이 하나씩 보였다. 그곳에도 역시 무공을 수련한 흔적이 있었다.

아마도 각자가 석실 하나씩을 차지하고 수련을 한 듯했다.

한데 그렇게 네 개의 석실을 지나치고 다섯 번째 석실에 들렀을 때다. 전무심의 입가에 슬며시 웃음이 떠올랐다.

"여기가 침실이었나 보군."

그의 말대로였다. 그곳에는 그 어떤 침상보다 튼튼한, 아름드리 통나무를 반쪽 내어 만든 침상이 삼면에 놓여 있었다. 한데 모두 세 개인 것이 아마 예종은 따로 자는 듯했다.

게다가 구석의 집기들은 그들이 이곳에서 장기간 생활을 하려 작정했다는 것을 말해주고 있었다.

그리 나쁘지 않은 생각이었다. 누구도 이곳에서 사람이 살거라고는 생각하고 있지 않을 것이었다.

물론 누군가가 마음먹고 수색한다면 들킬지 모르지만, 최소한 다른 곳보다는 안전한 곳이었다.

그는 석실 안을 다시 한 번 훑어보고는 다섯 번째 석실을 나와 더 깊은 곳으로 들어갔다.

아마도 그다음부터는 치우지 않은 것 같았다. 수북이 쌓인 먼지도 그렇고, 천장에서 떨어진 돌조각들이 그대로 바닥에 쏟아져 있었다.

그거야 어쨌든 자신에게 필요한 것은 뇌옥의 구조지 청소 상대가 아니었다.

그는 통로 중간 중간에 설치된 기관의 흔적을 살피며 최대한 들어갈 수 있는 곳까지 들어갔다.

그렇게 백여 장을 들어갔을 때였다. 갑자기 통로가 끊기더니 커다란 글자가 삼 장 전면에 보였다.

뇌옥의 마지막을 알리는 벽임이 분명한데, 그곳에 쓰여 있는 글씨는 또 뭐란 말인가?

전무심은 걸음을 멈추고 앞을 바라보았다.

천중천 비상천(天中天 飛上天)!

용이 꿈틀거리는 듯 힘찬 글씨다. 어둠이 가로막고 있는데도 제법 선명하게 보이는 여섯 글자다.

감탄이 절로 나왔다.

"하늘 중의 하늘, 하늘로 날아오르다. 정말 멋진 글씨군!"

그런데 왜 뇌옥에 저런 글을 써놓은 걸까?

뇌옥에 갇혀서 죽어가는 자를 위로하기 위해 써놓은 걸까? 아니면……

하지만 의아한 마음도 잠시였다. 글자를 한참 동안 바라보던 그는 이상한 느낌이 들었다.

자신도 모르게 가슴이 답답해진다.

갑자기 빨라진 심장박동! 마치 필생의 대적과 마주 선 기분이다.

게다가 어둠 속에서 점점 커지는 것처럼 느껴지는 저 여섯 개의 글자는 또 뭐란 말인가.

전무심은 자신을 곤경으로 몰아넣고 있는 힘의 정체가 무엇인지 밝히고 싶었다. 그가 생각했을 때, 그 모든 것의 출발점은 눈앞에 있는 여섯 개의 글자였다.

그는 굳은 표정으로 천천히 벽을 향해 다가갔다.

그렇게 그가 글자 앞에 섰을 때였다.

순간 그의 눈이 서서히 커지고, 표정이 경악으로 굳어졌다.

"대체……!"

그는 그제야 여섯 개의 글자가 하나로 이어져 있다는 것을 알 수 있었다. 글자를 새긴 자가 여섯 글자를 단번에 써 내려갔다는 말이었다.

그것도 맨손으로!

문제는 그 글자에 글자를 새긴 자의 힘이 고스란히 담겨 있다는 것이었다.

아마 이 년 육 개월 전의 그였다면 결코 느끼지 못했을지도 몰랐다.

그만한 힘을 지닌 자만이 느낄 수 있는 그런 기운이었다.

어쩌면 그래서 지금까지 벽면만 장식한 채 세월을 보냈을지도 몰랐다.

대체 어떤 자가 저러한 글자를 새길 수 있는 걸까?

천하에 저 정도의 힘을 지닌 자가 있기나 한 걸까?

문득 그의 뇌리에 어떤 생각이 떠올랐다.

자신이 생각할 수 있는 사람 중 그런 사람은 오직 한 사람뿐이었다.

바로, 천왕(天王)!

'이 글자는 천왕이 직접 썼다! 그것도 오래전에!'

전무심은 한참 동안 글자를 바라보다 천천히 그 자리에 주저앉았다. 그리고 여섯 개의 글자를 마주한 채 눈을 반개했다.

오기라 해도 할 말이 없었다.

부질없는 짓이라 해도 상관없었다.

자신은 암천혈왕, 천왕의 유일한 상대였던 혈왕과 패왕의 제자다.

그런 자신이 천왕이 남긴 글자 몇 개에 뒤를 보일 수는 없는 일이 아닌가 말이다!

석상처럼 굳어 있던 전무심의 손이 움직인 것은 근 한 시진 만이었다.

그가 손을 펼치고 살짝 쳐든 순간, 그에게 지배당한 채 흐름을 멈춘 대기가 그의 장심으로 빨려 들어가는 듯했다.

빛 하나 없는 어둠 속에서 일어나는 그 광경은 경이(驚異), 바로 그것이었다.

그러던 어느 순간이었다. 세 배는 커져 보이는 그의 손이 높게 들렸다.

벼락도 아니고 안개도 아닌 기이한 기운이 그의 손에서 뻗친 것은 바로 그때였다.

거부할 수 없는 힘에 짓눌린 석벽은 적어도 그 순간만큼은 적당히 반죽된 무른 진흙이나 다름없었다.

전무심이 천왕이 남겼을 것으로 추정되는 여섯 글자 옆에 무상의 마음을 담은 또 다른 글자를 새기기 시작했다.

그것은 시작되었다 싶은 순간 끝이 났다.

면면부절(綿綿不絶), 쓰여진 글자는 모두 일곱이었다.

천불천 상천불천(天不天 上天不天).

천왕의 용사비등한 여섯 글자에 비해 거칠어 보이지만, 대신 간결한 가운데 힘이 넘치는 글자였다.

다섯 치 깊이로 파고든 글자 하나하나에는 그가 천왕에게 하고픈 말이 담겨 있었다.

"하늘은 결코 하늘이라 할 수 없으니, 하늘에 올랐다 생각해도 그곳은 결코 하늘이 아니었을 것이오. 천왕이여! 당신이 올랐다 생각한 하늘이 진정한 하늘이었다 생각하시오?"

아니었을 것이다. 그가 올랐을 하늘 위에는 또 다른 하늘이 있었을 것이고, 그 또한 하늘인지 아닌지 모호했을 것이다.

노자가 도가도비상도(道可道非常道)라 했던가?

도를 도라 하면 이미 도가 아니고, 그러함으로써 영원한 진리가 없듯이, 천왕의 하늘도 올라간 순간 하늘이 아니었을 것이다.

다른 사람은 몰라도 전무심만은 천왕의 마음을 알 듯했다.

그 역시 풍곡에서 수련할 때, 가끔은 자신의 힘에 대한 고뇌에 빠질 때가 있었다. 그럴 때마다 모든 것을 잊고자 노력해 왔다.

어쩌면 잊고자 한 덕분에 혈왕과 패왕의 무공을 따로 구분할 필요가 없다는 것을 깨닫고, 두 가지의 무공을 구분 없이 자신의 의지로 표현해 낼 수 있게 되었는지도 몰랐다.

그걸 깨닫기 위해 이 년이 넘게 걸렸다.

빠르다면 빠르다 할 수 있지만, 전무심은 결코 빠르다 생각하지 않았다.

물론 늦다고 생각하지도 않았다. 막상 그것을 깨닫는 데 걸린 시간은 사흘에 불과했으니까.

"하지만 그것 역시 그저 계단 하나를 오른 것에 불과하다는 것을 오늘에서야 깨달았소. 어쩌면 나는 당신의 마음을 이해할 수 있을 것도 같소."

그는 어렴풋이나마 천왕이 이곳에 글자를 새긴 이유를 짐작할 수 있을 것 같았다.

번뇌에 고민하던 그는 발악하듯 자신을 거부하는 자에게 자신이 하늘임을, 거부할 수 없는 절대자임을 알리고 싶었는지도 모른다.

그것이 아니라면 이곳에 저러한 글자를 새길 이유가 없다.

누구든, 특히 능력이 뛰어난 자일수록 저 글을 보고 좌절했을 테니까.

그리고 굴복했을 테니까.

패(覇)의 절대자, 천왕의 위대함을 우러르면서!

전무심이 석벽에서 등을 돌린 것은 그로부터도 세 시진이 지나서였다.

그의 표정이 미미하게 변해 있었지만, 그는 미처 자신의 변화를 알지 못하고 있었다.

어찌 보면 우스운 일이었다.

아무도 오지 않는 뇌옥의 막장에서 자신이 대적하려는 천왕의 흔적을 보고 깨달음을 얻다니 말이다.

더구나 그 와중에 얻은 손(手) 하나.

전무심은 석벽에서 멀어지며 고요한 눈으로 어둠을 바라보았다.

"사부님께 천왕의 수공(手功)에 대해선 듣지 못했었는데……."

그렇다면 잊혀진 것인지도 몰랐다. 아니면 전승이 되지 않았든지. 하긴 어찌 되었든 상관이 없었다. 그것은 이제 새롭게 변해 자신만의 것이 되었으니까.

"그놈들이 알면 배 아파서 뒹굴지나 않을지 모르겠군."

그 생각을 하자 입가에 가느다란 웃음이 떠오르는 전무심이었다.

끼익!

철문이 부대끼는 신음을 토해내며 천천히 열렸다.

밀려드는 새벽 어스름을 등에 지고 네 사람이 들어섰다. 그들은 몇 걸음 옮기기도 전에 걸음을 멈추고 서로를 마주 보았다.

"이상하지?"

"너도 그렇게 생각하나?"

사진옥이 굳은 얼굴로 묻자 고후명이 천천히 고개를 끄덕이며 한 곳을 바라보았다.

"분명 우리가 나갈 때 없었던 발자국이야."

"나갈 때, 발자국 제대로 지웠어?"

"지웠어. 그리고 먼지까지 살짝 뿌려놨어. 입구는 물론, 안에까지. 그러니 입구에 있는 거나 저기 보이는 발자국은 우리 것이 아니야."

희미하지만 집중해서 보면 못 볼 것도 없는 발자국이 몇 개 보였다. 먼지 위에 찍힌 발자국은 분명 자신들이 나간 후에 찍힌 것이었다.

"안쪽으로 들어간 것 같은데?"

"나간 흔적은 없어."

다시 네 사람의 눈이 마주쳤다.

"그럼 아직도 저 안에 있다는 말이군."

사진옥이 차갑게 굳은 눈으로 통로 안쪽을 응시했다.

"불도 없이 들어갔다는 것은 보통 놈이 아니란 거겠지?"

"아무래도 그렇겠지."

네 사람에게 어둠은 생활의 일부분이었다. 어둠과 빛에 익숙해지는 방법을 터득한 이후로는 언제라도 환경에 적응할 수 있게 된 그들이었다. 아마 침입자가 있다면 누군지 몰라도 자신들보다는 어둠에 약할 터였다.

자신이 생긴 상유상은 눈을 부라리며 통로 안쪽을 노려보았다.

"어떤 놈의 새끼가 몰래 들어온 거지?"

"유상, 네가 앞장서서 들어가 봐."

상유상이 흠칫 옆을 바라보았다.

"내가?"

너비가 한 뼘은 될 것 같은 거검을 잡아 빼던 예종이 당연하다는 표정으로 고개를 끄덕였다.

"그럼 내가 앞장설까?"

"아니, 내가 앞장서지."

상유상이 무슨 소리냐는 듯 얼굴을 굳혔다.

'적어도 네 손에 맞아 죽고 싶지는 않으니까. ……지미럴.'

그러고는 이판사판이라는 표정으로 철곤을 움켜쥐고 통로 안으로 들어갔다. 그러자 사진옥과 고후명이 어깨를 으쓱하고는 그 뒤를 따랐다.

결국 맨 뒤로 처진 예종이 거검을 어깨에 맨 채 팔자걸음으로 느긋하니 걸음을 옮기며 자신있게 소리쳤다.

"뒤는 걱정 마! 내가 지켜줄 테니까."

앞서 가던 세 사람이 동시에 생각했다.

'쓰벌, 뒤는 무슨!'

한편 인기척을 느낀 전무심은 빙그레 웃음을 지었다.

조심스러우면서도 거침없는 움직임이다. 완벽한 어둠 속에서 저 정도의 움직임을 보일 수 있는 사람이 얼마나 될까?

아무리 고수라 해도 쉽지 않은 일이다. 어둠 속에서 장시간 생활해 본 자가 아니라면, 어둠을 잘 아는 자가 아니라면 저토록 자연스럽게 움직일 수가 없다.

더구나 모공으로 스며드는 익숙한 기운.

'그들이 왔군.'

하늘이 무너져도 끄떡없을 거라 생각했거늘, 친구들이 앞에 있다는 생각을 하자 심장박동이 조금씩 빨라진다.

'얼마나 달라졌을까?'

전무심은 자신도 모르게 숨을 크게 한 번 들이쉬고 걸음을 재촉했다.

그 시각, 상유상은 안력을 집중해서 자신들의 방을 살펴보았다. 침입자는 보이지 않았다.

상유상이 이상하다는 듯 바로 뒤에 따라온 사진옥을 바라보았다.

"이상한데? 흐트러진 것이 하나도 없어."

궁금해서라도 이것저것 살펴보는 게 일반적인 침입자의 습성이다. 그렇다면 뭔가 흔적이 있어야 했다.

적어도 상유상은 그렇게 생각했다.

하지만 사진옥은 그렇게 생각하지 않은 듯했다.

"볼 게 있어야 살펴보지. 더 들어가 보자."

'하긴……'

다시 생각해 보니 자신이 봐도 진짜 볼 것 없는 방이긴 했다.

상유상은 멋쩍은 마음에 눈이 튀어나오도록 힘을 주고 더 안쪽으로 걸어갔다.

얼마나 들어갔을까, 선두에 선 상유상이 다섯 번째 꺾어진 통로를 돌아갔을 즈음이었다. 안쪽 깊은 곳, 통로가 꺾어지는 곳에서 흐릿한 뭔가가 움직이는 것이 느껴졌다.

마침내, 세 번의 굽어진 통로를 지나 수련장이 있는 다섯 번째 통로를 하나 남겨놓았을 때였다.

커다란 고양이처럼 상유상이 발걸음을 죽이고 다섯 번째 통로에서 돌아 나오는 것이 보였다. 그리고 곧이어 사진옥과 고후명과 예종마저 통로로 들어선다.

얼굴이 전과 확연히 달라 보였지만 그들이 자신의 친구들이라는 것을 알아보는 것은 조금도 어렵지 않았다.

전무심은 손을 들어 올리며 조용히 미소를 지었다.

순간 상유상은 자세를 낮추고 걸음을 멈췄다.

일 장 정도 간격을 둔 채 따라가던 사진옥 등도 걸음을 멈추고 무기를 쥔 손에 힘을 주었다. 흐릿한 그림자의 손이 들리는 것처럼 느껴진 것이다.

그때 예종이 상유상의 등을 탁 쳤다.

찰나, 상유상의 신형이 그림자를 향해 벼락처럼 부딪쳐 갔다.

전무심은 상유상이 몸을 날려 오자 피식 웃음이 나왔다.

행동을 보아하니 적이라 생각하고 달려드는 것만 같았다. 전이나 지금이나 그다지 변하지 않은 성격의 상유상이다.

몸을 날리더니 다짜고짜 철곤부터 휘두른다.

'흠, 패왕곤인가?'

전무심은 들어 올린 손으로 원을 그리며 상유상의 철곤 끝을 두 자 안에 가두었다.

그리고 가두어진 상유상의 철곤을 냅다 확 잡아당겼다.

"어헛!"

생각지도 못한 상황에 대경한 표정의 상유상이다. 빠져나가려 안간힘을 쓰는 상유상의 당황한 얼굴이 볼 만하다.

"살이 조금 빠진 것 같군."

전무심은 여전히 철곤을 잡고 발버둥치는 상유상을 가슴 안으로 끌어들였다. 그리고 바로 코앞에서 멍하니 바라보는 상유상을 향해 버럭 소리쳤다.

"너! 지금 나에게 대든 것 맞지?"

상유상이 더듬으며 고개를 세차게 저었다.

"아, 아니? 내가 어떻게……."

그때 속도 모르는 세 사람이 소리치며 달려들었다.

"유상! 물러서!"

'미쳤나? 내가 물러서게!'

상유상은 물러서기는커녕 오히려 거의 울먹이는 듯한 목소리로 한마디를 내지르고 전무심의 가슴을 힘껏 끌어안았다.

"대형!"

"뭐? 헉? 서, 설마 진짜 대, 대형?!"

순간 자신들의 무기에 최대한 내력을 주입한 채 달려들던 세 사람이 날아가다 날벼락에 맞은 까마귀처럼 휘청거리며 떨어져 내렸다.

벌어진 입을 다물지 못하고 빤히 바라보는 네 사람이다. 꿈인지 생신지 아직 분간이 가지 않는다는 듯한 표정이다.

하긴 그럴 만도 했다. 죽었는지 살았는지도 모르고 이 년 반을 보냈다. 무조건 살아 있을 거라는, 대형은 절대 죽지 않았을 거라는, 곧 자신들을 찾아올 거라는 믿음 하나만을 가지고.

그런 그들의 마음에 확신이 든 것은 동굴을 나온 이후였다.

변장을 하고 저자로 나가보니, 혈사자에 대한 모든 것은 천왕의 이름으로 함구령이 내려져 있었다.

그 바람에 자세히는 알 수 없었지만, 어설프게 들은 소문에 의하면 혈사자는 두 가지 극독에 중독된 이후 일백여 고수에 의해 합공을 받았다 했다.

와중에 수십 명이 혈사자의 손에 죽고, 또 수십 명이 부상을 당해 영원히 겁을 놓았다는 말도 들렸다.

그리고 혈사자는 사라졌다고 한다.

혈사자의 전설!

그날의 일은 이 년이 훨씬 넘도록 회자되는 천왕교의 새로운 전설이었다.

한데 그 와중에 어떤 자들은 어쩌면 혈사자가 살아 있을지도 모른다는 말도 했다. 그러면서 몸을 떨었다. 공포에 질려서.

사진옥을 비롯한 네 사람은 제발 그러기만을 바랐다. 그리고 불안한 가운데서도 분명 그러할 거라 생각했다.

그들은 풍백의 존재를 알고 있었으니까.

그러던 차에 갑자기 나타난 전무심을 보고 감격에 젖지 않으면 사람도 아니었다.

"제기랄! 왜 이렇게 눈이 맵지? 아무래도 여기는 먼지가 너무 많은 것 같아."

상유상이 눈을 비비며 공연한 먼지 타령을 한다.

사진옥과 고후명과 예종도 겉으로 표현을 안 해서 그렇지 눈자위가 붉게 물든 상태다.

전무심은 실소를 흘리며 말을 돌렸다.

달아오른 눈을 감추기 위해서였다.

"훗, 유상이 급체로 죽을 뻔했었다며?"

전무심의 말에 사진옥이 칼날 같은 눈으로 상유상을 흘겨보았다.

"애 밴 임신부도 아니면서 몰래 박쥐를 열다섯 마리나 먹을 때부터 알아봤지."

"그거야 예종이가 살빠졌다고 걱정해서 그랬지 뭐."

"그렇다고 숨겨놓고 몰래 먹냐?"

"알았으면 너희들이 먹게 했을 것 같아?"

몰래 먹은 것은 다 사진옥과 고후명 탓이고, 그 원인은 예종에게 있다는 투였다.

하지만 예종은 결코 그 말에 수긍하지 않았다.

"내가 언제 너더러 살찌라고 했어? 나는 단지 더 살 빠지지 않게 하라고 했지, 찌라고는 안 했다구."

"그 말이나, 그 말이나."

"그게 어째서 똑같은 말이야?"

전무심은 티격태격하는 두 사람을 보며 조용히 미소만 지었다.

이 년이 넘게 동굴에서 고립된 생활을 했는데도 그다지 변함없는 네 사람이다. 오히려 전보다 더 스스럼없이 대한다.

보기 좋은 모습이었다. 혹시라도 신경이 날카로워지지나 않았을지 걱정했거늘.

"그 이후에 계속 이곳에서 생활한 것이냐?"

사진옥이 대답했다.

"어차피 다시 돌아가기도 그렇고, 돌아가는 상황도 알고 싶었어. 그래야 대형이 왔을 때 해줄 말이 있을 테니까."

무조건 올 거라 생각했다는 말이다.

죽었다는 것은 이예 생각도 안한 듯하다.

자신이 바보라면 눈앞의 네 사람은 멍청이였다.

멍청하게 자신을 불사조처럼 생각하다니.

자신도 모르게 가슴이 뭉클해지자 전무심은 내심을 감추기 위해 엉뚱한 말을 던졌다.

"얼굴도 그렇고, 모습이 볼 만하군."

사진옥이 히죽 웃었다.

"알아보는 놈들이 있을지 모르잖아. 그래서 여기저기 손 좀

봤지. 신월단 놈들도 몰라보더라고."

전무심을 빤히 바라보던 고후명이 고개를 갸웃거렸다.

"대형도 많이 달라졌는데? 하마터면 몰라볼 뻔했어. 어떻게 된 거야?"

전무심은 대답을 미루고 정색한 채 네 사람을 둘러보았다.

자신의 얼굴과 분위기가 변한 것은 모두가 처절한 고통을 겪은 결과다. 하거늘 그간 겪은 마음의 고통을 어찌 말로 다 표현한단 말인가.

"그건 나중에 이야기하고, 먼저 너희들에게 할 말이 있다."

갑작스런 전무심의 말에 네 사람의 표정도 굳어졌다.

"짐작했을지 모르지만, 의부께서 못난 나를 살리시고 돌아가셨다."

네 사람의 눈이 동시에 홉떠졌다.

사실 짐작 못한 것은 아니다. 풍백의 무공이 아무리 강하다 해도 상대는 천왕교의 십팔마신을 비롯한 최정예들이다. 그들의 추적을 받으면서 성할 거라고는 생각지 않았었다.

그렇다고 해도 설마 돌아가셨을 줄이야.

"대형……."

"그분이……. 참 좋은 분이셨는데……."

진심으로 슬퍼하며 안타까워하는 네 사람이다.

전무심은 그들을 하나하나 바라보았다. 그러다 가슴이 뜨거워지는 것을 주체할 수 없자 바로 말을 이었다.

"해서 나는 의부의 복수를 할 때까지 의부의 성을 따르기로 했다. 그러니 너희들도 앞으로는 나를 천유옥이 아닌 전풍백의 아들, 전무심으로 불러주기 바란다."

"전무심?"

"어째 너무 차갑게 느껴지는데?"

"그냥 천유옥으로 부르면 안 될까? 어차피 풍백 어른이 살아 계셨을 때 천유옥으로 불렀잖아."

예종이 안타까움을 떨치지 못하고 전무심을 빤히 응시했다.

하지만 전무심도 그것에 대해서만큼은 양보할 수가 없었다. 지금은 그것만이 의부와 자신을 잇는 유일한 끈이라 할 수 있기 때문이었다.

"그건 나의 다짐이다. 그러니 너희들이 이해하고 그렇게 불러주기 바란다."

그때 고후명이 눈을 크게 뜨고 물었다.

"혹시…… 대형이 그럼 최근에 천왕대전의 고수들을 죽였다는 그 전무심이야?"

다른 세 사람도 그제야 생각났다는 듯 놀란 눈으로 전무심을 쳐다보았다.

전무심이 천천히 고개를 끄덕였다.

"이제와 말이지만, 돌아오는 중에 많은 일들이 있었다. 그리고 그 와중에 많은 사람들을 만났지."

놀란 눈들이 경탄과 경이로 바뀌었다.

전무심은 귀를 쫑긋 세운 네 사람에게 천천히 오면서 벌어졌던 일에 대해 설명했다.

놀란 눈들이 더욱 커졌다.

"역시! 대형이야!"

"이야! 그럼 그렇지!"

"그 일들 때문에 늦어진 거였군!"

그러다 강호를 비밀리에 잠식해 들어가는 천왕교의 행태를 듣고는 분노를 참지 못했다.

"천왕교가 비록 정파는 아니라지만, 그렇다고 마도문파도 아닌데 그따위 방법을 쓰다니."

"대체 언제부터 천왕교가 술책으로 힘을 얻기 시작했는지, 참 나."

그러면서도 백리군악이라는 이름만큼은 꺼내지 않았다.

"흑화령의 무사들은 지금도 정보를 모으고 있고, 촉산에 있는 철기검문의 후인들도 곧 세상으로 나오게 될 것이다. 이제 너희들이 답해줘야겠다."

"뭔데?"

"뭐든지 말해봐. 우리가 뭘 못하겠어?"

전무심이 말했다.

"어쩌면 천왕교 전체와도 싸우게 될지 모른다. 천왕이 생각을 바꾸지 않는다면."

그 말이 떨어지자 분기에 차 있던 네 사람의 얼굴이 다시 굳어졌다.

"너희들 중에는 천왕교에 가족이 있는 사람도 있다. 강요하지는 않겠다. 어떤 결정을 내려도 나는 너희들의 결정을 존중해 줄 것이다."

잠시 침묵이 흘렀다.

복수를 하는 것도 좋다. 천왕의 율을 세우는 것도 좋다. 하지만 천왕교 전체와 싸운다는 것은 결코 간단한 일이 아니었다.

더구나 사진옥과 예종, 상유상은 가족이 천왕교에 있었다. 비록 평범한 교도에 불과했지만, 자신들의 결정으로 그들의 운명도 달라질 수가 있는 것이다.

"한 가지만 물어보겠어."

사진옥이 침묵을 깨고 힘들게 입을 열었다.

"물어봐라."

"싸우는 목적이 천왕교 자체를 없애기 위해서인지, 아니면 풍백 어른의 복수와 천왕율을 세우기 위해서인지, 그걸 말해 줘."

"물론 복수가 첫 번째고, 천왕율을 세우는 것이 두 번째다. 하지만 네가 처음에 말한 것도 완전히 배제할 수는 없다."

천왕교를 무너뜨리기 위해 싸울 수도 있다는 말.

"흠, 그렇단 말이지?"

전무심의 대답에 사진옥이 결심한 듯 말했다.

"다른 사람은 몰라도 나는 대형을 따르겠어. 천왕율의 가족은 죄를 묻지 않는다고 되어 있거든."

그러자 다른 세 사람이 버럭 소리쳤다.

"뭐야? 다른 사람은 몰라도, 라니. 그걸 말이라고 해? 나는 벌써부터 대형을 따를 결심을 굳히고 있었다고!"

"떠들면 입만 아플까 봐 말을 안 하려고 했는데 말이야, 유상에게 대형을 따르지 않으면 국물도 없다고 말한 사람이 바로 나야, 나. 천하여장부 예종!"

"나는 솔직히 대형이 저렇게 묻는 것도 싫어. 내 목숨은 원래 대형 것이거든."

마지막으로 대답한 고후명이 쓸데없는 걸 묻는다는 눈으로 자신을 바라본다.

네 사람이 장난처럼 말을 하는 데도 가슴이 묵직해지는 전무심이다.

'들었느냐, 군악! 너는 떠났지만, 나에겐 아직도 네 명의 친구가 남아 있다. 이들이 있다는 것만으로도 어쩌면 내가 너보다 행복할지 모르겠구나.'

전무심은 오랜만의 격정을 굳이 강제로 가라앉히고 싶지 않았다.

그냥 그 느낌을 그대로 느끼고 싶었다. 그래서인지 한참이 지나서야 뭉클해진 가슴이 서서히 진정되기 시작했다.

전무심이 다시 입을 연 것은 격정의 파도가 고요히 가라앉은 이후였다.

"혹시 은천비원에 대해 들어봤는지 모르겠군."

네 사람이 동시에 대답했다.

"물론 들어봤지!"

아침 해가 떠올랐는데도 천기원을 덮은 안개는 물러갈 줄을 몰랐다.

오히려 아침이 되면서 더 짙어진 안개는 천고의 기문진조차 농락하며 천기원의 구석구석을 점령했다.

천기선원이라 해서 예외가 아니었다. 그곳 역시 안개에 점령당한 지 오래였다.

그는 자욱한 안개에 먹혀 버린 정원수를 창문 너머로 바라보며 움직일 줄을 몰랐다. 새벽녘에 들어온 소식을 접한 이후부터 그는 그렇게 굳어버렸다.

'그가 왜 영안촌에 들렀을까?'

시비가 식어버린 찻잔을 갈아준 것만 해도 벌써 다섯 번째였다. 그는 참을 수 없는 갈증에 입 안이 바짝 말랐을 때만 잔을 들어 입술을 적셨다.

"두 번째 소식이 왔습니다, 주군."

방운휴가 조심스럽게 들어와 소식을 전하는 데도 그는 여전히 흐릿한 정원수만 바라보았다.

"전무심이 왜 그곳에 들렀는지는 아직 밝혀지지 않았습니다만, 한 가지 마음에 걸리는 일이 있어 조사가 늦어진 듯합니다."

그제야 백리군악이 고개를 반쯤 돌렸다. 몸은 여전히 창문을 향한 채였다.

"마음에 걸리는 일?"

"혈곡의 무사들이 그 근처에 나타난 흔적을 발견했다 합니다."

"혈곡이? 왜?"

"전무심이 무당의 도사와 함께 있었다는 걸로 봐서 아무래도 혈응마환 때문이 아닌가 하는 생각이 듭니다."

"으음, 그럼 혈응마환을 회수하기가 쉽지 않겠군."

"그게…… 거승이 혈응마환을 가지고 귀환 중이라 합니다."

그 말에 백리군악이 몸마저 방운휴를 향해 틀었다.

"거승의 능력으로 그가 있는 곳에서 혈응마환을 회수할 가능성은 일 푼도 되지 않을 텐데?"

"속하도 그 점이 의심스러워서 거승이 복귀하는 대로 조사하라 연락했습니다."

"흐음……."

백리군악은 식어 있는 찻잔을 만지작거리며 눈살을 찌푸렸다.

"일단 전무심의 행적에 대해선 하나도 빠짐없이 조사하라고 전해라. 그리고 소식이 들어오는 대로 나에게 전하도록."

"알겠습니다, 주군. 하옵고, 장안으로 가던 중에 실종된 본원의 사람들이 마존궁으로 향한 것 같다는 연락이 왔습니다."

"마존궁? 그들이 왜 우리 사람들을 그곳으로 데려간 것이지?"

"전무심이 그들을 죽이지 않고 마존궁의 무리들에게 건넨 것 같습니다."

"그래?"

"그들을 인질로 삼아 우리와 협상을 하려는 생각인 듯싶습니다."

"협상? 그것도 괜찮겠지. 어차피 당장 부딪치기는 껄끄러운 상대니까. 좋아, 그 일은 운휴, 그대가 알아서 처리해라."

"예, 주군."

방운휴가 돌아서자 백리군악을 만지작거리던 찻잔을 집어 들었다. 그때 그의 뇌리에 한 가지 생각이 스쳤다.

그는 방운휴가 방을 나간 지 한참이 되어서야 혼잣말을 하듯 나직이 이름 하나를 불렀다.

"공오."

벽 뒤에서 짧은 대답이 들려왔다.

"예, 주군."

"네가 직접 영안촌으로 가라."

"존명."

굳이 무엇을 하라 말하지는 않았다. 그러나 공오는 무엇이든 다 조사해 올 것이다. 아무런 사심도 없이. 방운휴가 자신에게 숨기고 있는 사실까지도.

'전무심이라……. 직접 한번 보고 싶군.'

백리군악은 입 안이 타는 듯한 느낌에 손에 들린 찻잔을 목구멍으로 단번에 털어 넣었다.

그래도 갈증이 가라앉지 않았다.

그는 다시 찻잔에 차를 채웠다.

7

"누구라고?"

"하천광 어르신."

사진옥의 대답에 전무심의 얼굴이 굳어졌다.

"몰래 집에 갔더니, 우리가 동굴로 들어간 지 한 달 정도 지나서 그분에게 연락이 왔다고 하더군. 그래서 잘되었다는 생각에 몰래 그분을 찾아갔지."

전무심이 여전히 아무런 말도 하지 않자 사진옥이 말을 이었다.

"그런데 그분이 은천비원에 대해 말씀하시더라고. 천왕교에 은밀히 움직이는 세력이 있다면서."

"그럼 그분도 은천비원에 속해 있단 말인가?"

사진옥이 고개를 저었다.

"그건 잘 모르겠어. 어떻게 할 거냐고 묻기에 아직 어디에 속할 상황이 아니라고 했는데, 그래서 그런지 말씀을 안 하시더라고. 다만 대형도 언제 올지 모르고 해서 일단은 그 어르신과 연락만 주고받기로 했지 뭐."

"그런데 왜 그렇게 정색하는 거지?"

상유상이 의아하다는 표정으로 물었다. 그러더니 피식 웃으며 말을 이었다.

"혹시 하 낭자가 위험해질까 봐 그러는 거야?"

그 말에 전무심이 곤혹스런 눈으로 네 사람을 둘러보았다.

모두가 '정말 그런 거야?' 하는 눈으로 자신을 바라본다.

아무래도 그날의 일을 자세히는 모르는 것 같다. 하늘도 죽어버린 그날의 일을.

천왕이 함구령을 내렸다더니, 그 사실까지는 소문이 나지 않은 듯했다.

그때 예종이 이마를 좁히며 입을 열었다.

"근데 참 이상해. 왜 하 낭자가 얼굴 한 번 보이지 않는 거지? 벌써 하천광 어르신을 세 번이나 만났는데."

"그러고 보니 이상하네. 어르신도 왠지 그 이야기는 자꾸 피하려 하던데 말이야."

예종의 말에 재빨리 동조한 상유상도 이상하다는 듯 고개를 갸웃거렸다.

전무심은 피하고 싶은 마음에 이야기를 돌렸다.

"은천비원을 주관하는 자가 누군지 알려진 것이 있나?"

"그건 우리도 몰라. 아마 현재 천왕교 최고의 비밀일걸?"

의외라는 생각이 드는 한편으로 그들의 철저함에 절로 고개가 끄덕여졌다.

하지만 백리군악이 누군데 그렇게 한다고 모든 것이 숨겨질까.

자신도 아는 것을 그가 아직 모를 리 없다. 다만 자신을 건드리지 않으니 지켜보며 기회를 노리는 것일 뿐.

아니면 그들을 이용해 뭔가 이득을 취하려 하고 있든지.

"진옥, 일단 너희들은 하던 대로 행동하면서 은천비원에 대해 자세히 알아보도록 해라.

"알았어. 그런데 하천광 어르신을 만나보지 않을 건가?"

만나봐야지. 물어볼 말이 있으니까. 그가 그 일을 처음부터 알고 있었는지.

그러나 전무심은 천천히 고개를 저었다.

"그보다 먼저 알아봐야 할 것이 있다. 당분간은 누구에게도, 하 원주께도 내가 돌아왔다는 것을 알리지 마라. 그분은 때가 되면 내가 직접 찾아갈 테니까."

"어? 어, 그렇게 하지."

네 사람은 고개를 끄덕이면서도 의혹에 찬 눈으로 전무심을 쳐다보았다.

대체 무슨 일이 있었던 걸까?

하은설이 보고 싶지도 않은가?

왜 그토록 가깝게 지냈던 하천광과 만나는 것을 미루는 거지?

하지만 대형이 하는 일이다.

'죽었다 살아온 대형이잖아? 뭔가 사연이 있겠지.'

모두가 그렇게 생각했다.

그 바람에 잠시 침묵이 맴돌았다.

전무심은 왠지 모르게 어색한 기분이 들자 자리에서 일어났다. 또다시 하천광과 하은설의 이야기가 나오면 뭔 말을 해야 할지 생각하는 것조차 버거운 것이다.

"만날 사람이 있으니 나갔다 오겠다. 쉬고 있어라."

한데 바로 그때였다.

사진옥이 벌떡 일어서더니 털썩 무릎을 꿇었다.

갑작스런 사진옥의 행동에 모두가 당황하며 한마디씩 했다.

"어? 뭐, 뭐야? 왜 그래? 대형에게 죄진 것 있어?"

"어이, 대주. 우리도 따라해야 되는 거야?"

하지만 사진옥은 들은 척도 하지 않고, 무릎을 꿇은 그대로 전무심을 올려다보며 작심한 표정으로 말했다.

"대형, 이제부터 반말을 쓰지 않을 겁니다."

난데없는 말에 갑자기 모두의 입이 닫혔다.

어색한 침묵도 잠시, 전무심이 쓸데없는 짓 한다는 투로 말문을 열었다.

"무슨 소리야, 진옥?"

"우리끼리만 행동할 거라면 몰라도, 앞으로는 분명 그렇지 않을 겁니다. 그런데 우리가 대형에게 반말로 지껄이면 대형의 체면이 뭐가 되겠습니까?"

"개도 안 물어갈 체면 따위는 아무 소용 없어."

"대형은 괜찮을지 모르지요. 하지만 다른 사람들은 우리를 친분이나 내세우는 애송이 정도로 볼 겁니다. 그리고 대형을 얕보겠지요. 저는 대형의 위신이나 깎아먹는 철없는 친구가 되고 싶지 않습니다. 그렇게 될 거라면 차라리 대형이 아니라 아예 주군이라 부르겠습니다."

고후명을 시작으로 상유상과 예종이 고개를 끄덕인다.

사실 자신이 생각해도 옳은 말임에는 분명했다. 비록 약간 협박 비슷한 말투가 섞여서 그렇지.

하지만 아무리 그렇다 해도 탐탁지 않은 것 또한 사실이었다. 친구들 간에 존댓말이라니. 너무 어색한데다 거리감까지 느껴지지 않은가 말이다.

결국 전무심이 마지막 비장의 한 수를 꺼내들었다.

"그럼 나도 너희들에게 존댓말을 쓰겠다."

그러나 이번 일에 대해선 사진옥이 한 수 위였다.

"그럼 지금부터 주군이라 부르겠습니다."

게다가 고후명마저 한 수 거든다.

"사실 전부터 대형이라고 부르면서 반말하는 게 마음에 걸렸지요. 후우, 좌우간 이제부터 실수하면 목이 달아나겠군요. 주군과 종은 원래 그런 사이잖습니까?"

그리고 상유상과 예종까지.

"설마 실수 한 번 했다고 목이야 치겠어?"

"유상, 실수하면 네 목은 내가 쳐주지. 아프지 않게 말이야."

이런 엉터리 고집불통들!

전무심은 그 어느 때보다 굳은 얼굴로 네 사람을 노려보았다.

한데 당연한 것을 왜 그리 고민하느냐는 눈빛들이다.

힘으로 꺾을 수 있다면 좋을 텐데, 그럴 수 없다는 것이 한(?)

이었다.

결국 전무심의 입에서 한숨이 새어 나왔다.

"휴우……. 좋아, 하지만 이거 하나만은 잊지 마라. 너희들은 영원히 내 친구라는걸."

그 말이 떨어지자마자 나머지 세 사람도 후다닥 무릎을 꿇고 고개를 숙였다.

"알겠습니다, 대형!"

우렁찬 외침이 동굴을 울렸다.

하지만 멋쩍은 전무심은 벌써 사라진 뒤였다.

第四章
나의 의지대로!

千秀芳景深更
閑院竝遠天下
日弟子趙孟頫敬書至大改元四月
道吉廣為傳
長座前再拜禮一天師與

死星天血

천왕곡에 들어온 지 이틀 째 되던 날 저녁.

전무심은 석심장의 지붕 위에 서서 하늘에 뜬 달을 바라보았다.

발아래서 흘러나오는 가늘고 긴 숨소리가 다리를 타고 올라와 가슴을 울린다.

그녀의 숨소리다.

자신의 가슴에 비수를 꽂고 절규하던 은설, 그녀 말이다.

한데 이상하다.

절대 잊혀지지 않을 것 같던 심장을 후벼 파 새겨진 그날의 일이건만, 어느덧 낮게 깔려서 밀려오는 안개처럼 희미하다.

마음이, 온몸 스스로가 그날의 일을 떠올리는 것 자체를 거부하는 것만 같다.

'너는 아느냐? 내가 너의 머리맡에 서 있다는 것을……'

모를 것이다. 이미 죽었을 거라 생각할 테니까.

어쩌면 자신의 모습조차 잊었는지도 모를 일이다.

'나라도 부모형제를 살리기 위해서라면 너처럼 했을지 모른다, 은설. 그런데 단심비를 심장에서 비켜 던진 건 왜 그랬더냐?'

실수가 아니다.

두 자루의 비수가 동시에 심장과 유근혈 사이를 파고들었다. 손가락 하나 넓이밖에 되지 않는 곳을 말이다.

'일말의 정 때문에 차마 네 손으로 죽이지는 못하겠더냐?'

대답은 어디에서도 들려오지 않았다. 하지만 전무심의 머릿속에선 그날의 울부짖음이 들려오는 것만 같았다.

"어쩔 수 없었어요! 아버지를, 어머니를, 동생들을 모두 죽이겠다고 했어요!"

'그래, 어쩔 수 없었겠지. 그래도 서럽고 슬픈 것은 나도 어쩔 수 없구나.'

난생처음 모든 걸 주었던 여인이 가슴에 비수를 꽂았다.

슬펐다. 너무나 슬퍼서 가슴이 말라 부스러질 것만 같았다.

한데 어찌 눈물도 나지 않는단 말인가!

전무심은 한편으로 그것이 더 가슴 아팠다.

더는 그 자리에 서서 견디기가 힘들 정도였다.

머릿속에서 그날의 기억만 긁어낼 수 있다면 얼마나 좋을까?

사랑을 속삭이며 밤을 지새우던 그때의 추억까지도…….

'어쩌면 평생을 고통스럽게 사는 것이 죽음보다 괴로울지도 모르는 일……. 다시는, 다시는 너를 찾지 않으마.'

밀려오던 안개가 지붕으로 기어오르다 말고 좌우로 갈라진다.

전무심은 무심히 그 모습을 바라보다 허공으로 몸을 띠웠다. 그리고 저 멀리 절벽 쪽을 향해 몸을 날렸다.

"헉!"

그녀는 벌떡 몸을 일으켰다.

온몸이 식은땀에 젖어 축축했다.

악몽을 꾼 것 같았다. 그런데 기억이 나지 않는다.

무슨 꿈을 꾸었던 것일까. 왜 이렇게 가슴이 답답한 것일까?

마치 그날의 일로 인해 한 달간 겪었던 고통이 다시 찾아온 것만 같다.

'가가…….'

오들오들 떨리는 몸을 주체할 수가 없다.

벌이다. 천벌!

그녀는 그렇게 생각했다.

사연이 없었던 것은 아니지만, 꼭 그 방법밖에 없었다는 것은 순전히 핑계일 뿐이었다.

'앞으로도 죽을 때까지 이 고통이 계속되겠지? 내가 끝까지 버텼으면 그렇게까지는 하지 않았을 것을……'

그랬으면 시련은 있었을지 몰라도 오늘 같은 고통을 겪지 않아도 되었을 것이다.

그녀는 무릎에 고개를 파묻었다.

그러다 어느 순간, 번쩍 고개를 쳐들고 침상을 박찼다.

콰당!

부서질 듯 문이 열리자 자욱한 안개가 밀려들어 왔다.

서늘한 느낌. 차가운 기운이 온몸을 훑고 지나가는 데도 그녀는 얼이 빠진 모습으로 밖을 향해 걸음을 옮겼다.

세상이 온통 안개에 잠겨 아무것도 보이지 않았다.

하지만 알 수 없는 그 무언가가 그녀를 걷게 만들었다.

털썩!

그녀는 땅바닥에 무릎을 꿇고 고개를 쳐들었다.

눈에서 아무 소리도 없이 두 줄기 눈물이 흘러내린다.

입에서는 아무 소리도 나지 않지만, 가슴은 절절히 흐느낀다.

백양나무 잎사귀에 맺혔던 이슬이 후드득 떨어져 얼굴을 적시고, 시간이 흐르고 또 흘러 온몸이 축축이 젖도록 그녀는 일어나지 않았다.

*　　　*　　　*

석심장을 떠난 전무심은 칼날처럼 솟은 천극봉 위에 올라서서 눈 아래 펼쳐진 천왕대전의 위용을 바라보았다.

'정말 굉장하군.'

칠 층의 거대한 건물인 천왕궁과 마치 그 건물을 보호하듯 방원을 이루며 지어져 있는 서른여섯 채의 건물은 어둠이 주단처럼 펼쳐진 십만 평의 대지에 드러누워 있다.

가히 보는 것만으로도 위압감을 느끼지 않을 수 없는 웅장함이다. '과연 천왕교의 지배자, 천왕이 기거하는 곳답군.'

천왕대전에는 천왕을 비롯한 천왕의 직계가족과 십대장로, 십대호법이 살고 있다 했다.

어디 그뿐인가? 천왕의 직속휘하인 십팔마신과 천왕교의 중요업무를 담당하는 삼당이 또한 그곳에 기거했다.

밝혀지지 않은 부분이 많아 정확하지는 않지만, 사람들은 천왕대전에 기거하는 무사들이 적어도 칠팔백은 될 거라 생각했다.

외부에 기거하는 사단을 제외하고도, 천왕대전은 그 자체만으로도 거대한 존재인 것이다.

'아버지조차 천왕대전에 살고 있는 사람들에 대해 정확하게 조사하지 못했었지. 깊숙이 들어가기가 겁난다면서.'

고금제일의 신법을 지닌 아버지가 천왕대전에 들어가는 것을 두려워한 것은 십대장로나 십대호법이 아닌 다른 사람들, 바로 천왕의 직계가족들 때문이었다.

'아버지는 그들을 '천왕가의 사람들'이라 불렀지.'

이백 년간 불어난 그들의 숫자는 수백 명이나 되었다. 그들 대부분이 천왕대전의 북쪽에 기거하는데, 그들 중에는 천왕교에 전혀 알려지지 않은 고수들도 상당수였다.

천왕 사도궁헌의 숙부이며 천왕가의 원로들이 살고 있는 천왕정의 주인 사도무연이나 사도궁헌의 사촌 동생으로, 당금의 천왕령주인 사도궁휘는 그나마 겉으로 드러난 사람들일 뿐이었다.

천왕가의 사람들로 이루어졌다는 천왕의 수신호위 무영천혼위를 비롯해서, 아무런 지위 없이 유유자적하는 절정의 고수들이 즐비했다.

용담호혈(龍潭虎穴)!

천왕대전이야말로 그 네 글자에 가장 어울리는 곳이었던 것이다.

그러나 전무심은 풍백과 달랐다.

그는 싸움을, 피를 두려워하지 않았다.

또한 천왕가의 사람들에게 두려움을 느끼지도 않았다.

'그들이 만든 법, 거부하는 자는 법대로 하는 수밖에!'

그렇다고 무턱대고 정면으로 부딪칠 수는 없었다.

적은 거대하다. 너무도 거대해서 천하가 이들의 움직임에 촉각을 곤두세울 정도다.

몇 명 죽인다고 무너질 천왕대전이, 천왕교가 아닌 것이다.

'일단 적의 힘을 먼저 알아보고 나서 그를 만나는 게 순서

겠지.'

전무심은 어둠보다 더 깊게 가라앉은 눈으로 하늘을 올려다보았다.

신월이 구름 속으로 모습을 감추고 있었다.

그때 천왕사에서 삼경을 알리는 종소리가 울렸다.

뎅! 뎅! 뎅!

순간 기다렸다는 듯 전무심이 절벽 아래로 신형을 날렸다.

휘이이잉!

찬바람이 을씨년스러운 휘파람 소리를 내며 천왕대전의 건물 지붕들을 타 넘는다.

가산의 소나무들도, 정원의 목백일홍과 해당화도 찬바람을 견디기가 힘든지 몸서리치며 낙엽을 떨구고, 전형적인 늦가을의 밤은 깊어만 간다.

신월이 차가운 빛을 발하는 그날 밤. 유난히 강한 회오리바람이 정원의 낙엽들을 허공으로 말아 올릴 때다.

회오리치는 낙엽 사이로 커다란 야조 한 마리가 천천히 날아 내렸다.

전무심, 바로 그였다.

전무심은 지붕 그림자에 몸을 숨기고 천왕궁을 바라보았다. 천왕궁은 밖에서, 절벽 위에서 보던 것보다 훨씬 거대했다.

고요한 어둠 속에 우뚝 서 있는 칠층의 건물.

하지만 그것은 겉보기일 뿐이었다.

'도저히 틈이 없다.'

적어도 수십 명의 고수들이 천왕궁의 곳곳에 은잠해 있다. 침입자가 스며들 공간은 단 한곳도 빼놓지 않고.

통로, 각층 사이의 틈, 그리고 내부의 통로까지.

무령풍을 최고조로 펼친다 해도 내부 진입이 불가능해 보일 정도다.

'아버지가 왜 들어가지 못했는지 알 만하군.'

한데 천왕곡 내에서 이런 정도의 경계를 할 필요가 있을까? 누가 감히 천왕대전을 노릴 수 있단 말인가?

한편으로는 그런 의문이 들었다.

그러나 한 사람을 생각하면 천왕의 마음을 이해할 만도 했다.

'백리군악, 귀왕전에 이어 집마원의 힘마저 얻은 그를 경계하는 것인가?'

새삼 백리군악이 거대해 보인다.

이제 그는 예전의 백리군악이 아니다.

제군! 일인지하 만인지상의 위치에 올라서 있다.

천왕조차 잠들기 위해서는 백여 명의 경계를 세워야 할 정도의 절대자가 된 것이다.

전무심은 마음이 무거워졌다.

그렇다고 기세에 눌릴 수는 없었다.

'제아무리 거대한 전각도 기둥을 뽑아내다 보면 무너지는 법. 서두르지 말자, 전무심!'

스스로의 각오를 다지는 전무심의 이가 절로 앙다물어졌다.

한데 그때였다!

스스스스······.

그가 몸을 숨기고 있는 건물을 향해 은밀한 기운이 밀려든다.

누군가가 그를 발견한 듯하다. 정확히는 그가 흘린 미미한 기운을.

'이런!'

전무심은 급히 외부로 흘러나간 기운을 흩뜨리며 몸을 낮췄다.

그러고는 한 줄기 바람이 지붕을 쓸고 지나가자 재빨리 바람에 몸을 실었다.

찰나간 그가 사라지고, 그가 있었던 자리에 다섯 명의 흑의인이 내려섰다.

"이상하군. 분명 누가 있었던 것 같은데······."

단순한 바람이라 해도 믿을 정도로 약한 기운이었다.

그런데도 그들 다섯은 침입자가 있었다는 것을 확신하는 듯했다.

주위를 쓸어보는 다섯 사람의 눈빛이 싸늘하게 번뜩였다.

"무영천혼위의 경계를 뚫으려 하다니, 누군지 몰라도 겁없는 놈이군."

'무영천혼위? 저들이 천왕의 수신호위라는 무영천혼위인가

보군.'

전무심은 이십여 장 밖의 건물 처마 밑에 몸을 숨기고 내심 놀라움을 금할 수 없었다. 일개 수신호위가 절정의 고수라니.

한편으로는 은근히 오기가 솟았다. 일개 호위 때문에 물러서서야 어찌 천왕을 상대한단 말인가.

'좋아, 다시 들어가 본다!'

일각 후.

사위가 다시 고요해졌다. 무영천혼위의 기운도 천왕궁 속으로 스며들었다.

전무심은 그제야 움직이기 시작했다.

무령풍을 극성까지 펼치자 그의 몸은 한 줄기 바람이 되어 버렸다.

그리고 바람이 된 그는 티끌만큼의 기운도 흘리지 않고 천왕궁의 칠층 지붕 위로 날아올라 갔다.

천왕궁의 지붕 꼭대기는 적어도 십칠팔 장을 한 번에 날아오를 수 있는 자만이 올라갈 수 있을 터였다. 그나마도 기운을 흘리면 중간에 무영천혼위에게 들킬 수밖에 없는 상황. 아무런 흔적도 남기지 않고 십칠팔 장을 한 번에 날아올라야 한다는 말이다. 천하에 그런 자가 누가 있을까.

전무심은 천왕궁 중 가장 안전한 곳이 그곳이라 생각했는데, 아니나 다를까, 자신의 생각대로 그곳에는 아무도 없었다.

전무심은 신월조차 들지 않는 곳에 자리를 잡고서 감각을 완전히 개방하고 건물 안의 모든 기운을 탐지했다.

거의 움직임이 없는 가운데, 미미한 기운이 하나둘 느껴졌다.

'엄청나군.'

무영천혼위로 느껴지는 자가 열두어 명, 그들보다는 못하지만 능히 일류라 할 수 있는 자들이 또 서른은 넘을 듯하다. 그리고 시비인 듯 약한 기운이 열다섯 정도.

한데 그들뿐이 아니다. 자신의 능력으로도 하마터면 놓칠 뻔한 기운을 지닌 고수가 다섯이나 더 있다.

한두 명은 절대지경의 고수고, 나머지 역시 적어도 그에 근접한 초절정 경지에 다다른 자들이다.

대체 무슨 일일까?

천왕대전의 거대한 힘을 생각하면 이렇게까지 호위를 할 필요가 없다. 아무리 최근의 상황을 생각한다 해도.

그렇다면 그만한 이유가 있다는 말.

눈빛을 빛낸 전무심은 모든 감각을 집중해 천왕궁 내부를 다시 한 번 살펴봤다. 한데 바로 그때였다.

신경을 곤두세우지 않으면 거의 들리지 않을 정도로 극히 미미한 목소리가 때마침 들려왔다.

"놈이 너무 컸어."

"잘못하면 재주 부린 곰 처지가 될지 모르네. 설마 그렇게 되길 바라는 건 아니겠지?"

"글쎄…… 그거야 알 수 없지. 누가 곰이 될지 말이야."

"자네는 너무 놈을 모르는 것 같군. 그는 나조차도 두렵게 느껴질 정도네."

"그래서 그들과 손을 잡겠다는 건가?"

"뭔가 새로운 바람이 필요해. 그래서 그러는 것일 뿐이네. 자네도 그리 싫지만은 않을 텐데? 기회가 될 테니 말이야."

"흠, 그건 그렇네만……. 좋아, 그럼 이렇게 하지."

그 말이 떨어짐과 동시, 갑자기 목소리가 들리지 않았다. 아마도 전음으로 나누든지, 아니면 말이 새어나가지 않도록 주위를 진기로 차단한 것 같았다.

절대의 경지에 오른 두 사람.

'그중 하나는 천왕일 것이다. 그럼 상대는……?'

그들은 사층 아니면 오층에 있었는데, 자신조차 그들의 정확한 능력을 짐작하기가 쉽지 않았다.

그리고 나머지 초절정의 기운을 지닌 세 명은 십대호법 중 천왕의 곁을 떠나지 않는다는 서열 삼위까지의 천위호법이거나, 아니면 또 다른 누구일 터였다.

어쨌든 문제는 천왕과 이야기를 나누고 있던 바로 그자였다.

누굴까? 누군데 이 야심한 시각에 천왕과 격의없이 의논을 나누는 걸까?

그들이 말한 '놈'이 혹시 백리군악을 말하는 것은 아닐까?

의문이 꼬리를 잇는다.

왠지 모를 긴장감에 서늘해지는 등줄기!

초감각이 경종을 울리며 미지의 존재에 대한 위험성을 예고한다.

전무심은 이를 지그시 깨물었다.

'직접 알아보는 수밖에!'

이곳에 온 이유 중 하나가 적을 알고자 함이 아니었던가.

위험할 수도 있지만 이대로 물러갈 수는 없었다. 적어도 천왕의 상대가 누구였는지 정도는 알고 가야 했다. 그가 누군지만 안다면 뜻밖의 사실을 알 수 있을지도 몰랐다.

그렇다고 지금 당장 뛰어들 수는 없는 일. 전무심은 마음을 가라앉히고 조용히 때가 되기를 기다렸다.

잠시 후, 천왕궁 내부에서 약간의 움직임이 일었다. 그러나 반 각이 지나기도 전에 다시 조용해졌다.

그때까지 외부로 나간 사람은 아무도 없었다. 한데 기이하게도 내부에서 느껴지던 절대지경의 기운 하나가 느껴지지 않는다.

'어디로 사라졌지?'

의아했지만 당장은 달리 찾을 방법이 없었다.

이후로도 시간은 멈춤없이 흘렀다.

그렇게 반 시진이 지나자 천왕궁을 호위하던 무사들의 수가 반으로 줄어들었다. 하늘에 떠 있던 신월도 어느덧 서쪽으로 완전히 기울어졌다.

그리고 천왕궁 지붕 위에 내려앉은 지 한 시진. 마침내 전무심의 감겼던 눈이 슬며시 뜨였다.

순간 무령풍을 극성으로 펼친 그는 아무런 기운도 느껴지지 않는, 칠층의 구석 쪽으로 연기처럼 스며들었다.

유령조차 혀를 내두를 움직임. 은잠해 있던 두 명의 호궁무사가 무심코 고개를 돌렸을 때는 전무심이 이미 안쪽으로 스며든 이후였다.

그곳은 뜻밖에도 서고였다.

사다리 형태의 건물인데도 천왕궁의 칠층은 제법 넓었는데, 아마도 그중 한쪽을 서고로 사용하는 듯했다.

전무심은 기운을 완전히 갈무리하고, 신경을 곤두세운 채 수천 권의 책이 끼워진 서가 사이를 걸어 입구 쪽으로 나아갔다.

방문 앞에 다가가도록 밖에서는 어떤 인기척도 느껴지지 않았다.

그는 소리가 나지 않게 조심해서 문을 열었다.

소리없이 문이 열리자 컴컴한 어둠 속에 반듯이 뻗은 기다란 통로가 눈에 들어왔다.

통로의 끝까지는 오 장 정도. 양편으로는 네 개의 방문이 있었고, 육층으로 내려가는 계단이 회랑이 끝나는 곳에 있었다.

전무심은 가만히 서서 주위의 기척을 다시 한 번 탐색했다.

칠층 전체에 사람이 없는 듯했다.

그렇다면 망설일 것이 없었다.

그는 가볍게 발을 뗐다. 단 한 걸음, 그의 몸이 죽 늘어나는가 싶더니 찰나간에 오 장을 미끄러져 통로 끝, 계단 앞에서 멈췄다.

아래층에서도 아무런 기척이 느껴지지 않는다. 희미한 유등 불빛만이 적막감을 흔든다. 너무 고요해서 으스스한 느낌이 들 정도다.

전무심은 열을 셀 정도의 시간이 지나고 나서야 조심스럽게 육층으로 내려갔다.

육층의 통로는 좀 더 길고 넓었다. 칠층과 다른 것이라면 육층의 방에는 사람이 기거하고 있다는 것이었다.

방은 모두 여섯 개. 모두 불이 꺼져 있었다. 그중 사람이 있는 방은 세 곳이었다.

전무심은 마치 자신의 집에 들어오기라도 한 것처럼 천천히 통로를 걸었다.

발자국 소리는커녕 옷자락 스치는 소리도 나지 않았다. 오히려 바깥의 바람소리가 더 크게 들려올 정도였다.

내부의 통로에는 무영천혼위나 다른 호궁무사들이 은잠해 있지 않았다. 그들은 모두가 건물의 외곽 쪽에서 안으로 들어오려는 자들에게만 주의를 기울이고 있을 뿐이었다. 그나마 다행이라면 다행이었다.

전무심은 통로를 반쯤 걸어간 뒤 사람이 있는 우측 두 번째 방 앞에서 멈췄다.

그때였다. 전무심의 눈에서 기광이 번쩍인 찰나, 통로에 서 있던 전무심의 신형이 갑자기 사라졌다.

동시에 통로가 끝나는 곳의 창문이 열리더니 한 사람이 소리없이 회랑에 들어섰다.

전무심은 들보의 뒤쪽에 달라붙은 채 그의 움직임을 주시했다.

'실수했군. 그림자가 밖에서 보일 거라고는 생각 못했어.'

통로를 따라 기둥에 매달려 있는 유등은 모두 네 개. 그러다 보니 네 개의 그림자가 겹쳐서 안에서 보면 그림자가 거의 보이지 않았다. 그러나 밖에서 보면 작은 움직임도 마치 커다란 뭔가가 움직이는 것처럼 느껴졌을 것이었다.

그가 자신의 실수를 생각하는 사이, 안으로 들어선 호궁무사 하나가 빠르게 계단이 있는 곳까지 걸어가더니 눈살을 찌푸리며 돌아섰다.

순간이었다. 들보의 뒤쪽에 몸을 숨기고 있던 전무심이 그의 머리 위로 소리없이 떨어져 내렸다.

뒤늦게 자신의 존재를 눈치 챈 그가 고개를 쳐들며 입을 벌린다. 하지만 일 장 범위는 이미 그가 음파를 차단한 상태.

더구나 무형지기가 그를 덮어버린 이상 움직임조차 쉽지 않을 터다.

수룡금나를 펼친 전무심의 커다란 우수가 호궁무사의 머리를 짓누르자, 입을 쩍 벌린 그의 입에서 소리없는 신음이 터져 나온다.

전무심은 손가락에 힘을 주고 좌수로 목을 움켜쥔 채 유령처럼 그의 앞에 내려섰다.

휘둥그레진 눈은 공포로 물들어 있고, 반쯤 들어 올린 손이 자신의 좌수를 잡으려다 멈춰 있다.

전무심은 일말의 망설임도 없이 그의 혈도를 점했다.

공포에 물들어 까뒤집어지는 상대의 눈자위가 하얗게 변한다.

전무심은 부들거리는 그의 몸을 살짝 쳐들고 사람이 없는 방의 방문을 열었다.

그리고 잠시 후 방을 나선 그의 몸에서 차디찬 한기가 흘러나왔다.

이제 시간이 그리 많지 않았다.

호궁무사 하나가 사라졌으니 곧 사람들이 그를 찾으려 할 것이 분명했다.

'이곳 육층에 천위호법이 기거하고, 오층에 천왕의 가족이 살고, 그리고 사층에 천왕의 거처가 있다고 했지?'

죽이기 직전의 호궁무사에게서 얻은 정보는 단편적인 것에 불과했다. 그러나 그것만으로도 눈이 뜨이는 것 같았다.

이상한 점이 없는 것은 아니었다.

적어도 오층에는 천왕이 있을 줄 알았다.

칠층이야 평수가 작은 만큼 이런저런 용도로 쓰는 것이 다반사이니 그렇다 치고, 육층의 호법들로 하여금 자신의 머리를 지키게 했다면 오층에 그가 기거해야 맞았다.

한데 외부에 있는 줄 알았던 천왕의 가족들이 그곳에 있다

했다.

그가 아는 한 사도궁헌은 그리 가족적인 사람이 아니었다. 들리는 말로는 지금까지의 천왕 중 가족에게 가장 무심한 천왕이 현재의 사도궁헌이라 했다. 그런 그가 다른 천왕과 달리 가족들을 천왕궁에 머무르게 하고, 그것도 오층을 가족의 거처로 정했다는 것은 의외였다.

그러나 지금 중요한 것은 그것이 아니었다.

그는 몸을 최대한 낮추고 빠르게 움직였다. 더 이상 그림자가 밖으로 비춰지지 않게. 그러면서도 방 안의 누군가가 눈치챌까 봐 신경을 곤두세웠다.

다행히 오층으로 내려가는 동안 누구도 그의 움직임을 눈치채지 못했다.

'음?'

오층의 구석에 몸을 숨긴 그는 의아함을 금할 수 없었다.

오층은 육층과 내부 모습이 조금 달랐다.

당연히 통로가 있고, 유등이 불을 밝힌 통로의 끝에는 창문이 있을 거라 생각했는데, 중간이 막힌 통로에는 불도 밝혀지지 않았고, 창문이 하나도 없었다.

또한 어느 방에도 불이 켜져 있지 않았고, 너무나 조용했다. 천왕의 부인과 세 명의 자식이 살고 있다는 곳이 말이다.

밤이 늦었으니 그럴 수도 있었다. 그러나 아무리 그렇다 해도 숨소리조차 들리지 않는다는 것은 너무도 이상했다.

어찌 생각하면 다행이었지만, 생각지도 못했던 괴이한 정적은 전무심의 마음을 무겁게 짓눌렀다.

'가족들이 사는 곳이 이렇게 조용하다니······.'

하지만 오층의 괴이한 상황을 생각하기에는 사층에서 주는 중압감이 너무도 컸다.

천왕이 바로 발아래 있는 것이다.

전무심은 곧 의문을 털어내고 조심스럽게 몸을 숨겼던 곳에서 나왔다. 그러고는 사층으로 통하는 계단으로 다가갔다.

어느 순간 아래쪽의 상황을 살피던 그의 눈 깊은 곳에서 이채가 번뜩였다.

사층은 오층, 육층과 또 달랐다.

사층에서 적지 않은 사람의 기운이 느껴졌다. 그 숫자만 칠팔 명에 달했다. 모두가 무영천혼위이거나, 그에 비견될 만한 고수들인 듯했다. 어쩌면 십대호법 중 몇이 있는지도 몰랐다.

그러나 전무심이 찾고자 하는 절대의 고수는 여전히 오리무중, 어디에서도 그의 기운이 느껴지지 않았다. 기이한 일이었다.

삼층 이하는 손님이 기거할 만한 곳이 아니니 그곳에 있을 리도 없었다.

문득 한 가지 가능성이 떠올랐다.

'혹시··· 지하?'

그럴지도 몰랐다. 지하를 통해 빠져나갔다면 자신의 감각에 걸리지 않은 것이 당연한 일이었다.

일순간 허탈한 마음에 전무심의 이마에 주름이 졌다.

바로 그때, 아래쪽에서 발자국 소리가 나고 누군가가 사층으로 올라오는 듯하더니 냉랭한 목소리가 들렸다.

"뭔가?"

"교주님의 간식이옵니다."

"아, 그거? 안으로 들어가게."

그러더니 곧이어 청력을 집중하지 않으면 잘 들리지도 않을 정도로 낮게 수군거리는 소리가 들렸다.

"저게 맛있을까?"

"글쎄, 교주님의 식성을 우리가 어찌 알겠나? 정 궁금하면 자네도 한번 먹어보라구."

"으…… 나는 싫네. 피가 뚝뚝 떨어지는 걸 어떻게 먹나?"

전무심은 기이한 생각에 몸을 숙이고 아래쪽을 살펴보았다.

바로 그 순간이었다.

갑자기 아래쪽에서 두어 줄기의 기운이 요동쳤다. 누군가가 빠르게 계단 쪽으로 다가오고 있는 것이다.

흠칫한 전무심은 몸을 세우고 가까운 곳의, 아무런 인기척도 느껴지지 않는 방의 문고리를 잡아당겼다.

그러나 제법 세게 잡아당겼는데도 방문은 열리지 않았다.

재빨리 방문을 살피던 전무심의 눈이 흠칫 커졌다.

'뭐, 뭐지?'

어이없는 일이었다.

평범한 겉모습과 달리 방문은 이중으로 되어 있었는데, 그 안쪽이 쇠로 되어 있었다. 그것도 완전히 폐쇄된 채. 만일 진기로 음파를 차단하지 않았다면 덜커덩거리는 소리가 크게 났을지도 몰랐다.

아무리 사람이 없는 방이라지만 천왕의 가족들이 산다는 곳의 방이 왜 철문으로 되어 있단 말인가?

그러나 더 생각할 겨를이 없었다. 그는 일단 다급히 몸을 날려 육층으로 올라갔다.

그가 위로 올라감과 동시, 두 사람이 오층으로 올라왔다.

"이상하군. 분명 계단 쪽에서 진기의 유동이 있었는데 말이야."

"기관이 잘못 작동한 거 아닌가?"

"하긴 워낙 예민한 거라 그랬을지도 모르지. 영호 전주에게 한 번 봐달라고 해야겠군."

아래에서 들리는 소리에 전무심의 가슴이 서늘해졌다.

'진기에 반응하는 기관?'

영호 전주라면 지옥전주 영호승악을 말함일 것이다.

아마도 그가 만든 기관인 듯한데, 천왕이 기거하는 사층을 오르내리기 위해선 그 기관을 통과해야만 하는 듯했다.

전무심은 이를 지그시 깨물고 빠르게 머리를 굴렸다.

'결국 방법을 바꿔야만 하나?'

자칫 들켜서 저들에게 둘러싸이기라도 하면 모든 일이 공염불이 될 가능성이 컸다.

그럴 바에는 육층에 기거하는 세 사람 중 한 사람을 붙잡아 알고자 하는 것을 알아내는 것이 더 나을지도 몰랐다.

다만 자신이 선택한 사람이 과연 자신의 궁금증을 풀어줄 수 있는지, 그것이 문제였다. 두 번의 기회라는 것은 없을지도 모르니까.

*　　　*　　　*

"그가 천왕을 만났습니다."

"그가 왜 천왕을 만났다 생각하는가?"

"저도 그게 의문입니다. 그동안 모른 척하고 지내지 않았습니까?"

"아마 그래서 만났을 것이다."

"예?"

"이제 때가 되었다는 말이겠지. 그러니 마냥 모른 척 멀리하고 지낼 수만은 없었을 것이다."

"하면……."

"그냥 놔둬라. 공연히 건드려서 경각심을 갖게 만들 필요는 없다."

"그렇긴 합니다만, 자칫 양쪽에서 협공을 받을지도 모르는 일이 아닙니까?"

"공오, 욕심이 많은 자들에게는 반드시 한 가지 공통점이 있다."

백리군악은 공오를 바라보며 차디찬 웃음을 지었다.

"그들은 남이 많이 가진 것을 배 아파하지. 하기에 겉으로는 웃으며 손을 잡지만, 뒤로는 비수를 숨기고 언제 찌를 것인지 항상 고민하며 산다. 그러니 걱정할 것 없다. 최후가 되면 그들은 반드시 서로를 향해 비수를 찌를 테니까. 문제는 우리가 그때까지 버틸 수 있느냐 하는 것이다."

"힘든 싸움이 되겠군요."

"아무래도 쉽지는 않겠지. 하지만 방법이 없는 것은 아니다."

"방법이라시면……?"

백리군악이 있다면 있는 것이다.

공오의 굳었던 표정이 조금 풀어졌다.

그런 공오를 바라보며 백리군악의 입가에 맺힌 냉소가 더욱 짙은 한기를 흘렸다.

"늙은 곰을 잡을 때 쓴 방법을 거꾸로 써볼 생각이다. 아마 그는 절대 거부하지 않을 것이다. 후, 후, 후……."

뎅! 뎅! 뎅!

그의 웃음소리에 맞춰 천왕사의 종소리가 야심한 밤을 울렸다.

*　　　*　　　*

전무심은 두 번째 방에 있는 자를 선택했다.

특별한 이유는 없었다. 다만 그의 방이 칠층의 서고 밑인 것 같아 선택한 것이었다.

전무심은 숨을 깊게 들이쉬고는, 일 장 반경을 진기로 감싼 채 두 번째 방의 문고리를 향해 손을 뻗었다. 그리고 천천히 공기의 유동조차 조심한 채 조심스럽게 방문을 열었다.

순간이었다. 전무심의 신형이 빨려 들어가듯 안으로 스며들었다.

동시에 멀리서 천왕사의 종소리가 울렸다.

붉은 기둥, 금실로 수놓은 연화가 만발한 붉은 휘장.

좌대에는 화려한 송대의 도자기가, 탁자에는 청색의 도기로 만든 주담자가 단정히 놓여 있다.

화려함과 고풍스러움이 어울려 나름대로 높은 품격이 느껴진다.

방 주인의 성품을 유추하기에 부족하지 않은 모습이다.

'매사에 완벽을 추구하는 자일 것 같은데……. 그럼 자존심이 강하겠군.'

전무심은 방 주인의 성격을 생각하며 역시나 붉은 휘장이 쳐진 벽 쪽의 거대한 침상으로 다가갔다.

침상에는 오십대로 보이는 초로인이 낮은 숨소리를 흘리며 잠들어 있었다.

그의 머리맡에는 커다랗고 화려해 보이는 환도가 한 자루 놓여 있었는데, 손잡이에 달려 있는 황금고리와 도집에 박혀 있는 커다란 붉은 옥이 어둠 속에서 은은한 빛을 발했다.

한눈에 보아도 예사 도로 보이지 않는다.

전무심은 그 도를 보고 기억의 창고를 뒤져 보았다.

오래지 않아 한 사람이 이름이 불거져 나왔다.

'예황도(刈恍刀) 위지명?'

지닌바 능력이 천왕에 비해 크게 떨어지지 않는다는 세 명의 천위호법 중 하나이며, 십대호법 중 서열 삼위에 올라 있는 자다. 혹자는 그에게 죽은 자들이 황홀한 표정을 지었다 해서, 그를 살황도(殺恍刀)라고도 불렀다.

겉보기보다 나이가 많아 실제 나이는 칠십이 다된 노인, 그 것이 전무심이 아는 위지명이었다.

전무심의 눈이 다시 환도를 향했다.

그 순간이었다. 그는 눈을 돌리기 무섭게 뒤로 물러서야만 했다.

쉬익!

동시에 한 줄기 기운이 가슴 한 자 앞을 스치고 지나갔다.

뒤이어 들리는 음성.

"그대는 누군가?"

어느새 몸을 일으킨 위지명의 목소리였다.

소란을 원치 않는지, 아니면 상대가 침입자라는 확신이 들지 않아서인지, 아니면 자신의 갑작스런 일수를 피한 전무심이 간단히 상대할 수 있는 자가 아님을 알아서인지 그의 목소리는 잘 들리지 않을 정도로 나직이 깔려 나왔다.

그러나 전무심은 그런 목소리도 밖으로 새어나가는 것을 원치 않았다.

더구나 앞으로 어떤 상황이 벌어질지 모르는 상황. 전무심은 진기로 방 안을 감싸고 역시 나직한 목소리로 물었다.

"예황도 위지명, 맞소?"

위지명의 가늘고 긴 눈썹이 꿈틀거렸다.

천왕대전 내에서 그를 그렇게 부를 수 있는 사람은 손으로 꼽을 정도다. 아마 열 손가락도 다 채워지지 않을 거라는 게 그의 생각이었다.

그리고 그들 중 눈앞에 서 있는 놈처럼 새파랗게 젊은 놈은 없었다.

"기가 막히는군. 천왕대전에 침입자라니. 대체 밖을 지키고 있는 놈들은 뭐 하는 거지? 모두 봉사가 되었나?"

중얼거리는 그의 입가에 웃음이 맺힌다. 어이없다는 표정이 역력하다.

전무심이 그런 위지명을 향해 태연히 물었다. 급할 것 하나도 없다는 듯.

"한 가지 물어볼 게 있소만."

그 말에 위지명의 표정이 묘하게 비틀어졌다.

단잠을 깨운 침입자, 전무심에게 화도 나지 않는지 호기심이 가득한 눈빛이다.

"먼저 이름을 밝히는 것이 예의가 아닌가?"

"그보다… 천왕궁에 생각지 못했던 손님이 왔던 것 같은데, 그가 누구요?"

풀썩, 위지명의 어깨가 들썩였다.

"정말 웃기는 놈이군."

찰나였다. 위지명이 앉은 자세 그대로 전무심을 향해 쏘아졌다.

전무심은 예상하고 있었기라도 한 듯 무심한 표정으로 두 손을 교차시키며 허공에 네 번의 손도장을 찍었다.

퍼버버벅!

가죽을 터는 듯한 둔탁한 소리와 함께 전무심의 몸이 주춤 한 걸음 뒤로 밀려났다.

반면에 위지명은 뒤로 튕겨져 침상에 내려앉았다.

뒤로 반쯤 몸을 눕혔다 세우는 그의 눈이 경악으로 가득 찼다

"네놈은 누구냐?"

묻는 목소리가 전과 다르게 차갑게 흘러나온다.

그로선 그럴 수밖에 없었다.

자신이 밀렸다. 믿을 수 없지만 부정할 수 없는 사실이다.

'새파랗게 어린 놈에게 밀리다니!

자존심이 무참하게 짓밟힌 기분이다. 오랫동안 잊혀졌던 분노가 가슴 깊은 곳에서 끓어오른다.

그는 차가운 표정을 지으며 손을 침상 위쪽으로 뻗었다. 둥실 떠오른 환도가 자연스럽게 그의 손으로 빨려들었다.

환도가 손 안에 쥐어지자, 그제야 그는 천천히 침상에서 내려와 전무심을 직시했다.

언뜻 전무심을 바라보는 그의 눈 깊은 곳에서 긴장이 스멀거리며 피어난다.

그때 전무심이 입을 열었다.

"시간이 없으니 다시 묻겠소. 천왕과 독대한 자가 누구요?"

딸깍.

위지명이 대답 대신 엄지로 환도를 밀어 올렸다.

순간, 그의 전신에서 싸늘한 살기가 일더니 전무심을 향해 파도처럼 밀려갔다.

전무심도 손을 늘어뜨리고 무정을 잡은 손에 구전암황기를 끌어올렸다.

싸움이 벌어지면 시간이 없다. 아무리 진기로 방을 감쌌다 해도 그 충격이 어느 정도는 건물에 전해질 터였다. 대답을 들을 시간도 없이 빠져나가기에 급급할 터.

"두렵지 않다면 알려줘도 무방할 것 같소만."

하기에 전무심은 무심한 목소리로 위지명의 자존심을 자극했다.

위지명은 이맛살을 찌푸리고는 입술을 달싹거리더니 짧게 한마디를 내뱉었다. 왠지 불만이 가득한 목소리였다.

"제 형제들을 잡아먹은 놈이지!"

"지금 어디에 있소?"

위지명의 입 끝이 살짝 벌어졌다.

"큭, 그는 이미 떠났다! 그러니 너도 그만 가거라!"

동시였다.

번쩍!

위지명의 환도가 황홀할 정도의 금빛을 뿜어내며 어둠을 길게 갈랐다.

세 줄기 금빛 도기가 다리와 가슴과 머리를 노리고 날아든다.

어느새 빼 들었는지 전무심도 무정을 건곤으로 휘돌려 원을 그렸다.

구구구궁!

구전암황기가 실린 암천의 검, 암혼귀망(暗魂鬼罔)에 금빛 도기가 비틀리고 휘돌다 튕겨지고, 소멸되었다.

찰나간에 일격이 흔적도 없이 사라지자 한 걸음 물러선 위지명의 표정이 더욱 굳어졌다.

조금 전 밀린 것이 결코 우연이 아님을 깨달은 것이다.

믿어지지 않지만, 믿고 싶지 않지만 눈앞의 젊은 놈은 자신보다 강하다!

그는 이를 악물고 환도에 더욱 강한 내력을 쏟아 부었다.

"이제 시작이다, 놈!"

그는 스스로를 다그치듯이 한 소리 내지르고는 환도를 앞으로 죽 내밀었다.

순간 전무심을 향한 도첨에서 넉 자 크기의 도강이 휘황한 빛을 발했다.

그때 전무심의 무정이 열두 개의 원을 그리며 허공을 짓눌렀다.

일순유의 순간에 열두 겹의 검세가 위지명을 뒤덮는다.

금방이라도 온몸이 터져 버릴 듯한 가공할 압력!

환도를 휘둘러 막아가는 위지명의 눈빛이 파르르 떨렸다.

전무심은 단숨에 십이 검을 내질러 위지명을 옭아매고는, 암천벽뢰의 일식으로 그 중앙을 내리찍었다.

쩌저정!

순간 둔중한 굉음이 진기로 둘러싸인 방 안을 뒤흔들고,

"크흐읍!"

위지명이 신음을 흘리며 힘겹게 세 걸음을 물러섰다.

창백한 안색, 반쯤 내려진 환도는 도강이 두 자는 줄어든 상태다.

전무심은 좌수오지로 다섯 개의 천홍지주를 튕겨내고, 무정을 떨쳤다.

동시에 위지명이 노성을 내지르며 환도를 휘둘렀다.

"이노오옴!"

찰나간, 그물 같은 금빛 도강이 전무심의 앞을 가로막았다.

따다다당!

천홍지주가 금빛 도막에 가로막혀 튕겨진다.

그러나 그 대가로 금빛 도막도 살얼음 갈라지듯 쩍쩍 갈라졌다. 전무심의 무정이 그 틈을 파고들었다.

천홍지주를 튕겨낸 충격으로 환도를 잡은 손이 얼얼한 상태. 물러서고 싶어도 침상에 가로막혀 있고, 날아오르고 싶어도 천장이 그리 높지 않다.

위지명은 얼굴을 악귀처럼 일그러뜨리며 무정을 정면으로 후려쳤다.

쾅!

굉음이 일고, 위지명의 몸뚱이가 참상 너머로 튕겨졌다.

쿵!

벽에 부딪친 그의 얼굴이 와락 일그러진다.

"크억!"

비명이나 다름없는 신음이 흘러나온 것은 그다음이었다.

전무심도 충격을 받았는지 안색이 창백하게 굳어졌다.

'과연 천위호법답군. 그 상황에서도 그토록 강력한 반격을 하다니.'

한데 바로 그때였다.

덜컹!

여기저기서 문 여는 소리가 들렸다.

소리는 새어나가지 않았다. 그러나 위지명이 벽에 부딪친 충격마저 해소시키지는 못했다. 아마도 그 때문에 잠을 자던 사람들이 깨어난 듯했다.

끝내 우려했던 일이 일어난 것이다.

"왜 건물이 흔들린 거지?"

"위지 호법 방 쪽에서 충격이 전해진 것 같은데?"

방을 나온 자들의 목소리가 들려온다. 자신이 감지했던 고수들, 아마도 천위호법 중 둘인 듯했다.

거기다 다른 자들마저 통로로 들어온 듯했다.

"무슨 일입니까, 어르신?"

무영천혼위, 아마 그들일 터였다.

전무심은 망설이지 않았다. 자신을 본 자를 살려둘 수는 없는 일.

그는 자신의 내부에서 끓어오르는 진기를 아랑곳하지 않고, 몸을 바로잡는 위지명을 향해 천천히 무정을 내밀었다.

번쩍!

검강이 눈부신 빛을 폭사시키며 위지명의 가슴을 향해 폭사되었다.

전력을 다한 암천유성탄(暗天流星彈)!

쩡!

겨우 들어 올린 환도가 두 동강 나고, 가슴이 움푹 꺼지는가 싶더니 시뻘건 피가 분수처럼 솟구쳤다.

위지명의 반쯤 벌린 입이 달싹거린다.

전무심은 그런 위지명을 똑바로 쳐다보며 머리 위를 향해 일 장을 뻗었다.

스스스스……

천장이 가루로 변하며 넉 자 크기의 구멍이 뚫렸다.

순간 전무심의 신형이 빨리듯이 구멍 속으로 사라졌다.

동시였다.

콰당!

방문이 부서질 듯이 열리고 다섯 사람이 안으로 들어섰다.

그들은 벽에 기댄 채 부들부들 떨고 있는 위지명을 보고 경악해 소리쳤다.

"위지 호법!"

그중 쇠 우산을 든 노인이 위지명의 눈을 따라 고개를 쳐들더니 분노의 일성을 내질렀다.

"위로 도망갔다! 모두 쫓아라!"

그러고는 전무심이 빠져나간 구멍을 통해 칠층으로 올라갔다.

한편 구멍을 통해 칠층의 서고로 나온 전무심은 조금도 망설이지 않고 서고의 창문을 통해 천왕궁을 나왔다.

두 명의 무영천혼위가 접근하고 있다는 것을 느낌으로 알았지만, 어차피 다른 길이 없었다.

전무심이 나가자 처마에 내려선 무영천혼위 중 하나가 냉랭하게 물었다.

"감히 천왕궁을 침입하다니! 네놈은 누구냐?!"

전무심은 그의 말에 대답할 하등의 이유가 없었다.

뒤에서 그가 감지했던 두 명의 고수가 쫓아온다. 그들에게 발목을 잡히면 그사이 또 다른 자들이 몰려올 것이 아닌가.

물론 어찌 된다 해도 자신의 몸 하나는 빼낼 수 있을 것이다. 그러나 아직 다른 곳에서 볼일이 남은 상황. 그들과 다투느라 모든 힘을 소모할 수는 없었다.

일순간 전무심의 신형이 둘로 갈라지며 두 사람을 동시에 덮쳤다.

"헛!"

"이놈이!"

하지만 무령풍이 너무나 빠르고 은밀했다.

게다가 전무심이 작정하고 펼친 검은 결코 두 사람이 상대할 수 있는 것이 아니었다.

쩌저정!

벼락이 연이어 떨어지는가 싶더니, 삼 초가 지나기도 전에 부서진 무기의 파편이 허공으로 튕겨졌다.

냉랭하던 표정이 경악으로 바뀌는 데는 그리 오래 걸리지 않았다. 주르륵 처마 끝까지 물러선 무영천혼위의 얼굴이 참담하게 일그러졌다.

찰나 무령풍을 펼친 전무심이 그들을 덮치고, 다섯 자 길이의 검강이 솟구친 무정이 두 사람의 목과 허리를 쓸고 지나갔다.

그야말로 눈 깜짝할 시간에 벌어진 일.

그러나 그사이에 여기저기서 무영천혼위와 호궁무사들이 칠층을 향해 날아들고,

콰직!

서고로 통하던 창문이 부서지며 두 명의 노인이 모습을 드러냈다.

전무심은 지체없이 칠층의 지붕 위로 몸을 날렸다.

어찌나 빠른지 눈앞에서 흩어져 사라진 것처럼 보일 정도였다.

하지만 나중에 나타난 두 노인은 전무심의 움직임을 놓치지 않았다.

"이 박쥐 같은 놈이!"

"놈! 우리 손에서 벗어날 생각을 말아라!"

처마를 박찬 두 노인이 노성을 내지르며 칠층의 지붕 위로 몸을 날렸다.

한데 두 노인은 칠층 지붕 위에 내려서기도 전에 눈을 휘둥그렇게 떴다.

지붕 삼 장 위에서 둥근 만월이 둥실 떠서 환한 빛을 발한다.

신월이 뜬 날이 아니던가?

두 노인이 의아해할 때였다.

삼 장 허공에 떠 있던 전무심이 무정의 끝에 뭉친 검강의 구(球)를 폭자결로 터뜨려 버렸다.

순간!

만월이 묵광을 폭사시키며 폭발했다!

콰과과과!!

"뭐, 뭐야!"

"이런 개 쌍!"

전무심이 작심하고 펼친 암천묵류성이 두 노인을 덮친 것이다!

대경한 두 노인, 벽라산옹 숙평과 혈무자 각거정은 하늘을 향해 미친 듯이 손을 휘저었다.

숙평의 철산(鐵傘)이 좍 펼쳐지며 팽이처럼 휘돌고, 각거정의 혈척(血尺)이 핏빛 그물을 드리웠다.

콰과과광!

묵빛 유성우에 실린 힘은 너무도 거셌다. 절대의 경지에 근접한 두 사람조차 전력을 다해야만 막을 수 있을 정도였다.

순식간에 숙평의 철산이 너덜너덜하게 찢어지고, 각거정의 혈척이 구부러지고 휘어졌다.

정신없이 뒤로 밀린 두 노인이 몸을 바로잡은 순간!

반진력을 이용한 전무심의 신형이 쏘아진 살처럼 어둠 속으로 날아갔다.

숙평과 각거정은 쫓을 생각도 못하고 허탈한 표정으로 전무심의 그림자만 쳐다보았다.

그사이 잠자던 장로들과 호법들은 물론이고, 무영천혼위와 호궁무사들이 천왕궁과 근처의 거처에서 쏟아져 나왔다.

천왕궁이 그들에 의해 뒤덮였을 즈음, 한 사람이 숙평과 각거정 옆으로 천천히 내려섰다.

절대자의 위엄이 뿜어 나오는 자.

천왕 사도궁헌! 바로 그였다.

"그가 누군지 알겠는가?"

사도궁헌의 물음에 숙평과 각거정은 고개를 숙이고 천천히 내저었다.

"미처 알아볼 틈이 없었습니다, 교주."

"놈이 곧바로 도망가는 바람에……. 다만 젊은 놈이라는 것만 겨우…… 하온데, 위지 호법이 그놈 손에 당했습니다."

사도궁헌의 굵은 눈썹이 송충이처럼 꿈틀거렸다.

"위지 호법이 당했다? 그 짧은 순간에?"

숙평과 각거정은 바로 대답하지 못했다. 하긴 무슨 말을 할까. 아직도 믿어지지 않는 일인데.

두 사람이 입을 다물고 있자 사도궁헌이 전무심이 사라진 곳을 바라보며 온기 하나 없는 목소리로 말했다.

"본 교에 위지 호법을 그토록 쉽게 죽일 수 있는 사람이 몇이나 될 것 같은가? 그것도 젊은 사람 중에."

"……."

물론 그런 고수가 없는 것은 아니다. 그러나 그들 중 젊은 자는 없었다.

여전히 입을 열지 못하는 두 사람을 향해 사도궁헌이 말을 이었다.

"철저히 조사해 보도록. 그는 우리가 알고 있는 자일지도 모른다."

숙평이 눈빛을 빛내며 다시 고개를 숙였다.

"알겠습니다, 교주!"

그러자 사도궁헌이 눈살을 찌푸리며 말했다.

"그리고 당분간 위지 호법의 죽음은 누구에게도 알리지 마라. 그렇잖아도 어수선한 분위기가 아닌가? 천왕궁 내에서 호법이 죽어나갔다는 말이 돌면 좋을 게 없음이니……."

죽은 위지명에게는 안됐지만, 사도궁헌의 말도 옳았다.

천왕대전의 위엄에 손상이 가서는 안 되는 것이다.

"예, 교주. 그리 일러두겠습니다."

전무심은 단숨에 천왕궁의 영역을 벗어났다.

그러고는 더 이상 쫓아오는 자는 없는 듯하자 커다란 나무 위에 몸을 숨겼다.

"쿨럭!"

밭은기침에 핏물이 살짝 배어 나온다.

그래도 다행히 큰 내상은 입지 않은 듯했다.

'하마터면 큰일 날 뻔했군. 너무 무리했어.'

그렇다고 해서 손해만 본 것은 아니었다.

천왕이 누군가와 손을 잡았다.

그것만으로도 소득이라면 소득이었다.

더구나 위지명이 한 말이 있지 않은가.

"제 형제들을 잡아먹은 놈이지."

누군지는 모른다. 그러나 단서가 전혀 없는 것도 아니니 미리부터 실망할 것은 없었다.

'언젠가는 알게 되겠지.'

다만 아쉬운 거라면 그가 빠져나간 것을 모르고 있었다는 것이다.

'아무래도 지하 통로가 있는 것 같군.'

역시 가능성은 그것밖에 없었다. 분명 지상을 통해 밖으로 나간 사람은 없었으니까.

그리고 그것 또한 적지 않은 소득이었다. 천왕궁 지하에 외부로 나갈 수 있는 통로가 있다는 말이 아닌가 말이다.

한데 그때, 문득 천왕의 가족이 산다는 오층의 철문이 떠오르자 전무심은 곤혹스런 표정을 지었다.

'그런데 왜 그곳의 문이 철문으로 되어 있었을까?'

그러나 그것 역시 생각만 한다고 해서 알 수는 없는 일.

전무심은 고개를 젓고 천라혈왕공을 끌어올려 내력을 안정시켰다.

아직 해야 할 일이 하나 남아 있었다. 그 일을 하기 위해서는 몸을 정상화시키는 것이 우선이었다.

일각 후, 그는 진기가 어느 정도 안정되자 전력을 다해 북쪽으로 몸을 날렸다.

전무심은 다섯 개의 지붕을 건너고, 세 개의 연못을 지나 천왕궁의 북쪽 가장 깊숙한 곳의 작은 연못가에 세워져 있는 팔각정자의 지붕 위에 내려섰다.

그리고 찬찬히 주위를 살펴보았다.

천왕가의 사람들은 특별한 일이 아닌 한 거대한 천왕궁을 중심으로 북쪽 지역에 위치한 스무 채의 건물에 기거했다.

전무심이 발을 딛고 서 있는 팔각정자는 바로 그들이 살고 있는 곳에서도 북쪽으로 치우친 곳이었다.

팔각정자의 이름은 천왕정(天王亭).

그가 이곳을 목적지로 삼은 데는 그만한 이유가 있었다.

바로 이곳에 그가 만나보고자 하는 사람이 살고 있단 말을 전에 아버지에게서 들은 적이 있었던 것이다.

천왕정의 주인인 사도무연, 사부님이 조카처럼 생각했다는 바로 그가.

어느 날 갑자기 부교주의 자리를 헌신짝처럼 내던졌다는 바로 그가 말이다.

'응?'

그가 사도무연을 생각하고 있을 때다. 한 줄기 기운이 신월의 싸늘함과 함께 밀려왔다.

안력을 집중하자 팔각정자에서 이십 장 정도 떨어진 건물의 이층 창문이 천천히 열리는 게 보였다.

"그댄 누군가?"

그리고 가슴을 짓누르는 전음이 나직이 들려왔다.

전무심은 무심한 표정으로 창문 안쪽을 바라보았다.

때마침 구름 밖으로 고개를 삐죽 내민 신월의 싸늘한 광채가 방 안을 비추었다.

열린 창문 안쪽에는 청수한 차림의 노인이 뒷짐을 진 채 서 있었다.

자신이 찾아가고자 했던 건물. 그리고 그 안에 사는 노인. 전무심은 그가 누군지 알 것 같았다.

'저 노인이 사도무연?'

바라보는 노인의 눈빛은 바람 한 점 없는 호수처럼 고요했다.

어찌 보면 권태롭게도 보이고, 또 어찌 보면 득도한 고승의 눈을 보는 듯했다.

전무심은 아무런 대답도 하지 않고 팔각정자의 지붕에서 발을 떼었다.

'직접 확인해 보면 될 일!'

단 한 걸음이었다. 바람에 밀리듯 스르르 미끄러져 가는 게 꼭 밤하늘을 가르며 유령이 날아가는 듯했다.

한데 몸을 움직인 것은 그만이 아니었다.

노인 역시 창문 밖으로 훌쩍 몸을 날리더니 한걸음에 십여 장을 좁혀왔다.

각자의 위치를 벗어난 두 사람이 중간지점에서 만난 것은 찰나의 순간이었다.

굳은 듯하면서도 어떤 기대에 찬 미소를 베어 물고 있는 노인. 여전히 석고상처럼 무심한 표정의 전무심.

두 사람은 약속이라도 한 듯 일 장의 거리가 되자 손을 뻗었다.

힘이 곧 법인 패(覇)의 대지에서 이름이 무슨 소용이란 말인가!

전무심이 기운을 일으키며 몸을 날리는 것을 보고 그 뜻을 깨달은 노인이었다. 그래선지 기대에 찬 노인의 눈에서는 활화산 같은 열기가 뿜어졌다.

일순간, 백색으로 물든 노인의 두 손에서 흰구름이 일렁인다.

시퍼런 빛을 발하는 전무심의 두 손에서 뇌전이 인다.

두 사람이 석 자의 거리를 둔 채 얽혀들었다 싶은 순간!

우르릉!

대기가 신음을 토하며 무너져 내리고, 어둠이 산산이 부서진 채 사방으로 터져 나갔다.

찰나간에 벌어진 십여 번의 격돌!

하지만 그 어떤 소리도 두 사람의 기운에 억눌려 이 장 밖으로 새어나가지 못했다. 대신 엄청난 충격파에 방원 이 장 안의 모든 것이 가루로 변하며 부서져 버렸다.

평평해진 땅 위에 남은 것은 오직 전무심과 노인, 두 사람뿐.

전무심은 미끄러지듯 일 장 정도 물러서서 고요히 노인을 직시했다.

이 장여의 거리. 노인의 부릅뜬 눈이 거세게 떨리고 있다.

격돌의 충격 때문만이 아니다. 무언가를 알아보았기 때문이다.

"그, 그것은⋯⋯?"

전무심은 노인의 말을 끊고 전음을 보냈다.

"사람들이 몰려오는 것 같군요. 잠시 조용한 곳으로 자리를 옮겼으면 싶습니다만."

여전히 변함없는 목소리에 노인의 떨리던 눈이 딱딱하게 굳었다.

자신조차 충격으로 가슴이 울렁거리거늘, 조금도 흔들리지 않은 모습이라니!

'진정 그분의 후예란 말인가?'

노인은 잠시 망설였지만 다른 선택이 없음을 알기에 몸을 돌렸다.

"나를 따라오게."

전무심은 노인의 그림자처럼 유유히 그의 뒤를 따랐다.

곧이어 여기저기서 사람들이 쏟아져 나왔다.

"방금 뭐였지?"

"글쎄, 엄청난 기운이 파동 치는 것 같았는데……."

"어? 숙부님, 여기서 누가 힘 자랑을 했나 봅니다."

"대체 어떤 놈이 밤중에 지랄을 떤 거야? 늙은이들 기죽일 일 있나? 누구야?!"

십여 명에 달하는 사람들은 대부분이 노인들이었지만, 개중에는 중년 정도의 나이를 지닌 자들도 몇 있었다.

전무심은 창문을 통해 그들을 보며 내심 놀라지 않을 수 없었다.

단 한 번의 격돌이었다. 그나마도 두 사람의 기운이 주위를 감싸서 막상 흘러나온 소리나 기운은 미약하기 그지없었다.

그런데도 이십여 장 이상 떨어진 곳에 기거하던 자들이 일제히 몰려나왔다. 그토록 미약한 기운을 느끼고서.

어디 그뿐인가?

조금 더 멀리 있어서, 또는 관심이 없어서 나오지 않은 사람들은 또 얼마나 될까?

'천왕가의 사람들, 쉽지 않겠군.'

천왕대전, 그리고 천왕가.

생각했던 것보다 훨씬 강한 그들의 힘에 전무심의 마음이 무거워졌다.

더구나 그의 적은 그들만이 아니다.

'정녕 내부에서 싸우는 것은 불가능하단 말인가?'

그때 노인이 침중한 목소리로 물었다.

"어디 이제 말해보게. 자넨 태대원로와 어떤 관계인가?"

의도대로 천강벽월을 알아본 듯하다.

전무심은 무거워진 마음을 털고 나직이 대답했다.

"그분은 저의 사부님이 되시지요."

노인이 의혹에 찬 표정을 지었다.

"그분에겐 오직 한 명의 제자만 있었다는 말을 들었네만?"

전무심이 천천히 돌아서며 답했다.

"제가 바로 그 사람입니다."

"그, 그럼…… 자네가 혈사자 천유옥?"

"한때는 그리 불렸지요. 하나 이제는 달리 불리게 될 것입니다."

"달리? 어떤……?"

전무심은 끝이 보이지 않는 무저의 눈빛으로 노인을 바라보며 천천히 입을 열었다.

"암천혈왕(暗天血王) 전무심!"

노인은 잠시 멍한 표정을 지었다. 그러다 뭔가를 깨달은 듯 두 눈이 금방이라도 튀어나올 것처럼 커졌다.

"암천혈왕? 서, 설마……?!"

하지만 놀람은 그것만이 아니었다.

"가만? 전무심이라면, 혹시……?"

그때다.

스웅!

전무심의 허리에서 은은한 백광이 뿜어졌다.

노인의 눈도 더욱 커졌다.

그리고 마침내 유리혈루가 핏방울을 드러내자 노인의 몸이 딱딱하게 굳어버렸다.

"그, 그건…… 천왕수호총령의 신물, 유리혈루? 맙소사!"

전무심은 온몸이 굳어버린 노인을 향해 말했다.

"이제 둘 중 하나를 선택하시지요."

노인, 사도무연의 굳어진 몸이 파르르 떨렸다.

전무심의 말이 뜻하는 바를 알기 때문이다.

유리혈루를 봤으니, 전무심이 암천혈왕임을 알았으니 둘 중 하나를 택하란 말이다.

따르면 살 것이고, 반하면 죽이겠다는 뜻인 것이다.

감히 천왕가의 사람들을 이끄는 천왕정주의 목숨을 마음대로 결정하려 하다니! 참으로 건방진 놈이 아닌가!

그렇게 화가 나야 옳았다.

분노가 솟구쳐서 당장 쳐 죽이겠다고 해야 맞았다.

한데도 그는 아무런 화도 나지 않았다. 분노는커녕 오히려 불가능하다 생각했던 일을 이룰 수 있을지 모른다는 한 가닥 기대감에 가슴이 뛰었다.

"한 가지만 약속해 준다면 내 자네가 암천혈왕임을 인정하지."

왠지 비장함마저 느껴지는 목소리.

전무심은 사도무연의 눈을 직시했다.

한 점 흔들림없는 그의 눈에는 죽음보다 더한 각오가 담겨 있었다.

뜻밖의 반응이었다.

순순히 따를 거라 생각하지 않았다. 젊을 적 사부님을 친숙부처럼 따랐던 사람이라지만, 그는 천왕의 숙부이며 천왕가의 사람들을 이끄는 사람이 아닌가 말이다.

한데 순순히 인정하겠다고 한다. 한 가지 약속만 해준다면.

자신의 감각이 잘못되지 않았다면 결코 허언이 아니다.

전무심은 천천히 고개를 끄덕였다.

"말씀해 보시지요. 듣고 나서 결정하겠습니다."

비록 반쪽짜리 허락이었지만, 사도무연은 천천히 입을 열어 자신의 조건을 말했다.

"천왕을…… 죽여주게."

순간 그토록 냉정무심하기만 하던 전무심의 눈이 놀람으로 굳었다.

천왕을 죽여달라니. 자신의 조카를 죽여달라니!

듣고도 이해할 수 없는 말이었다.

그때 사도무연이 머뭇거리더니 잇새로 말을 이었다.

"내 생각이 잘못되지 않았다면, 그놈은 자기 손으로 친아버지를 직접 죽인 놈이네."

"직접? 사도궁헌이 말입니까?"

전무심이 놀란 표정으로 물었다.

그러자 사도무연이 천천히 고개를 저었다.

"형님을 죽인 사람은 궁헌이 아니라 궁조네."

"무슨 말씀이신지……?"

사도무연은 의아해하는 전무심을 빤히 바라보고는, 차마 입이 떨어지지 않는지 한참 만에야 어렵게 입을 열었다.

"어쩌면 나 혼자 착각하고 있는 것인지도 모르겠네만, 나는 천왕이 궁헌의 쌍둥이 동생인 궁조라고 확신하고 있네."

궁조라면 과거의 천왕령주 사도궁조를 말함일 것이다.

전무심은 어리둥절한 눈으로 사도무연을 바라보았다.

"아무리 쌍둥이라지만 어떻게 그럴 수가? 그럼 사도궁헌은?"

"죽었는지 어쨌는지 아무도 모르는 상태지. 궁조가 실종된 것으로 알려진 것처럼 말이네."

"그렇다는 증거가 있습니까?"

사도무연이 눈살을 찌푸리고는 한숨을 내쉬었다.

"후우, 아무도 모르는 궁조의 비밀 하나를 내가 알고 있다네."

아무도 모르는 비밀?

전무심은 굳은 표정으로 사도무연의 다음 말을 기다렸다. 그의 말이 사실인지 아닌지는 더 들어봐야 알 것 같았다.

한데 바로 그때였다. 회랑이 울리는 소리도 없는데 누군가가 다가오는 것이 느껴졌다.

전무심은 손가락을 들어 막 입을 열려는 사도무연의 말을 막았다.

나중에야 사도무연도 느꼈는지 천천히 방문을 향해 고개를 돌렸다.

곧이어 기척도 없이 다가온 자가 방문 앞에서 멈춰 섰다.

"숙부님, 궁선입니다. 별고없으십니까?"

"무슨 일이기에 이리도 소란이냐!"

"천왕궁 쪽에서 소란이 있었던 데다, 정자로 가는 길 쪽에서 누군가가 강력한 기운을 뿜어낸 흔적을 발견했습니다. 해서……."

"아! 그거 말이군. 너무 신경 쓸 것 없다. 내가 답답해서 잠시 몸을 좀 푼 것뿐이니까."

"예?"

"요즘 돌아가는 상황이 너무 짜증나서, 달 보고 한바탕 화풀이 좀 했다, 이 말이다! 무슨 말인지 모르겠느냐!"

'내가 왜 짜증을 내는지 너희들이 잘 알잖느냐!' 그렇게 들리는 말투다.

사도무연의 말투에서 짜증이 잔뜩 묻어 나오자 사도궁선의 목소리가 기어들어 갔다.

"예, 그러셨군요. 저희는 그런 줄도 모르고……."

"가서들 쉬라고 해라. 여기가 어딘지 잊었더냐?"

이곳은 천왕대전의 가장 깊숙한 곳, 천왕정이다. 누가 감히 침입을 해서 쓸데없이 힘 자랑을 한단 말인가.

"죄송합니다, 숙부님. 처음 있는 일이다 보니 그만……. 이만 물러가겠습니다."

조심스럽게 물러가는 기척이 느껴진다. 역시 발걸음 소리는커녕 옷 스치는 소리도 나지 않는다.

절정에 달한 신법. 과연 천왕가의 사람이다.

전무심은 사도궁선의 기척이 자신의 감각에서 완전히 사라진 후에야 사도무연을 바라보았다.

'이제 말해보시죠' 그런 눈빛으로.

하는 수 없다 생각했는지 사도무연이 천천히 입을 열었다.

"실종되기 전 궁조는 가끔씩 짐승의 생간을 먹었네. 사람들은 그저 식성이 그래서 그런 것이려니 하지만 나는 알고 있다네. 그가 생간을 즐기는 이유가 남몰래 익힌 어떤 무공 때문이라는 것을."

생간? 무공?

'가만? 그럼 그 간식이라던 것이……?'

그는 천왕궁에서의 일을 생각하며 나직이 물었다.

"대체 그가 어떤 무공을 익혔기에 그리도 확신을 가지시는 겁니까?"

사도무연이 잠시 망설이더니 하나의 이름을 불쑥 내뱉었다.

"마라혈정공(魔羅血精功)."

처음 들어보는 이름이었다.

'왠지 섬뜩한 이름이군. 마공인가?'

전무심이 살짝 눈살을 찌푸리자 사도무연이 말을 이었다.

"삼십오륙 년 전 천왕비고에 들어갔다가 우연히 얻었는데, 궁조의 혼사 때 선물로 주었다네. 그때만 해도 그 무공이 얼마나 무섭고 사악한 것인지 생각도 못했다네. 그저 서장의 무공에 관심이 많은 궁조에게 작은 도움이라도 될까 했던 것뿐이지."

자책감이 느껴지는 듯 사도무연의 이마에 주름이 몇 개 그어졌다.

"한데 어느 날부턴가 식성이 바뀐 것 같아서 유심히 살펴봤더니 그가 남몰래 그 무공을 익히고 있더군. 그래서 심심풀이 삼아 조사해 봤지. 식성과 그 무공과 무슨 관계가 있나 하고 말이야."

말을 이어가던 사도무연의 눈초리가 가늘게 떨렸다.

"그제야 알았네. 마라혈정공이 소뇌음사의 절전된 마학이고, 그것을 익히면 생식을 즐기게 된다는 걸. 특히 간을 말이네."

그것뿐만이 아닌 듯했다. 하지만 더는 말하지 않았다.

전무심도 굳이 그에 대해 더 묻지는 않았다. 그리고 자신이 그의 생식 습관에 대해 알고 있다는 것도 말하지 않았다.

그러자 사도무연이 한숨을 쉬며 말을 이었다.

"후우, 그런데 사 년 전 가을이었네. 한밤중에 따질 일이 있어 천왕의 방을 찾아갔는데, 그가 간식을 먹고 있더군. 금방 잡은 것 같은 짐승의 생간을 말이야. 의아했지. 궁헌은 생식을 그리 좋아하지 않았으니까. 해서 몰래 숙수를 찾아가 물어봤네. 그랬더니 숙수가 그러더군. 천왕으로 취임한 이후부터 닷새에 한 번씩 생간을 찾는다고 말이야."

그러나 그것만으로 사도궁헌을 사도궁조라 말할 수는 없는 일. 전무심이 물었다.

"아무리 쌍둥이라 해도 그토록 똑같지는 않았을 것 아닙니까?"

"마라혈정공에는 인체의 모든 근육을 마음대로 움직일 수 있는 기이한 무공이 들어 있다네. 얼굴 조금 바꾸는 것쯤은 일도 아니지."

"마라혈정공을 사도궁헌이 익혔을 가능성은 없습니까?"

사도무연이 고개를 저었다.

"십 년 이상 익혔을 때부터 생식을 하게 된다고 했네."

그렇다면 당연히 아니다. 전무심이 다시 의문을 제기했다.

"그런 식성에 대해서 가족들이 이상하게 생각하지는 않았습니까? 왜 아무도 그에 대해서 의문을 품지 않은 겁니까?"

"자네도 알지 모르겠네만, 궁조에겐 자식이 없네. 그리고 부인은 결혼한 지 십 년 만에 죽었지."

"사도궁헌의 가족들은 어떻습니까?"

"궁헌에게는 부인과 딸이 셋 있는데, 지난 몇 년간 그녀들은 바깥출입을 거의 하지 않았네."

전무심의 굳은 눈이 사도무연을 향했다.

'말을 해야 하나?'

괴이한 적막감에 쌓인 철문으로 막힌 방.

어쩌면 그녀들은 그 안에서 사육당하고 있을지도 몰랐다. 하지만 그 사실을 말하기에는 아직 일렀다.

그 말을 하기 위해선 그가 천왕궁에 침입했다는 것을 말해야 하는 데다, 어쩌면 사도무연도 그 사실을 알면서 말하지 않는 것일지도 몰랐다.

그도 가족들의 치부를 세상에 드러내고 싶지는 않았을 테니까.

그때 사도무연이 말을 이었다.

"나는 차라리 그 아이들이 아무것도 모르고 있기만을 바라고 있네."

그 말을 끝으로 사도무연은 입을 닫았다.

전무심은 그제야 뒤엉킨 생각을 정리했다.

너무도 놀라운 사실이었다. 천왕교가 뒤흔들릴 수도 있는 이야기였다.

아마 모르는 상황에서 그 이야기를 들었다면 반신반의했을지도 몰랐다. 그러나 그가 알고 있는 것을 생각하면 사실일 가능성이 컸다. 그 차이는 결코 작지 않았다.

하지만 전무심은 그것만으로 상황을 나아졌다고 생각하지

는 않았다.

보다 중요한 것은, 그가 사도궁헌이든 사도궁조든, 누구든 자신이 상대해야 할 천왕이라는 사실이었다.

실제적으로 나아진 것은 사도무연이 자신의 편이 되었다는 것 정도일 뿐.

아직 그 정도로는 천왕대전을 상대할 수가 없다는 것이 전무심의 생각이었다.

"한 가지 물어볼 게 있습니다."

"물어보시게."

"천왕정의 원로들께선 왜 천왕이 천왕율을 어기고 밖으로 나가려고 하는데 그대로 놔두고 있는 것입니까?"

눈을 반쯤 감고 있던 사도무연의 몸이 잘게 흔들렸다.

그러더니 차마 입이 떨어지지 않는 듯 느릿하니 고개를 들어 전무심을 쳐다보았다.

"많은 사람들이…… 은근히 즐기고 있다네. 후우, 어쩌면 오래전부터 이런 상황을 바라고 있었는지도 모르지."

한숨을 흘리는 사도무연의 표정이 곤혹감으로 물들었다.

전무심의 두 눈도 얼음에 오석(烏石)을 박아놓은 것처럼 싸늘히 굳었다.

어쩔 수 없이 끌려가는 것과 자의로 따라가는 것은 하늘과 땅만큼 차이가 났다. 더구나 천왕정이 그리 움직인다면 천왕가의 사람들 역시 그리할 거라는 말이 아닌가 말이다.

사실 그럴지 모른다 생각을 안 해본 것은 아니다. 그러나 막상 사도무연으로부터 그 이야기를 듣게 되자 가슴에 찬서리가 내리는 전무심이었다.

한데 바로 그때였다. 갑자기 등골을 타고 올라간 충격이 전무심의 뇌리를 후려쳤다.

'그럼…… 천왕율은?

천왕율을 세워야 할 천왕가의 사람들이 스스로 율법을 저버렸다. 또한 천왕을 따르는 일반교도들도 천왕의 율법을 잊었다.

부처와 불법이 없는 절은 절이 아니듯, 천왕율이 존재하지 않는 천왕교는 천왕교가 아니다.

이제 누굴 위해서, 무엇을 위해서 천왕율을 세운단 말인가!

정녕 그렇다면 수호총령 암천혈왕의 이름으로 할 일은 오직 한 가지만이 남았다.

단죄(斷罪)!

천왕율을 세우기 위한 것이 아니다.

천왕과의 약속을 지키기 위해 지옥십관에 자신을 묻은 혈왕의 명예를 위해서다!

천왕의 참뜻을 지키려 했던 패왕의 의기를 위해서다!

순간 전무심의 가슴에서 갑자기 폭풍이 몰아쳤다.

잠자고 있던 뭔가가 깨어나며 용틀임을 하는 듯했다.

'사부님께는 죄송하지만…… 이제부터는 나 역시 천왕율에 꼭 얽매이지만은 않겠다!

천왕과 싸울 수 있는 방법은 얼마든지 있었다. 다만 사부와의 약속, 교를 위해 천왕율을 세워야 한다는 것 때문에 마음에 두지 않았을 뿐.

그러나 자신을 옭아맨 약속의 고리를 저들이 먼저 끊었다.

'이제부터는 나의 의지대로, 나만의 천왕율로 모든 것을 행할 것이다!

천천히 입을 여는 전무심의 목소리에서 서리가 내렸다.

"좋습니다. 천왕은 제가 죽이지요."

*　　　*　　　*

"그가 누군지 알아냈는가?"

백리군악의 질문에 공오가 힘없이 대답했다.

"그걸 모르겠습니다. 천왕궁을 그렇게 농락할 수 있는 사람이 대체 누가 있단 말입니까?"

"흠, 어쨌든 재미있게 되었군. 어쩌면 천왕은 그를 우리 사람이라 생각할지도 모르겠어."

"공연한 불똥이 저희에게 튀는 거 아닌지 모르겠습니다."

"아니, 아니야. 나는 차라리 그렇게 생각했으면 한다네."

"예?"

"그래야 뜨거운 감자인 줄 알 것이 아닌가?"

"하지만 득보다 실이 많을 수도 있습니다."

"그럼 그렇게 되지 않도록 해야겠지."

백리군악은 웃는 듯한 눈으로 공오를 보며 말을 이었다.

"천왕과 점심을 같이할까 하네. 아마 많은 이야기를 나눌 텐데…… 와중에 그는 알게 될 거네. 나를 적으로 대하는 것보다는 친구로 대하는 것이 자기에게 훨씬 더 이익이라는 것을 말이야. 그가 미처 모르고 있는 것을 하나 말해줄 생각이거든."

*　　　*　　　*

천왕가의 일은 사도무연이 맡기로 했다.

대신 자신은 백리군악을 맡기로 했다.

백리군악에 대한 이야기가 나오자 사도무연이 고개를 내둘렀다.

"만일 본 가의 사람들이 없었다면, 그는 천왕조차 발아래 두었을지 모르네. 젊지만 정말 조심해야 할 사람이야."

조심해야 할 사람?

'그는 당신들의 생각보다 열 배는 더 무서운 사람이오.'

하지만 그 말은 하지 않고 다른 이야기만 나누었다.

그로선 그것 말고도 사도무연에게서 들어야 할 이야기가 한두 가지가 아니었다. 날이 새기 전에 떠나야 한다는 것이 아쉬울 정도였다.

그렇게 시간이 흐르고, 어스름이 어둠을 몰아낼 즈음에서야 그는 자리에서 일어났다.

그리고 마지막으로 뇌옥에 스스로를 가두었다는 황우담의 아들에 대해 물었다.

"황우담 장로의 아들인 황무곤이 어디에 갇혀 있는지 아십니까?"

다행히 사도무연은 황무곤이 누군지, 어디에 갇혀 있는지 알고 있었다.

"황우담의 아들? 그는 수형당의 지하 뇌옥에 갇혀 있네. 듣자하니 스스로 걸어 들어갔다고 하던데……."

"좀 도와주셔야겠습니다."

해가 막 동천에 떠오를 즈음, 수형당에 두 사람이 들어갔다.

천왕궁의 일로 경비가 강화되었다지만 수형당에서 천왕정의 주인인 사도무연의 앞을 막을 수 있는 자는 한 사람도 없었다.

또한 뇌옥에 스스로 걸어 들어간 황무곤을 데려가겠다는 걸 반대하는 사람도 없었다.

"아버지가 죽었는데도 나올 생각을 않다니! 괘씸한 놈!"

오히려 불같이 화를 내며 황무곤을 두들겨 패는 사도무연을 보고, 행여나 불똥이 자신들에게 떨어질까 전전긍긍할 뿐이었다.

그리고 수형당에 들어간 지 이각이 지나기도 전, 전무심은 정신을 잃고 축 늘어진 황무곤을 어깨에 메고서 사도무연과 함께 수형당을 나설 수 있었다.

황우담의 거처는 천왕대전에서도 구석진 곳에 있었다. 조용함을 좋아하는 그의 성품 때문이라는 것이 사도무연의 말이었다.

다행히 황우담의 거처에는 시비 하나와 잡일을 맡아보는 노인 한 명이 있을 뿐 다른 사람은 보이지 않았다.

사도무연은 두 사람을 잠깐 밖에 나가 있으라 하고는 황무곤을 맨 전무심만 안으로 들여보냈다.

전무심은 침대에 황무담은 내려놓고 무심한 눈으로 황무담의 몸 상태를 살펴보았다.

삼십대 초반의 황무곤은 그리 크지 않은 체구였다. 그러나 크지 않은 대신 무쇠로 빚어놓은 듯 단단한 몸을 가지고 있었다.

'좋은 몸이군. 뇌옥 생활을 하면서 자신을 학대했을 텐데도 이 정도라니.'

전무심은 진심을 감탄하며 일단 수혈을 풀어 정신을 차리게 했다.

그리고 정신이 든 그에게 대뜸 황우담이 자신으로 인해 죽었음을 이야기했다.

"당신의 부친께선 스스로 목숨을 끊었지만, 내가 죽인 거와 다름없소."

처음에는 천왕대전의 장로가 새파랗게 젊은 전무심과 싸워서 졌다는 걸 알고 놀라는 눈치였다.

이전의 자신조차 장로들의 십초지적에 불과했거늘, 이제 이십 중반의 전무심이 장로를 이기다니.

그러나 그는 곧 한바탕 미친 듯이 웃더니 빈정거리며 말했다.

"하하하하! 불의를 좇아가시더니 결국 그렇게 돌아가셨구려. 걱정 마시오. 그대를 원망하지는 않을 테니까."

"왜 자결하셨는지 아시오?"

"알면 뭐 하겠소? 안다고 해서 살아 돌아오실 것도 아닌데."

계속 빈정거리는 황무곤을 보고 전무심이 또 물었다.

"그분이 어떤 뜻을 지녔었는지 아는 게 있소?"

"이제 다 잊었소. 비록 불의를 행하셨다 하나, 그래도 아버지는 아버지. 돌아가신 마당에 그따위 것이 무슨 소용이 있겠소?"

아버지를 비웃는 아들을 보고 전무심은 은근히 속이 뒤틀렸다.

"못난 자! 당신은 당신 아버지에 대해서 나만큼 알지도 못했군!"

전무심은 냉랭하게 말하고는 대뜸 누워 있는 그의 목덜미를 잡아끌고 밖으로 나갔다.

그러고는 버둥거리는 그에게 물었다.

"당신 아버지와 어릴 적 앉아서 이야기하던 초석이 어느 것이오?"

분노한 와중에도 전무심의 기세에 눌려 있던 황무곤이 입술을 깨물며 얼굴을 쳐들었다.

"무, 무슨 말이냐? 대체 네놈이 뭔데 나를 이렇게 개 취급하는 것이냐!"

공연히 화가 났다.

황무곤의 빈정거림이 배부른 자의 투정처럼 들렸다.

약속만 하지 않았다면, 황우담의 마지막 부탁이고 뭐고 반쯤 죽여서 똥통에 처박아 버리고 싶었다.

"당신 아버지와 앉아서 이야기를 나누었던 초석이 어디냔 말이오!"

나직했지만 오성 내력이 실린 목소리였다.

견디지 못한 황무담이 새파랗게 질린 안색으로 한곳을 바라보았다.

전무심은 즉시 그를 질질 끌고 그곳으로 다가갔다. 그리고 탄포천공을 이용해 초석 아래를 파냈다.

그렇게 한 자가량 파냈을 때다. 초석 아래서 사방 한 자 크기의 함이 하나 나왔다.

전무심은 즉시 함을 집어 들어 고리를 떼어내고 덮개를 열었다. 그러자 유지로 감싸진 두툼한 봉서가 하나 보였다.

전무심은 황무곤의 마혈을 풀어주고는 그에게 불쑥 봉서를 내밀었다.

"받으시오."

얼떨결에 봉서를 받아 든 황무곤은 멍하니 봉서를 바라보았다.

"왜 이걸 나에게 주는 것이오?"

"읽어보시오. 당신 아버지가 당신에게 남긴 것이니까."

"나에게?"

그제야 몸을 부르르 떤 황무곤은 머뭇거리며 천천히 봉인된 부분을 뜯었다. 어떤 알 수 없는 예감에 전율하며.

그리고 잠시 후.

황무곤은 서신을 채 반도 읽기도 전에 닭똥 같은 눈물을 흘리기 시작하더니 마지막 장을 내려놓고는 통곡을 했다.

터진 둑에서 물이 한꺼번에 쏟아지는 듯했다.

'끄어어! 아버지!'

하지만 울부짖음은 목구멍을 뚫지 못하고 가슴으로 파고들었다.

아버지가 비밀결사인 은천비원의 핵심 중 한 명이었단다.

천왕의 무리를 속이기 위해 그들의 뜻에 따르는 척했을 뿐이란다.

거기다 수십 년 전부터 천왕율을 수호하던 천왕감찰이었단다.

그는 스스로에게 화가 났다.

아버지의 마음을 일 푼도 알지 못했으면서, 마치 다 아는 것처럼 행동한 자신을 용서할 수가 없었다.

죄인은 아버지가 아니라 바로 자신이었던 것이다!

'어허헝! 아버지, 왜, 왜 숨기셨습니까!'

아마도 그것 역시 자신 때문일 터였다.

죽어도 혼자 죽겠다는 마음이었을 것이었다.

이제는 그 마음을 알 수도 있을 것 같았다.

'죄송합니다, 아버지! 정말 죄송합니다!'

수년간 쌓인 원망이 너무 두터워서인지 회한의 눈물이 멈출 줄을 모른다.

안되겠는지 전무심이 입을 열었다.

"당신의 부친은 당신 생각처럼 그렇게 불의한 분이 아니셨소. 그걸 알았다면 이제부터는 자신의 몸을 함부로 학대하지 마시오. 부친을 위해서."

그러고는 황무곤을 놔둔 채 돌아섰다.

이제 돌아가야 할 때가 되었다. 너무 오랫동안 천왕대전에 머물렀다. 지금까지는 사도무연으로 인해 자신이 가려졌지만, 황무곤이 자신의 집으로 돌아갔다는 것이 알려지면 적지 않은 사람이 관심을 가지고 지켜볼 터였다.

그것은 결코 그가 바라는 일이 아니었다.

한데 걸음을 옮기려하자 황무곤이 쩍쩍 갈라져 피가 배어 나올 듯한 목소리로 입을 열었다.

"나는, 나는 나 자신이 꽤 똑똑하다고 생각했소. 하지만 알고 보니 주는 밥 마다하고 시궁창을 뒤지는 강아지만도 못한 놈이었소. 나는……."

"하지만 계속 그러고 있으면 당신은 멍청할 뿐만 아니라 불효까지 저지르게 되는 것이오."

"그럼 어떻게 해야 하오? 내가 어떻게 하면 좋겠소?'

절규에 가까운 물음이었다.

그러나 전무심은 더 이상 황무곤의 투정 아닌 투정을 들어

줄 시간이 없었다. 시간이 지나면 호기심 많은 자들이 관심을 가질지 모르는 것이다.

"그건 당신이 알아서 해야 할 일. 부디 좋은 쪽으로 결론을 내리길 바라겠소."

그가 냉정하게 말을 맺고 돌아서자 사도무연이 다가왔다.

"그만 가야겠네. 사람들이 몰려오는군."

전무심은 고개를 끄덕이고 건물 뒤쪽으로 방향을 틀었다.

언뜻 뒤에서 황무곤이 따라오는 기척이 느껴졌다. 하지만 걸음을 멈추지는 않았다.

"왜 따라오는 것이오?"

"마음이 당신을 따라가라 하고 있소. 그래야 지은 죄를 조금이나마 덜 수 있다고……."

"나를 따라다니면 언제 어떻게 죽을지 모르는데도 말이오?"

"이미 죽은 거와 다름없는 몸. 그런 걱정은 하지 않으셔도 되오."

"나는 약한 자는 필요없소. 마음이든, 몸이든."

"몇 년 전만 해도 제법 힘 좀 썼소. 시간만 조금 주어지면 그때의 힘을 찾을 수 있을 것이오."

제법 정도가 아니라 대단했었다.

황우담의 뒤를 이어 다음 대의 장로가 될 거라는 말이 돌 정도였다.

하지만 그것은 다른 사람이 본 관점일 뿐. 전무심이 본 황무곤은 자신의 무공을 모두 되찾는다 해도 그럭저럭 자신 한 몸간수할 수 있을 정도일 뿐이었다.

"일 년 안에 당신 아버지 정도는 되어야 하오. 할 수 있다면 따라오고, 아니면 그냥 돌아가시오."

황무곤이 멈칫하며 걸음을 멈췄다. 그러나 그는 곧 다시 걸음을 옮겼다.

"해보겠소. 아니, 하겠소. 내 몸을 지옥의 유황불에 던져서라도."

사도무연은 천왕정으로 돌아가고, 전무심은 황무곤과 함께 산길을 이용해 폐옥으로 돌아갔다.

한데 폐옥으로 들어가자 화살 끝처럼 날카로운 네 쌍의 눈이 그를 맞이했다.

'대체 어딜 그렇게 쏘다니다 온 겁니까!' 하고 윽박지르는 듯한 표정들이었다. 눈치로 봐선 자신을 기다리며 밤을 샌 듯했다.

하지만 뒤따라 들어온 황무곤을 보고는 곧 곤혹스런 표정으로 바뀌었다.

사진옥이 황무곤을 향해 슬쩍 턱짓을 하며 물었다.

"누굽니까?"

대답은 황무곤이 했다.

"나는 망효자(忘孝子)라고 하오."

'효를 잊었다? 뭔 이름이 저래?'

상유상이 위아래를 번갈아 쳐다보며 황무곤의 주위를 빙 돌았다.

"먹을 것도 부족한데……."

그러다 기껏 한다는 말이 먹을 것 타령이다.

전무심이 피식 웃으며 황무곤을 바라보았다.

"내 친구들이오. 당신이 정말 나와 함께하고 싶다면 저들의 마음부터 얻어야 할 것이오."

그 말이 떨어짐과 동시였다.

황우곤이 털썩 무릎을 꿇었다.

"나는 개만도 못한 사람이오. 그러니 그대들은 나를 아무렇게나 대하시오."

사진옥을 비롯한 네 사람이 멍한 표정으로 황무곤을 바라보았다. 그러더니 곧 당황한 표정으로 황무곤을 일으켜 세웠다.

"일어나십시오. 왜 이러십니까?"

"아, 이게 뭔 일이래. 일어나라니까요."

전무심도 황무곤의 뜻밖의 행동에 조금 동요하긴 했지만, 한편으로는 고개가 끄덕여졌다.

'미리 생각하고 했든, 아니면 진정 마음이 있어서 그랬든 일단 저 친구들의 마음을 얻는 것은 성공한 것 같군.'

그렇다고 마냥 그대로 놔둘 수도 없었다.

"일어나시오. 저 친구들은 그런 것을 별로 좋아하지 않소. 가끔씩 친구를 수렁으로 밀어 넣으려 해서 그렇지."

황무곤을 잡아 일으키려던 네 사람이 홱 고개를 돌려 전무심을 노려보았다.

하지만 그들이 불만을 표하기도 전에 황무곤이 먼저 입을 열었다.

"나는 당신들이 나를 어떤 고난에 빠지게 한다 해도 결코 원망하지 않겠소."

그 말에 네 사람의 얼굴이 조금 펴졌다. 그러더니 마침내 상유상이 황무곤을 완전히 인정했다.

"생각보다 화통한 분이시군요. 가시죠. 대형처럼 쪼잔한 분은 여기 놔두고 우리끼리 밥이나 먹읍시다."

第五章
은원(恩怨), 그리고 약속(約束)

死星
天血

1

　삼 년 만에 석화봉 정상의 고사목에 붉은 천이 하나 내걸렸다. 그러나 이번에는 다른 사람이 아닌 전무심이 직접 내걸었다.

　붉은 천은 찬바람에 서리를 맞으며 이틀을 보냈다. 그리고 사흘 때 되던 날, 전무심이 내건 붉은 천 옆에 또 하나의 천이 걸렸다. 역시 붉은 색의 천이었다.

　뿌연 구름이 끼더니 싸라기눈이 흩뿌린다.

　전무심은 검은 옷 위에 떨어진 싸라기눈이 또르르 굴러 떨어지는데도 무심히 앞만 주시했다.

　두 개의 붉은 천을 회수한 지 벌써 두 시진째. 그는 석상처럼 한 걸음도 움직이지 않았다.

두 다리에서 뿌리라도 돋아 바위에 틀어박힌 듯했다.

기다리는 사람이 오지 않으면 하루 종일이라도 서 있을 듯 자세는 처음이나 나중이나 한 치의 흐트러짐도 없었다.

다행히 상대는 그를 하루 종일 세워둘 마음은 없는 듯했다. 반 시진가량이 더 지나 신시 초가 되자 한 사람이 석화봉을 올라왔다.

역시 그였다. 천화사자, 축융신마 염곡호.

"혈사자가 살아 있었다니, 꿈에도 생각 못했던 일이군."

전무심의 등을 바라보는 염곡호의 눈이 파르르 떨렸다.

전무심은 천천히 몸을 돌리고 무심한 목소리로 입을 열었다.

"천화사자로서 떳떳했다 생각하시오?"

싸라기눈이 그의 얼굴을 할퀴고 스쳐 간다.

언뜻 얼굴만 보면 예전의 혈사자가 맞는지 의문이 들 정도다.

그러나 염곡호는 눈앞에 서 있는 사람이 혈사자라는데 조금도 의문을 품지 않았다.

"살아오면서 세 번의 뼈저린 실수를 했네. 그중 하나가 천왕에게 나의 신분을 말하고, 그도 모자라 자네에 대한 것을 털어놓은 것이지. 나는 령주에게 할 말이 없네."

"실수? 감찰사자로서 지켜야 할 의무가 무엇인지, 설마 모르지는 않았을 텐데요?!"

전무심의 질타에 염곡호의 턱근육이 꿈틀거렸다.

"내가 왜 모르겠나. 한데 더 빌어먹을 일은, 그러고도 령주를 도울 수 없다는 것이네. 숙부로서 조카에게 해가 될 수 없다는 마음, 이해해 달라고는 않겠네."

그는 이를 악문 채 전무심을 직시하고는 잇새로 겨우 말을 내뱉었다.

"죄를 지은 처지에 이런 말하기는 뭐 하네만, 어찌 되었든 자네 역시 천왕의 명을 받아야 할 사람이 아니던가? 차라리 천왕을 찾아가 자초지종을 이야기하고 서로간의 감정을 푸는 것이 어떻겠는가? 그게 본 교를 위하는 길이 될 수도 있을 텐데 말이네."

전이었다면 그럴지도 몰랐다.

그러나 지금은 아니었다. 하늘이 죽은 지금은!

그리고 자신에게는 천왕에게 얽매이지 않아도 되는 신분이 있었다.

염곡호도 그것만큼은 모르고 있을 터였다.

"마지막으로 한 가지만 묻겠소. 천왕에게 나에 대해서 얼마나 말하셨소?"

염곡호가 대답했다.

"내가 알고 있는 것은 다 말했네. 사실 알고 있는 것도 별것 없었지만."

문제는 그로 인해 천왕과 백리군악이 전무심, 아니, 혈사자 천유옥을 죽일 작정을 했고, 결과적으로 의부가 죽었다는 것이었다.

모든 것을 떠나 염곡호를 죽일 수밖에 없는 이유였다.

"내가 암천혈왕이라는 것은 몰랐을 테니 그건 말하지 못했겠군!"

염곡호의 눈이 서서히 커졌다.

"암천혈왕? 그대가 전설의 암천혈왕이라고?"

전무심은 무심한 눈으로 그를 바라보며 무정에 천라혈왕공을 흘려 넣었다.

"감찰령주라면 천왕을 거부할 수 없소. 그러나 나는 암천혈왕! 천왕이 잘못된 길을 가면 그를 제거할 수 있음이니, 누구도 나의 앞길을 막을 수 없을 것이오!"

천왕도! 백리군악도!

그 말이 끝남과 동시, 전무심은 천천히 무정을 빼 들었다.

굳이 염곡호에게 사도궁현이 사도궁조일지도 모른다는 말은 하지 않았다. 어차피 죽일 거라면 조카를 위한다는 마음을 간직한 채 죽게 내버려 두는 것이 나을 듯했다. 그래도 한때는 사부의 한 팔이었던 감찰사자가 아니었던가.

어느 순간, 무정이 붉은 빛을 쭉 뿜어냈다.

전무심의 단호한 마음을 읽었는지 염곡호는 비장한 표정으로 두 손에 공력을 끌어 모았다. 이미 각오하고 올라온 듯했다. 의외라면 방수를 데려오지 않고 혼자서 왔다는 것이었다.

하나 그렇다고 해서 손속에 사정을 둘 이유는 없었다.

무정이 염곡호를 가리키고,

"천화사자, 염곡호! 천왕율에 따라 죽음을 내린다!"

일갈이 염곡호의 뇌리를 뒤흔든 순간!

무령풍을 펼친 전무심의 신형이 삼 장의 거리를 좁히며 염곡호를 덮쳤다.

전신공력을 끌어올린 채 대비하고 있던 염곡호의 두 눈이 부릅떠졌다.

흩날리던 싸라기눈이 허공에서 정지한 듯 보이고, 이 장 공간이 암울함으로 붉게 물든다.

천라혈왕구검 중 천망혈회(天網血回)였다!

상상도 못했던 검공!

염곡호의 앙다문 입에서 핏물이 배어 나왔다.

축융의 무공, 칠정마화를 전력으로 끌어올린 그의 몸이 불길에 휩싸인 듯 붉어졌다.

하지만 그것만으로는 천망혈회를 막기에 역부족이었다.

더구나 누군가가 이곳의 일을 알기 전에 염곡호와의 일을 마무리 지으려는 전무심이다.

구성의 공력이 실린 그의 공격에는 만 근 바위조차 가루로 만들 정도의 가공한 경력이 담겨 있었다.

콰아아앙!

두 사람의 기운이 정면으로 부딪치자 붉은 기운이 폭죽처럼 터져 나갔다.

동시에 염곡호의 신형이 몽둥이에 얻어맞은 쇠구슬처럼 뒤로 튕겨졌다.

전무심은 입에서 피화살을 뿜으며 튕겨진 염곡호를 그림자처럼 따라붙었다.

코앞에 들이닥친 전무심을 보고 염곡호의 충혈된 두 눈이 튀어나올 듯이 커진다.

찰나였다.

무정이 허공으로 들리고,

쉬이이익!

떨어져 내리는 핏빛 검강에 하늘과 땅이 일직선으로 이어졌다.

단심절천세!

염곡호는 머리 위로 떨어져 내리는 검강을 처연한 눈빛으로 바라보기만 했다.

버텨봐야 소용없음을 알았기 때문이다.

살고자 하는 마음이 떠났음이다.

죽을힘을 다한다면 두어 번은 더 막아낼 수 있을지 모른다.

그러나 그리한다고 해서 무엇이 달라지랴. 오히려 자신만 더 비참해질 뿐.

"정말 엄청난……."

일수유의 순간인 듯했다.

뇌리가 하얗게 비어가는 느낌. 염곡호는 마지막 힘을 다해 입을 벌렸다.

"그날… 막지 못해서… 미안……."

쿵!

이마에 혈선이 그어진 염곡호가 눈을 부릅뜬 채 앞으로 꼬꾸라졌다.

그제야 싸라기눈이 다시 떨어지기 시작하더니, 염곡호의 붉은 옷이 하얗게 변해갔다.

전무심은 무정을 집어넣고, 싸라기눈에 하얗게 변해가는 염곡호를 묵묵히 바라보았다.

그러기를 반 각.

염곡호의 몸이 점점 더 많이 쏟아지는 싸라기눈에 완전히 덮이기 직전, 전무심은 천천히 허리를 숙여 염곡호의 부릅떠진 눈을 감겨주었다.

자신의 손으로 두 마리의 사자를 잠재웠다. 그리고 또 다른 사자와는 거리를 두었다.

사부님이 아시면 뭐라 하실까? 과연 이것이 최선이었을까?

후회는 하지 않는다.

그래도 왠지 모르게 착잡했다.

칙칙한 날씨만큼이나 가슴에도 구름이 낀 것만 같았다.

'친구들하고 술이나 한잔할까?

아무래도 돌아가는 길에 술을 좀 사가야 할 것 같다.

2

염곡호를 죽이고, 친구들과 술을 마신 지도 사흘이 지났다.

전무심은 사진옥이 어딜 가냐고, 같이 가자고 하는데도 조용히 고개만 젓고 나왔다. 그리고 지옥전으로 향했다.

그가 지옥전으로 향하는 데는 이유가 있었다.

지옥전주 영호승악이 사부와 약속했다고 했다. 자신이 찾아가면 한 가지 부탁을 들어주기로. 그러면서 영호승악은 결코 거절하지 못할 거라 했다.

해서 그는 지옥전주 영호승악에게 한 가지를 요구할 생각이었다.

'하늘 한번 맑군.'

언제 그랬냐는 듯 회색빛 하늘은 파랗게 물들어 있었다. 지옥십관으로 가던 그날만큼이나 맑게.

하지만 걷는 길은 그날의 그 길이 아니었다. 그리고 둘이 아닌 혼자였다.

그래서 가슴이 아팠다. 의부와 함께 걸었던 그 길을 놔둔 채혼자서 바위산을 타고 지옥전을 가야 하다니.

칼날 같은 바위산 다섯 개를 넘어가자 까마득한 절벽 아래에 지옥전의 지붕이 보였다.

전무심은 잠시 시간을 생각해 보고는 절벽 위에서 몸을 날렸다.

무려 백 장에 가까운 깎아지른 절벽이었지만, 무령풍을 익힌 그에게는 그저 평지보다 조금 험한 곳에 지나지 않았다.

잠시 후, 바람도 없는 하늘에서 깃털이 내려앉듯 전무심은 그렇게 고요히 지옥전의 지붕 위에 내려섰다.

그러더니 어느 순간, 미끄러지듯 지붕을 타고 넘은 그의 신형이 갑자기 어디론가 사라져 버렸다.

지옥전의 내부는 복잡한 듯하면서도 알고 보면 매우 단순했는데, 기관과 건축에 있어서 타의 추종을 불허했다는 천수신기자의 솜씨가 여실히 드러나는 건물이라 할 수가 있었다.

만일 모르고 들어왔다면 전무심도 고생깨나 해야 했을 터였다. 그러나 그는 지옥전의 출입 방법을 어느 누구 못지않게, 심지어는 지옥전의 사람들보다도 잘 알고 있었다.

풍백이 남긴 책에 지옥전의 내전으로 몰래 숨어들어 가는 방법이 적혀 있었던 것이다.

스르르…….

전무심은 기척이 느껴지지 않자 소리없이 대들보에서 내려섰다. 절벽을 파고들어 간 내전부터는 천장이 없어서 숨어들어 갈 수가 없기 때문이었다.

다행히 안팎으로 오가는 사람은 보이지 않았다. 아마도 식사시간이라 그런 것 같았다.

입가에 웃음을 띠운 채 전무심은 자연스런 걸음걸이로 내전을 향해 걸었다.

누가 봐도 외부의 침입자라는 생각을 할 수가 없을 정도의 자연스러움이었다.

그때 전방의 회랑이 꺾어지는 곳에서 한 사람이 돌아 나왔다.

"너는 누구지!"

그는 성큼성큼 걸음을 옮기는 전무심을 보더니 눈살을 찌푸리며 물었다.

감색 비단 옷에 영웅건까지 비단으로 된 것을 이마에 두른 그는 스물 정도 되어 보이는 청년이었다.

전무심은 걸음을 멈추지 않고 그에게 다가가며 싸늘하게 되물었다.

"지금 너라 했나? 자네 조부님께선 어디 계시는가?"

일순간 청년이 당황한 표정을 지었다.

지옥전에서 자신의 말에 이렇듯 당당히 말할 수 있는 사람은 손에 꼽을 정도다. 더구나 자신의 반말에 기분이 상한 투가 아닌가.

이자가 누군데 이렇듯 당당한 것일까?

청년, 영호운은 되받아칠 생각은 감히 하지도 못하고 급히 얼버무렸다.

"조부님께선 안에 계십니다만, 노형께선 누구……?"

"안내하게. 전주님과 약속을 지키러 왔으니까."

"약속…… 요?"

이미 기세가 죽은 영호운으로선 전무심의 말에 토를 다는 것조차 조심스러울 수밖에 없었다.

더구나 눈이 마주칠 때마다 오금이 저려 고개를 드는 것도 힘들 지경이었다.

"장씨 성을 가진 분을 대신해 왔다고 하면 아실 것이네. 뭐 하나? 속히 안내하지 않고."

"예? 예⋯⋯."

영호운은 얼떨결에 몸을 돌리고도 자신이 왜 순순히 말을 들어야 하는지 도대체 알 수가 없었다.

그러나 그렇다고 해서 다시 눈을 마주치고 물어보기는 더 싫었다. 어차피 조부님을 만나러 왔다면 나중에 알 수 있는 일이 아닌가.

"따라오시지요."

전무심은 영호운을 따라가며 씩 입꼬리를 비틀었다.

'거 순진한 친구군.'

내전에서 사는 사람은 영호가의 식구와 지옥전의 간부들이라 했다. 이제 스물 정도의 청년이 지옥전의 간부일 리는 없는 일이 아닌가.

더구나 비단 옷에 거만한 말투. 아무에게나 반말을 할 사람이라면 뻔한 일이었다.

그리고 무엇보다도, 앞장서서 걸어가고 있는 청년은 영호승악과 닮은 면이 많아 보였다. 그러니 굳이 깊게 생각할 필요도 없이 눈앞의 청년은 영호승악의 손자 중에 하나임이 분명할 터.

그다음은 어려울 것도 없었다. 그저 눈에 힘주고 기만 죽이면 끝나는 일이었다. 내전까지 들어와 태연히 행동하는 자를 침입자라 생각하지는 않을 테니까.

"잠시만 기다리십시오."

네 번째 회랑을 꺾어지고서야 걸음을 멈춘 영호운이 입을 열었다.

그때 안에서 걸걸하면서도 힘있는 음성이 흘러나왔다.

"밖에 누가 왔느냐?"

"운아가 손님을 모시고 왔습니다, 조부님."

"손님?"

의아한 목소리에 이어 잠시 두런거리는 소리가 들리더니, 영호승악이 들어올 것을 허락했다.

"모시고 들어오너라."

전무심은 영호운의 뒤를 따라 방 안으로 들어갔다.

별다른 장식도 없는 방 안에는 칠십이 넘어 보이는, 머리가 하얗게 센 노인과 오십대 초반의 중년인이 마주 앉아 있었다.

두 사람은 영호운을 따라 들어오는 전무심을 보고 의아한 표정을 지었다.

"그댄 누군가?"

초로인이 먼저 물었다.

전무심은 그가 아닌, 머리가 하얗게 센 노인을 보며 입을 열었다.

"약속했던 빚을 받으러 왔습니다."

"빚?"

중년인은 자신을 무시하는 전무심에 대해 화가 났지만, 그보다는 뜬금없는 한마디가 더 궁금했다.

"십 년 전의 약속이지요. 사부님의 말씀에 의하면 전주께서 부친의 명예를 걸고 약속했다 하시더군요."

순간 영호승악의 눈이 조금씩 커졌다.

"그럼…… 자네가……?"

전무심이 살짝 고개를 끄덕였다.

"어떻게 그런……. 맙소사!"

철심(鐵心)을 지녔다는 부친의 경악에 중년인의 눈이 휘둥 그레졌다.

"아버님, 무슨 약속인데 그리 놀라시는 겁니까?"

영호승악은 바로 대답을 하지 않고 영호운을 바라보았다.

"너는 돌아가거라. 이 손님과 잠시 할 이야기가 있으니까."

"예, 조부님."

그러잖아도 자신이 잘못한 것은 아닌지, 데려와서는 안 되 는 사람을 데려온 것은 아닌지, 공연한 짓을 한 것 같아 가시방 석에 앉은 기분이었던 터라 영호운은 재빨리 대답하고는 방을 나갔다.

영호운이 나가고 문이 닫히자 그제야 영호승악이 천천히 자 리에서 일어났다.

전무심을 바라보는 그의 두 눈에는 수많은 갈등이 서려 있 었다.

"죽은 것으로 알고 있었는데……. 정말 믿을 수 없군."

"세상일이 모두 생각대로 되는 것은 아니지요."

"그래, 그건 그렇지. 한 번도 아니고, 두 번씩이나 살아났으니……."

답답한지 중년인이 물었다.

"아버님, 대체 저 친구가 누군데 그리 말씀하시는 겁니까? 소자에게도 말씀해 주시지요?"

영호승악은 중년인을 바라보지도 않고 굳은 표정으로 입을 열었다.

"우양, 너도 들어봤을 게다."

중년인, 영호우양이 의아한 표정을 지었다.

"제가요? 저 친구의 이름을 말입니까?"

"그래, 저 젊은이가 바로…… 천유옥이다."

"천유옥?"

고개를 갸웃거리던 영호우양이 어느 순간 갑자기 움직임을 멈췄다. 그러더니 탕! 탁자를 치며 벌떡 일어섰다.

"혀, 혈사자?!"

전무심을 노려보는 그의 두 눈은 금방이라도 튀어나올 것만 같았다.

하지만 전무심은 두 사람의 경악에 아무런 반응도 보이지 않고 무심한 눈으로 탁자를 짚은 영호우양의 손만 쳐다보았다. 정확히는 탁자를 짚고 있는 영호우양의 손가락을.

그의 손가락은 하나가 잘려나가 모두 아홉 개였던 것이다.

'우양, 영호우양. 그럼 저 사람이 바로 칠관의……?'

어이가 없었다. 웃음이 나올 것만 같았다.

그러나 전무심은 더욱 표정을 굳히고 영호승악을 바라보

왔다.

"일단 묻겠습니다. 약속은 유효한 것인지요?"

영호승악의 노안이 가늘게 흔들렸다.

자신이 할 수 있는 부탁만 들어주겠다고 했다. 문제는 그 한계가 애매모호하다는 것이다. 그렇다고 무조건 못한다고 할 수도 없는 일.

그가 한숨을 내쉬었다.

"후우, 물론이네. 그러나 내가 할 수 있는 일이어야 하네."

"당연히 할 수 있는 일을 요구할 겁니다."

'끄응, 그 사부에 그 제자군.'

영호승악은 살짝 눈을 치켜뜨고 빠르게 입을 열었다.

"본 전의 안위에 지대한 손해가 가는 일도 할 수 없네."

"그 정도로 막된 요구는 하지 않을 겁니다."

'어쩌면 사부보다 더 지독할지도 모르겠군.'

약간의 불안감을 느낀 영호승악은 억지로 어깨를 펴고 물었다.

"그럼 말해보게. 뭘 요구할 건가?"

그 말이 떨어짐과 동시, 전무심의 전음이 영호승악의 귓속을 파고들었다.

영호승악의 노안이 커졌다 작아지고, 주름진 이마가 찌푸려졌다 펴지고, 쪼글쪼글한 입이 반쯤 벌어졌다 꼭 닫혔다.

그러기를 얼마, 영호승악의 꼭 닫힌 입에서 묵직한 신음이 흘러나왔다.

"으으음……."

영호우양은 부친이 갑자기 신음을 토하자 전무심을 노려보았다.

'무슨 짓을 한 것인가?'

천하에서 지옥전의 전주인 부친을 어떻게 할 사람이 몇이나 될까. 그걸 생각하면 쓸데없는 걱정이었다.

그러나 상대가 혈사자라면 이야기가 달라진다.

절대지독에 중독된 상태에서 사십 명의 고수를 죽음으로 인도한 자!

그게 바로 혈사자인 것이다. 비록 소문만 들어서 사실인지 아닌지는 잘 모르지만.

영호우양은 전무심이 대답하지 않자 천천히 자리를 옮겨 영호승악의 앞을 가로막았다.

"아버님, 이제 제가 상대하겠습니다. 잠시 물러서시지요."

전무심은 앞으로 나선 영호우양을 무심히 바라보고는 고개를 저었다.

"내가 할 말은 모두 했소. 이제 전주님의 결심이 남았을 뿐."

그러고는 입술 끝을 살짝 말아 올리며 말했다.

"그리고 고마웠소. 덕분에 칠관에서 살아날 수 있었으니까."

막 입을 열어 호통을 치려던 영호무양이 입만 뻥긋거렸다.

"그, 그건……."

영호승악이 의아한 표정으로 영호우양에게 물었다.

"무슨 말이냐, 우양?"

영호우양은 흠칫하며 얼버무렸다.

"별거 아닙니다, 아버님. 제가 칠관을 통과할 때 남겨놓은 글이 있었는데, 아마 그것이 칠관을 빠져나오는데 보탬이 된 것 같습니다."

그제야 전무심은 한 가지 사실을 확실히 알 수 있었다.

영호승악은 자신의 아들이 칠관의 기관을 부수었다는 걸 모르고 있었던 것이다.

'역시 그곳에 쓰인 글만큼이나 재미있는 사람이군.'

어쨌든 마지막 안배는 끝났다. 직접적으로 쓸 수 있는 힘은 아니지만.

그러나 그것만으로도 천왕과 백리군악은 옆구리에 종기 하나를 매달고 일을 추진할 수밖에 없을 터였다.

우선은 그거면 되었다.

천왕교의 세력 중 당장 자신의 편은 천왕가의 사도무연과 지옥전의 영호승악뿐이다. 그들마저도 완벽히 같은 편이라 할 수는 없다.

하지만 달랑 혼자였을 때에 비하면 천군만마와도 같았다.

"그럼 나중에 뵙지요. 그리고 당분간 저에 대한 것은 누구에게도 알리지 말아주시기 바랍니다."

"그렇게 하지."

혈사자와 관계가 있다는 것이 알려져서 지옥전에 무슨 이득이 있을까.

영호승악의 당연하다는 대답에 전무심은 영호우양을 바라보았다.

영호우양이 자신있게 대답했다.

"나도 입을 다물고 있지. 걱정 마시게. 우리 지옥전의 신조가 바로 신의(信義)라네. 하, 하, 하."

그제야 전무심은 미련없이 몸을 돌렸다.

순간 영호우양의 눈이 기이한 빛을 발하며 전무심의 등을 주시했다.

'혈사자가 살아서 돌아오다니.'

입이 근질거렸다. 하지만 약속은 약속. 누구에게도 말하지 않을 생각이었다.

'제길, 혼자 씨부렁거리는 것은 괜찮겠지?'

지옥전을 나온 전무심은 무의식중에 자신의 발걸음이 석심장으로 향하는 것을 알고 이를 앙다물었다.

생각 같아서는 하천광을 만나서 이것저것 알아보고 싶었다.

그러나 그것은 너무 위험했다. 아직 그를 확실히 믿지 못하는 이상, 그를 만나면 자신의 정체가 적에게 드러날지 몰랐다.

더구나 은천비원에 대해 백리군악이 알고 있다면, 분명 어떤 식으로든 손을 써놨을 게 분명하다. 그렇다면 스스로 백리군악의 귀에 자신의 정체를 밝히는 거와 다름없는 것이다.

지금까지 사진옥 등에게 정보만 얻으라 한 것도 그 때문이었다. 천왕곡에 머무르는 동안만큼은 자신의 정체가 밝혀져서는 안 되니까.

전무심은 석심장으로 향했던 몸을 폐옥 쪽으로 돌렸다.

'하 원주를 만나긴 해야겠지. 하지만 지금은 아니다. 나중에, 때가 될 때까지는…….'

第六章
암계(暗計)

日弟子趙孟頫敬書至大改元四月

道吾廣爲傳

長歷前再拜禮一天師兄

草閣枝近天下　溪與知知敬密　只一

千秀芳景深　　掩空容　雨　容　現政

死星天血

1

아침 안개가 서서히 물러가기 시작한 시각.

칼날처럼 솟은 두 암봉 사이에 서서 아래를 내려다보는 열두 사람의 얼굴이 후끈 달아올랐다.

맹에서 특별 임무를 부여받고 무당산에 도착한 것이 사흘 전이었다. 무당에 도착한 그들은 무당파에서 기다리던 정보원으로부터 천왕교의 정확한 위치에 대한 정보를 얻고, 하루에 걸쳐 계획을 세운 후 밤을 낮 삼아 이동했다.

그리고 이틀, 마침내 목적지에 도착했는데 그들이 직접 본 천왕곡은 하나의 무림 세력 그 이상의 또 다른 세상이었던 것이다.

"굉장하군요!"

그들 중 서른이 조금 넘어 보이는 청의인이 정말 놀랍다는 표정을 지으며 감탄성을 터뜨렸다.

그 마음은 다른 사람들도 마찬가지였다.

"저 정도일 줄은 미처 몰랐소이다, 남궁 형."

"설마 저기에 사는 사람들이 모두 무예를 익힌 자들은 아니 겠지요?"

"설마요? 저 정도면 인구수가 적어도 일만 명은 될 텐 데……."

"반만 되어도 오천이 아닙니까?"

계속되는 웅성거림에 눈썹이 역팔자로 치켜 올라간 장한, 팽가명이 냉랭히 코웃음을 쳤다.

"흥! 그래 봐야 마도의 무리에 불과하오이다. 겁먹을 것 하 나도 없소이다!"

그러자 두어 명이 맞장구를 치며 고개를 끄덕였다.

"맞소이다. 천왕교가 아무리 강하다 해도 본 맹에 어찌 상대 가 되겠소이까? 안 그렇습니까, 팽 형?"

"분명 소문만 그럴싸할 뿐 속 빈 강정에 불과할 것이외다."

몇 사람의 천왕교를 깔보는 말투에 그때까지 아무 말도 하 지 않고 묵묵히 서 있던 백의중년인, 황보조영이 조용히 입을 열었다.

"겁먹을 것은 없지만 그렇다고 깔봐서는 안 되네. 작전이 시 작되면 망망대해에 혼자 남는 거와도 같은 상황이 될 것이네. 긴장을 늦추지 말고 몸조심하게."

"알겠습니다, 단주!"

하지만 그들 중 한 사람만큼은 다른 사람들과 생각이 달랐다.

'겁먹을 것 없다고? 천왕교의 심장부로 잠입하려고 하면서? 후우……. 원시천존. 지랄하고 있네. 나는 겁나 죽겠고만!'

하지만 그는 일행에게 자신의 생각을 말하지는 않았다. 말해봐야 본전은커녕 밑지지나 않으면 다행일 테니까.

'쓰불, 산으로 보내준다고 해서 좋아했더니, 이런 엉뚱한 곳으로 보내? 어디 두고 보자!'

비록 평범한 청의 무복을 입고 있었지만, 놀랍게도 그는 종남의 진성자였다.

"당가야, 너도 저 팽가처럼 생각하냐?"

진성자가 속삭이듯이 묻자 우측에 서 있던 청의장한이 고개를 저었다.

"천왕교가 그렇게 약할 리가 없지요."

"쿵, 약하기는 지랄……. 멍청한 놈들이나 그렇게 생각하지."

두 사람의 말을 들었는지 팽가명이 차가운 눈으로 진성자를 꼬나보았다.

하지만 그도 말썽쟁이라고 소문이 자자한 진성자를 건드리고 싶지는 않은지 눈이 마주치자 휙 고개를 돌렸다.

"종남에 그렇게 사람이 없나? 왜 저분을 보냈는지 이해할 수가 없군."

'누군 오고 싶어서 온 줄 아나? 건방진 놈.'

그때 좌측에 서 있던 키 작은 청년이 진성자를 대신해 나섰다.

"팽 형, 진성자 선배께서 비록 사고를 많이 치기는 했지만, 그래도 수많은 경험을 쌓은 분이외다."

진성자의 눈이 가자미눈처럼 옆으로 휙 돌아갔다.

이놈이 자신을 위해 한 말인지, 놀리려고 한 말인지 모르겠다는 눈빛이었다.

'청무, 이 자식이!'

만일 황보조영이 참견하지 않았다면 뒤통수를 후려 팼을지도 모를 일이었다.

"그만들 하게. 안개가 걷히고 있으니 내려가 봐야 할 것 같네. 모두 맡은 임무를 잊지 말게나. 천하의 안녕이 달려 있는 일이니까. 그리고 내려가면 태연히 행동하도록."

순간 정천무맹 첩은단 열두 단원의 얼굴이 긴장으로 굳어졌다. 이러니저러니 투덕거리긴 했지만 천왕교는 두려울 수밖에 없는 곳이었던 것이다.

물론 속이 제일 타는 사람은 당연히 진성자였다.

'지미, 이제 와서 안 들어간다고 할 수도 없고……'

그때 황보조영의 명령이 떨어졌다.

"출발하세! 진성, 자네가 앞장서게."

'씨발! 왜 하필 나야?'

2

마차가 서너 대 지나가도 될 정도로 곧고 넓은 길이 동서남북을 관통하며 뻗어 있었다.

하지만 마차는 한 대도 보이지 않았다.

"도대체 마차도 다니지 않을 길을 왜 이리 넓게 만들었지?"

진성자는 이해가 되지 않았다. 그래도 다른 사람과 마주침을 피할 수 있어서 좋기는 한지 걸음걸이에 여유가 보였다.

"사람들이 한번에 몰려갈 때 편하게 하기 위해 만든 것이 아니겠습니까?"

비록 대꾸는 했지만 당위는 진성자와는 달리 길이 넓든 좁든 아무런 관심도 없었다. 그는 지나다니는 무인들의 수준을 가늠하느라 머리가 두 개여도 모자랄 지경이었다.

차라리 강하게나 느껴지면 긴장은 되어도 그러려니 할 텐데, 보이는 자들이 거의 모두 자신에 훨씬 못 미치는 이류무사들이라는 것이 문제였다. 듣던 거와는 많이 다른 모습이 아닌가 말이다.

"이상하군. 이곳이 정말 천왕교가 맞나? 처음에는 그래도 제법 고수라 할 수 있는 자들이 보였는데, 이제는 아예 그런 자들도 보이지를 않으니 원."

청성의 청무도 이상함을 느꼈는지 이마를 좁히며 투덜거린다.

당위는 자신없는 목소리로 한숨 쉬듯 말했다.

"장소가 맞냐는 질문이라면 맞다고 해야겠지. 하지만 이 사람들이 소문의 천왕교도들이냐고 묻는다면, 글쎄… 솔직히 확신있게 답할 수가 없군."

"신경 끄게나. 이들이 천왕교의 무사들이든 아니든 중요한 것은 그게 아니니까."

진성자가 속삭이듯 조그마한 목소리로 말하며 별 쓸데없는 걱정 한다는 표정으로 두 사람을 쳐다보았다.

"하지만 선배님, 우리가 이곳에 온 목적 중 하나가 적의 실력이 어느 정돈지 알아내는 거 아닙니까?"

"그래, 그래서 신경 끄라는 거야. 길거리 다니는 사람들 가지고 천왕교 무사들의 실력을 안다는 것 자체가 무리니까."

당위도 그 사실을 모르는 바는 아니었다. 하지만 당장 누구를 붙잡고 물어볼 수도 없고, 그렇다고 건물 안으로 쳐들어가서 싸울 수도 없는 일이 아닌가.

"진성자 선배는 마치 천왕교의 고수들을 만나본 것처럼 말씀하시는군요."

진성자가 말없이 고개를 끄덕였다.

그러자 청무가 십여 장 앞쪽의 골목에서 나오는 두 사람을 턱으로 가리키고는 진성자를 흘겨봤다.

"진성 사형, 그자들이 저 사람들보다 강한 자들이었습니까?"

진성자가 힐끔 두 사람을 보더니 굳은 표정으로 대답했다.

"어. 저들보다 조금, 아주 조금 강했지."

"그들과 겨루어봤습니까?"

"응."

"이겼어요?"

힘없이 대답하던 진성자의 얼굴이 와락 일그러졌다.

'빌어먹을 새끼가 쪽팔리게 그런 걸 물어.'

그렇다고 거짓말을 할 수도 없었다. 그것은 원시천존을 욕먹이는 일이니까.

대신 들릴 듯 말 듯 조그맣게 말했다.

"아니, 내가…… 졌어."

여전히 주위를 살피며 나름대로 정보를 수집하던 당위가 흠칫 고개를 돌렸다.

그도 진성자에 대한 소문을 두어 번 들었다. 한마디로 개떡 같은 성질만큼이나 검도 날카롭다 했었다. 한데 직접 만나보니 성질은 몰라도 검에 대한 평가만큼은 사실인 듯해서 고개를 끄덕이지 않을 수 없었다.

그런 진성자가 졌다고 말한다.

"상당한 고수였나 보군요."

끄덕. 진성자가 보일 듯 말 듯 고개를 까닥였다.

그러다 무슨 생각이 났는지 홱 고개를 돌려 골목에서 나왔던 두 사람을 찾았다. 하지만 어디로 갔는지 그들은 그림자도 보이지 않았다.

"진성 사형, 왜 그러십니까?"

"…씨발."

갑자기 진성자의 입에서 육두문자가 튀어나왔다. 당위도, 청무도 어이없는 표정으로 진성자를 바라보았다.

"어쩐지 이상하다 했더니……."

진성자가 알 수 없는 말을 중얼거리며 인상을 쓰자 당위가 급히 물었다.

"뭐가 말씀입니까?"

"여태 놈들이 만들어놓은 무대에서 경극을 벌이고 있었는지도 모르겠어."

"예?"

"우리가 들어온 걸 놈들이 알고 있었는지도 모르겠단 말이야."

"무슨 말씀이십니까, 진성 사형?"

"여기 돌아다니는 놈들 중에 우리보다 강한 놈들 봤나?"

"처음에만 조금……. 나중에는 못 봤습니다만."

"그래, 못 봤을 거야. 나도 못 봤으니까. 하지만 조금 전에 그 두 사람만큼은 달라. 그들이라면 분명 우리의 능력을 눈치챘을 텐데 그냥 가버렸어, 그냥 가버렸다고! 제기랄!"

"그게 뭐가 이상하다는 겁니까?"

"천왕교의 무사들이 남인가? 우리 정도 실력이라면 그래도 중견 간부는 될 텐데, 처음 보는 얼굴이라면 하다못해 궁금해하기라도 해야 정상 아닌가? 그런데 소 닭 보듯 쳐다보지도 않고 그냥 가버렸단 말이야."

그제야 당위와 청무의 안색이 굳어졌다. 당위가 급히 물었다.

"그 두 사람이 정말 그 정도로 강한 자들이었습니까?"

"다른 놈은 몰라도, 그 빼빼 마른 놈은 나보다 확실히 강해 보였어."

보는 순간 짜릿한 느낌이 들 정도로.

'아무도 없는 곳에서 만났으면 한번 붙어보고 싶을 정도였 지.'

큰길을 가로질러 건너편 골목에 들어서자마자 사진옥이 중 얼거렸다.

"그자들, 누구지?"

"글쎄, 이곳 사람이 아닌 것 같던데……."

"그럼 외부에서 온 자들?"

"그럴 가능성이 다분해. 꼭 닭장 속에 들어간 세 마리 오리 같았으니까."

"대형에게 알려야 하지 않을까?"

"알려야지. 그리고 더 조심해야겠다. 아무래도 심상치 않 아. 너도 봤겠지만 고수들이 하나도 보이지 않아. 꼭 누가 억 지로 그렇게 만든 것처럼."

사진옥이 뭔가를 눈치 챘는지 빠르게 물었다.

"그자들 때문에?"

고후명이 이를 지그시 깨물며 답했다.

"한바탕 시끄러워지게 생겼어. 빨리 대형에게 가자."

엉뚱한 사람으로 인해 상황을 인식한 세 사람은 마음이 다급해졌다.

"진성 사형, 다른 사람들도 알고 있을까요?"

"자존심 센 놈치고 똘똘한 놈 봤냐?"

모를 거라는 말을 진성자는 묘하게 비틀어 말했다.

"그럼 일단 그들을 먼저 찾아야겠군요."

"이미 늦었어."

당위가 초조한 표정으로 말하자 진성자가 일거에 잘라 버렸다. 그리고 될 대로 되라는 식으로 말했다.

"그냥 모른 척 행동해. 우리가 알았다는 걸 알면 또 무슨 짓을 할지 모르니까."

3

"이런저런 핑계를 대고 간부들의 출입을 통제했습니다, 제군."

"수고했소, 호 당주."

수형당주 호필상은 황급히 머리를 숙였다.

"속하는 그저 명대로 했을 뿐입니다."

"모두 열둘이라고?"

"예, 제군. 입수한 정보와 일치합니다. 놈들의 신상파악이 진행 중이니 끝나는 대로 제군께 올리도록 하겠습니다."

호필상의 고개가 더욱 깊게 숙여지자 백리군악은 먹물을 잔뜩 묻힌 붓을 들어 올렸다.

"저들이 정보를 밖으로 빼돌리기 전까지는 그냥 놔두시오."

"알겠습니다, 제군."

"때가 되면 천천히 잡아들일 것이오."

"예?"

'신속히'가 아니라 천천히?

호필상은 의아한 눈으로 백리군악을 올려다봤다. 그러자 백리군악이 말했다.

"냄새를 맡고 달려드는 파리가 있으면 그들도 잡아야 하지 않겠소? 물론 그물을 먼저 튼튼히 쳐 놓아야 하겠지만 말이오."

그 말과 동시에 먹물을 적당히 머금은 붓이 화선지를 찍어 눌렀다. 순간 일필휘지(一筆揮之) 대나무가 자라나기 시작했다.

호필상은 진심으로 감탄하지 않을 수 없었다.

보고를 올리자마자 그 자리에서 계책을 만들어낸 백리군악이었다.

그러더니 마치 살아 있는 생물체라도 되는 것처럼 계책이 스스로 가지를 뻗친다.

또 어떤 가지를 뻗을까?

은근히 기대되는 호필상이었다.

"즉시 제군의 명대로 시행하리다."

대답하고 물러서는 그의 표정에는 자신의 선택이 잘못되지 않았다는 자신감이 그대로 드러나 있었다. 외줄타기에서 자신이 잡은 줄이 제일 튼튼한 동아줄인 것처럼 느껴진 것이다.

한데 그가 막 천기선원의 방문을 나서려 할 때다. 갑자기 뒤에서 백리군악의 목소리가 그의 목덜미를 잡았다.

"천왕께서 곧 그대를 비롯해 사단 삼당의 당주를 모두 부를 것이오."

"……."

"아니, 어쩌면 이미 불렀을지도 모르겠구려. 부디 후회없는 선택을 하기 바라겠소."

호필상은 자신도 모르게 목살이 떨려왔다. 백리군악의 말뜻을 아는 까닭이었다.

'진정 무서운 사람. 천왕대전에 있는 우리조차 오늘 아침에 알았을 정도로 극비리에 진행되는 일이거늘…….'

문득 한 가지 생각이 뇌리를 스쳤다.

'가만, 그럼 그들 중에 제군의 사람이 있다는 말?'

탁!

그때 뒤에서 붓 놓는 소리가 들렸다.

머리 꼭대기에 송곳이 꽂히는 기분!

부르르 한차례 몸을 떤 호필상은 이를 지그시 깨물고 나직이 입을 열었다.

"제군께선 이미 속하의 선택을 알고 계십니다. 그리고 다른 이들도 크게 다르지 않을 것입니다."

"그리 생각하신다니, 고맙소. 언제고 네 분을 한 자리에 모실 날을 기대하겠소."

"속하들이야 그럼 영광이지요."

4

반개한 시선의 끝은 무정의 검첨에 부딪치며 변화하는 바람의 결에 머물러 있었다.

아무런 느낌조차 느껴지지 않는 눈빛이었다. 너무 깊어 심해의 암흑과도 같았다.

폐옥의 뒷산에 올라 무정을 빼 든 지 벌써 두 시진째, 세상의 흐름이 그를 중심으로 멈춰 버린 듯했다.

검첨 끝에서 갈라진 바람이 쐐기처럼 휘돌고, 뒤엉키고, 흩어진다.

바람은 두 시진이 되도록 한 번도 같은 모습을 보여주지 않는다.

머릿속에 흩어져 있던 검로와 몸속의 기운도 바람의 변화를 따라 뭉치고 갈라지며 새로운 길을 만들어낸다.

바람이 나이고, 내가 바람인 듯하다.

생경한 경험에 전무심은 시간이 흐르는 것도 느껴지지 않았다.

그러던 어느 순간이었다. 한 줄기 회오리바람이 휘몰아치더니 먼지 기둥이 승천하는 용처럼 몸을 비틀며 하늘로 치솟았다.

그 광경을 바라보던 전무심이 무정을 천천히 앞으로 내밀었다.

순간 검첨에서 노닐던 한 줄기 기운이 벼락같이 뻗어나갔다.

후웅!

그것은 검기도 아니고 검강도 아니었다. 대기의 결을 가르며 삼 장 밖의 깎아지른 암벽을 향해 쏘아진 그 기운의 정체는 정순한 바람, 그 자체였다.

바람의 기운이 암벽을 한 자 정도 남겨놓은 찰나! 전무심의 손이 살짝 비틀렸다. 그러자 벼락같이 뻗어나가던 바람이 갑자기 돌개바람을 일으키며 휘돌았다.

콰과과과과!

휘도는 바람의 칼날에 암벽이 급격히 깎여 나간다.

예상치 못했던 위력!

무정을 거두는 전무심의 입가에 가느다란 미소가 맺혔다.

무정을 내리자 바람도 멈추었다. 암벽에 남은 것은 직경 석 자 넓이에 두 치 깊이의 회오리 문양뿐이었다. 풍운무를 응용한 검결이 뜻밖의 결과물을 만들어낸 것이다.

"그래, 이름은 회풍비천(廻風飛天)이 좋겠군."

신법은 무령풍, 검결은 회풍비천.

새삼 의부의 풍운무가 대단하게 느껴진다.

비록 검강에는 못 미치지만, 일반적인 검기보다는 훨씬 강한 위력이다. 내력을 거의 쓰지 않았는데도 말이다.

'잘 다듬으면 아주 쓸 만하겠어.'

그야말로 다수의 적을 상대하는 데는 최적의 무공이었다.

모든 것이 의부 덕분인 듯했다.

'아버지, 제가 지은 이름이 마음에 드세요?'

—그래, 정말 멋진 이름이다!

의부의 목소리가 가슴에 울린다.

전무심은 하늘을 올려다보며 빙그레 웃고는, 아쉬움을 접고 무정을 검집에 집어넣었다.

기분이 한결 나아졌다. 답답하고 무거워진 마음을 털어내기 위해 산을 올랐는데, 뜻밖에 좋은 무공을 얻은 것이다.

마음이 무거워진 데는 그만한 이유가 있었다.

'천왕과 백리군악의 이목이 점점 더 좁혀오고 있어. 더 이상 이곳에 머물다가는 그들에게 들킬 수밖에 없다.'

이틀 전 사자의 계곡에 천왕대전의 수형당 무사들이 모습을 보였는데, 아무래도 천왕궁의 사건 이후 자신의 흔적을 은밀하게 쫓고 있는 듯했던 것이다.

그렇다면 선택은 하나밖에 없었다.

'사도무연과 영호승악이 내 생각대로만 움직여 준다면, 천왕과 백리군악을 상대하는 것도 결코 불가능한 일만은 아니다. 나머지는 내가 얼마만큼의 힘을 얻을 수 있느냐 하는 것.'

힘을 꼭 천왕곡 내에서 얻으려 할 필요는 없었다.

천왕곡 내에서는 그들과 대적할 힘을 얻기도 힘들거니와, 자칫 천왕이나 백리군악에게 들키기라도 하면 시작도 하기 전에 무너질지도 몰랐다.

또한 그는 사도무연과 영호승악 역시 완전히 믿지는 않았다. 그들이 지금은 자신과 손을 잡았다 해도 어쨌든 천왕교의 사람들이 아니던가. 만약 천왕교가 무너질 상황이 되면 그들이 어떤 선택을 할지 그것은 아무도 모르는 일이었다.

어쩌면 은천비원을 아직 신뢰하지 못하고 그들과의 만남을 꺼리는 것도 그 때문일지 몰랐다. 그들은 천왕교를 위해 뭉친 것이지, 천왕과 싸우기 위해 뭉친 것이 아니니까.

결국 내부에서 힘을 모아 천왕과 백리군악에게 대항한다는 것은 한계가 있다는 말.

그렇다면 굳이 천왕곡에 머물며 시간을 허비할 필요는 없었다.

'이제 떠나야 할 때가 된 건가?'

어느덧 해가 서편으로 기울고 있었다. 자신을 재촉하는 듯했다.

'일단 친구들에게 이야기를 해야겠군.'

그는 석양을 등에 지고 산 아래를 향해 천천히 걸음을 옮겼다.

*   *   *

바로 그 시각, 첩은단의 약속 장소인 천중로의 객잔, 천수루의 구석방에서는 두 사람이 신경전을 벌이고 있었다.

"혹시 우리가 오기 전에 먼저 한잔하신 것 아닙니까?"

"뭐라?"

"그게 아니라면 왜 그런 엉뚱한 말씀을 하시는 겁니까? 함정에 빠졌다니요?"

진성자가 붉어진 얼굴로 제갈현성을 노려보았다.

그러잖아도 마음에 들지 않던 놈이었다. 싸구려 화주 한 사발만도 못한 자존심만 내세울 줄 알지, 제 앞가림도 제대로 못할 놈처럼 보였다.

한데 그런 놈이 자신의 말을 한 입에 씹더니 대뜸 자신을 술꾼 취급한다.

'제갈세가하고 웬수가 되는 한이 있더라도 이 자리에서 확! 패버려?'

이곳이 천왕교만 아니었어도, 오가는 사람이 전혀 없는 골목만 되었어도 그랬을지 몰랐다.

이판사판 일 저지른 것이 어디 한두 번인가?

이럴 때는 그런 전과가 있다는 게 한결 마음 편했다. 다른 사람도 '그럼 그렇지', 아니면 '생각보다 센데?' 하고 말 테니까.

하지만 이곳은 천왕교였다. 그것도 사람들이 오가는 객잔.

비록 구석진 방에 앉아 있고, 미리 손을 써서 옆방에 손님이 없다지만, 밖에서 지나다니는 사람들의 귀가 모두 자신들을 향해 열려 있는 것 같은 기분이었다.

'끄응, 참자, 참자, 참자! 젠장맞을 원시천존이시여, 세 번

참았으니 살아서 이곳을 나갈 수 있도록 해주시구랴.'

진성자는 크게 숨을 들이키고는 제갈현성을 향해 고개를 쑥 내밀었다.

"자네는 마도의 종주라는 천왕교가 이렇게 허술하다는 것이 이상하지 않은가?"

"하, 그거야 당연한 거 아닙니까? 우리가 들어온 지 얼마나 되었다고 저들이 벌써 우리에 대해 눈치를 챘단 말입니까? 설마… 우리가 그들에게 잡히기를 바란 것은 아니겠지요?"

문둥이 같은 놈이 또 빈정거린다. 더구나 그 옆에서 무게 잡고 앉아 있던 무당의 현양이라는 젊은 도사와 유일한 여자인 아미의 속가제자 연화 선자마저 빙그레 웃는다.

진성자는 핏대가 머리꼭대기까지 솟았다.

만일 그때 당위가 나서지 않았다면 한바탕 사고를 쳤을지도 몰랐다.

"제갈 형, 진성자 선배의 말씀도 일리가 있소이다. 아무리 봐도 이상합니다."

"아무리 그래도 그렇지, 그 짧은 시간에 전체를 움직여 우리를 농락한다는 게 가능한 일이기나 합니까?"

그렇게 생각하니 제갈현성의 말에도 일리가 있어 보였다. 그래서 더 골치가 아팠다. 저들이 자신들의 침입을 알고 계획적으로 고수들을 숨긴 것인지, 아니면 우연으로 그렇게 된 것인지 도대체가 알 수가 없었다.

심지어 진성자조차 제갈현성의 이어지는 말에 머리가 지끈

거릴 지경이었다.

"당 형은 저들 중 수상한 행동을 하는 자를 봤습니까? 저들이 진짜 경극 배우들도 아닐 텐데, 어떻게 우리의 눈을 모두 속일 수 있다는 겁니까?"

진성자는 식어버린 찻물을 단숨에 입 안에 털어 넣고 부글거리는 속을 가라앉혔다. 그리고 목소리를 나직이 깔았다.

"분명한 것은, 오늘 우리가 본 것이 천왕교의 전부가 아니란 거네."

"그거야 당연하지요. 제가 언제 오늘 본 것이 천왕교의 전부라고 했습니까?"

또 속이 끓기 시작했다. 진성자는 가슴이 터지기 전에 빠르게 말을 꺼냈다.

"자네들은 오늘 진짜 고수를 하나도 보지 못했단 말이네."

'그러니까 내 말은, 너희들이 오늘 헛지랄을 했단 말이지!'

"선배께선 그들을 아시나 보군요. 진짜 고수를 만나보기라도 하셨습니까?"

살짝 비꼬는 제갈현성의 말에 진성자가 씩 웃었다. 기다리던 말이었다.

"물론 만나봤지."

"사형께서 졌다고 하셨죠?"

청무가 무심코 말을 꺼내고는 후다닥 입을 닫았다.

하지만 이미 그 말마저 할 각오를 하고 있던 진성자는 청무를 한 번 쏘아봤을 뿐 조용히 자신의 경험담을 털어놓았다.

"그래, 내가 졌지. 그것도 형편없게 밀려서. 하지만 조금도 부끄럽지는 않아. 그만큼 상대가 강했으니까."

"저희는 선배님이 아닙니다. 선배님이 졌다고 저희까지 지란 법은 없잖습니까?"

"물론 그럴지도 모르지. 하지만 말이야…… 미안한 말인데, 그때 내가 만났던 세 사람이 만일 이 자리에 나타난다면 죽어라 도망가지 않는 한 우리 열두 명 중 한 명도 살아남지 못할 거네."

갑자기 주위가 조용해졌다.

하지만 침묵은 길게 가지 않았다. 멍하니 있던 제갈현성이 가볍게 웃으며 실없는 사람 보는 눈으로 진성자를 바라보았다.

"훗, 농담도 정도껏 해야 믿지요. 그렇게 말하면 누가 믿겠습니까?"

"후우. 하긴, 내가 봐도 믿으라고 말하는 나 자신이 이상하게 보일 지경이니 자네는 당연히 더하겠지."

진성자가 한숨을 내쉬며 고개를 끄덕였다. 그러더니 갑자기 머리를 제갈현성의 코앞으로 들이밀었다.

"하지만! 정말 살아서 이곳을 떠나고 싶으면 믿게."

제갈현성이 움찔 고개를 뒤로 뺄 때다.

덜컹!

문이 열리더니 황보조영이 다른 두 사람과 함께 안으로 들어섰다.

"자네들이 먼저 와 있었군."

한데 어째 밝은 표정이 아니다.

"무슨 일이라도 있었습니까?"

제갈현성이 묻자 황보조영의 표정이 묘하게 변했다. 뭔가 의문이 있는데 풀 수가 없다는 그런 표정이었다.

"아무래도 이상해."

진성자가 원군을 만나듯 반갑게 소리쳤다.

"단주도 그리 생각하시오?"

"음, 분명 동쪽 길 끝에 있는 철기점서 만나기로 했는데 나타나지를 않더군."

오래전에 심어놓은 첩자 중 한 사람을 만나러 갔던 황보조영이었다. 한데 만나지 못한 듯했다.

조금 이상한 일이긴 했지만 진성자가 바라던 대답은 아니었다. 그래도 진성자는 물러서지 않고 자신이 느낀 의문을 털어놓았다.

"단주, 그것도 그렇지만……."

한참 동안 진성자의 말을 듣던 황보조영이 심각한 표정으로 말했다.

"종남의 어른들이 왜 걱정하는지 알 만하군."

웬 귀신 씻나락 까먹는 소리?

"뭔 말입니까, 황보 단주?"

황보조영이 철없는 아이 바라보듯 진성자를 바라보았다.

"지나다니는 사람들이 조금 약해 보인다고 해서 함정에 빠진 것이라면, 세상이 다 함정 아니겠나? 진성 자네, 십 년 전 한중 영천문에서 사고 칠 때도 그런 말 비슷하게 했던 것 같던데, 아닌가?'

"……."

'지미, 나이 더 먹은 사람에게 욕은 못하겠고……. 그리고 내가 언제 그런 말 했어? 마존궁에서 똘마니들만 보낸 것이 수상하다고 했지.'

진성자는 구원을 바라며 당위와 청무를 바라보았다.

그런데 환장하게도 두 사람의 눈빛 역시 자신을 떠나 있는 것이 아닌가.

'나쁜 놈들!'

그때만 해도 아무도 몰랐다. 그들이 진성자의 말을 믿지 않음으로 인해 어떤 일이 벌어질지. 좋은 일인지, 아니면 나쁜 일인지 그것은 하늘만 알 뿐이었다.

다만 분명한 것은, 많은 피가 동반될 거라는 것이었다.

                    *   *   *

산을 내려오자 아니나 다를까, 다섯 사람이 모두 돌아와 있었다. 한데 무슨 일인지 심각한 표정이었다.

"무슨 일이 있었나?"

전무심이 묻자 고후명이 상황을 설명했다.

이야기가 길어질수록 전무심의 표정도 굳어졌다.

"외부인?"

"분명합니다. 묘한 이질감이 느껴지는 자들이었습니다."

"돌아다니는 사람들이 모두 하위무사들이었다고?"

"예, 대형. 이상하게 대주 급 이상의 무사들은 한 사람도 보이지 않았습니다."

사진옥은 말미에 자신의 생각을 덧붙였다.

"혹시 거짓 정보를 주기 위해 누군가가 꾸민 계략이 아닌가 생각합니다만……."

그 말을 들은 전무심의 눈빛이 깊어졌다.

'천왕교에 외부인이 허락도 받지 않고 들어왔다. 그리고 하위무사들만 돌아다닌다. 사진옥의 말대로 거짓 정보를 주기 위한 것임은 분명해. 하나 문제는 과연 그것이 다인가, 하는 것이야.'

계략을 꾸민 자는 분명 천왕교의 간부들을 움직일 수 있는 자다. 그것도 최상위에 있는 자. 그중에 전무심이 생각할 수 있는 사람은 단 한 사람, 백리군악뿐이었다.

과연 백리군악이 현재의 상황을 어디까지 이용할까?

그가 아는 백리군악은 하나에서 열을 만들어낼 수 있는 사람이다. 그런 사람이 빤히 보이는 적을 순순히 놔주지는 않을 것이다. 아니, 놔주기는커녕 그들을 이용해…….

어느 순간 전무심의 눈이 한기를 뿜어냈다.

"아무래도 단순하게 끝날 일이 아닌 것 같군."

"마음에 걸리는 게 있습니까?"

"아직 확실하지는 않아. 하지만 내 생각이 틀리지 않다면, 곧 한바탕 피바람이 불 거야."

"제법 강하게 보이긴 했습니다만, 그리 우려할 만한 자들로 보이지는 않던데요?"

"그들 때문이 아니야. 문제는 내부의 사람들이지."

그제야 상황을 인식한 사진옥의 표정도 딱딱하게 굳어갔다.

"대형은 그들이 내부의 누군가와 접촉할 거라 생각하시나 보군요."

"충분히 가능한 일이야. 그리고 내 생각이 잘못되지 않았다면, 백리군악은 그들이 모두 드러날 때까지 저들을 건드리지 않을 거다."

고후명이 단번에 전무심의 말을 알아듣고 굳은 표정으로 물었다.

"한꺼번에 두 마리 토끼를 잡으려 한다는 말인가요?"

"오늘 저녁이 고비가 될 거야. 정천무맹과 접촉을 하려는 자들에겐 며칠씩 기다릴 마음의 여유가 없을 테니까."

그러고는 네 사람을 둘러보았다.

"그리고 너희들에게 할 말이 있다."

모두가 전무심을 주시했다. 그러자 전무심이 천천히 입을 열었다.

"모두 알고 있겠지만, 천왕과 백리군악의 눈이 언제 이곳을 향할지 모른다. 더구나 이곳에서는 더 이상 힘을 얻기가 힘든 상황이니만큼…… 이제 밖으로 나갈 생각이다."

그 말이 떨어지자 모두가 달아오른 얼굴로 전무심을 바라보았다.

천왕곡을 나간다!

전무심을 제외하면 모두가 이곳에서 나고 자란 사람들이다. 하거늘 어찌 가슴이 떨리지 않을까.

그때 전무심이 말을 이었다.

"가지 않을 사람은 남아도 좋다."

그 말이 떨어진 순간이었다.

다섯 사람, 심지어 황무곤마저 눈을 부라리며 전무심을 노려보았다.

"듣지 않은 걸로 하겠수."

상유상이 툭 쏘듯이 말하고 입술을 삐죽였다.

모두가 같은 마음인지 고개를 끄덕인다.

애초에 그럴 거라 생각은 했었다. 어차피 죽을 각오를 하고 천왕과 대적하려는 자신을 따르겠다는 사람들이 아니던가.

그때 사진옥이 물었다.

"은천비원의 사람들과는 만나보지 않으실 겁니까?"

"그들은 나중에 밖에 나가서 연락할 생각이다. 그것이 서로 간에 덜 위험할 테니까."

하천광을 왜 만나지 않는지 궁금했다.

하지만 전무심이 하천광을 만나지 않을 때는 뭔가 그만한 이유가 있을 터. 사진옥 등은 더 이상 그 일에 대해 묻지 않았다.

그리고 잠시 침묵이 흘렀다.

전무심은 한 사람 한 사람 돌아보고는, 하는 수 없다는 표정으로 자신의 생각을 말했다.

"만일 기회가 된다면 정천무맹의 사람들을 구해서 그들과 함께 나갈까 한다. 백리군악의 계획도 저지할 겸, 정천무맹에 빚을 지우는 것도 나쁘지는 않을 것 같으니까."

어쩌면 위험할지도 몰랐다. 그러나 위험을 감수할 만큼 이익이 따르는 일이기도 했다.

사진옥이 이 사이로 나직이 말했다.

"그럼 그들을 꼭 구해야겠군요."

"그래도 지나치게 위험하면 포기할 생각이다. 무엇보다 우리들의 안전이 우선이다. 그 점 잊지 말고, 좌우간 일단은 천중로로 가서 상황이 어떤지를 먼저 알아보자."

5

진추산은 걸어가며 태연히 주위를 둘러보았다. 자신을 주시하는 자는 어디에도 보이지 않았다.

간혹 알은체를 하는 자들이 있긴 했지만 그뿐이었다. 그들은 가볍게 고개를 숙이며 알은체를 하고는 그냥 자신들의 갈 길을 갔다.

그래도 불안한 마음에 골목길을 다시 한 번 더 돈 그는, 아무도 자신을 쫓지 않는다는 확신이 들고나서야 천중로를 향해 발길을 옮겼다.

한 번 더 확인하고 싶어도 이제는 어쩔 수 없었다. 어느덧 하늘의 구름이 붉게 물들기 시작하고 있었다. 약속 시간이 이제 얼마 남지 않은 것이다.

*　　　　*　　　　*

"조금 전 진추산 장로께서 객잔 안으로 들어가셨습니다."

"그가? 호오, 천왕께서 실망이 크시겠군."

"천양원이야 그럴 수 있다 생각했지만, 진 장로의 일은 저희들로서도 의외입니다."

"지금 천중로에 누가 나가 있는가?"

"패천단의 육청이 직접 수하들을 지휘하고 있습니다."

"진 장로가 나섰다면 그가 막기 힘들 것이네."

"하오면……?"

"그쪽의 일은 그쪽에서 처리해야겠지."

숙여졌던 방운휴의 고개가 천천히 들렸다. 그러자 백리군악이 웃는 얼굴로 말했다.

"천왕께서도 마다하지 않을 걸세. 자신을 반대하던 자들에게 좋은 본보기를 보일 수 있을 테니까."

'그게 아니라, 오히려 천왕의 입지가 약해지겠지요. 너무 누르면 옆으로 튀어나오는 법이니까. 그리고 결국 그들은 당신을 찾게 되겠지요.'

방운휴가 내심으로 오한을 느낄 때였다.

"한데 방 령주의 생각은 어떤가? 그가 은천비원의 사람이라 생각하는가?"

"아직 밝혀진 것은 없습니다만, 그럴 가능성도 염두에 두고 있습니다."

"흠, 그럼 그들이 움직일지도 모르겠군. 잘됐어. 오랜만에 밥값 좀 하도록 집마원의 원로들을 패천단의 외곽에 배치하게."

마치 하릴없는 늙은이들 밥 주는 것도 아까웠다는 투였다.

하지만 방운휴는 웃을 수가 없었다. 오히려 그런 말을 들을 때마다 가슴이 무거워졌다. 고집 세고 포악한 집마원의 원로들조차 백리군악을 거역하지 못하는 걸 보면 두렵기만 한 것이다.

그래선지 목소리가 살짝 떨려 나왔다.

"놈들은 이미 독 안에 든 쥐나 마찬가진데, 군이 그럴 필요가 있을지요?"

"정천무맹과 싸우는 것을 원치 않는 자들이 생각보다 많네. 그들이 알기 전에 처리해야 뒤탈이 없어."

"알겠습니다, 공자. 그럼 그리하겠습니다."

그때였다.

"가가, 들어가도 될까요?"

밖에서 여인의 목소리가 들려왔다.

"들어오시구려. 마침 이야기가 다 끝나가던 터이니."

백리군악이 환하게 웃으며 대답하자, 문이 열리더니 선우소소가 이제 겨우 걸음마를 배울 법한 어린아이를 안고 들어왔다.

　"어이구, 우리 운범이가 왔구나."

　"빠아!"

　아이가 방실거리며 소리를 질렀다.

　"어디, 이리 와보거라."

　백리군악이 손을 뻗자 선우소소가 빙그레 웃으며 아이를 백리군악에게 넘겼다.

　"속하는 이만 가보겠습니다."

　자리에서 일어난 방운휴가 고개를 숙이자, 아이를 안아 든 백리군악이 말했다.

　"모레쯤 장인어른과 점심을 할 생각이네. 그 자리에 영호 전주도 모실 생각이야. 방 령주도 오게. 령주가 내 사람이란 걸 알려야 하지 않겠나?"

　순간, 돌아서려던 방운휴의 손가락이 부러질 듯이 엉켜들었다.

　귀왕전과 지옥전의 주인들 앞에 자신을 내놓겠다니. 그것은 자신의 목에 올가미를 걸겠다는 뜻과 다르지 않았다.

　"공자, 속하가 굳이 그 자리에……."

　"이제 선택할 때도 되지 않았나 싶네만."

　"무슨… 뜻이신지?"

　"방 령주의 미래에 누가 더 도움이 될지 충분히 알고 있지 않은가? 나로 하여금 어려운 선택을 하지 않도록 해주시게."

끝내 방운휴의 맞잡은 손이 가늘게 떨렸다.

그러자 백리군악이 마지막 쐐기를 박았다.

"무종령주도 올 것이네."

6

진추산이 객잔의 뒷문을 통해 구석진 방에 들어갔을 때, 그곳에는 외부에서 들어온 자들 외에도 그가 아는 두 사람이 함께 그를 기다리고 있었다.

"오셨습니까, 장로."

"음."

진추산은 침중한 표정으로 고개를 끄덕이고, 앉거나 서서 자신을 바라보는 사람들을 죽 둘러보았다. 그러다 황보조영에 이르러 눈을 멈췄다.

그러자 처음에 인사를 건넸던 자가 그를 소개했다.

"정천무맹의 대표로 오신 분입니다."

"오느라 수고 많았소. 진추산이라 하오."

"별말씀을. 황보조영이라 합니다. 일단 앉으시지요."

대충 자리에 앉은 진추산은 여전히 풀리지 않은 표정으로 옆을 향해 물었다.

"선 당주, 점심 무렵에 괴이한 명령이 떨어진 사실을 알고 있겠지?"

"예, 장로. 저희 천양원에도 떨어졌습니다."

"갑자기 대주 급 이상의 간부들에게 떨어진 그 명령이 이상하다고는 생각해 보지 않았는가?"

천양원의 매현당주(買倪堂主) 선종명이 의아한 표정으로 대답했다.

"중원 진출 문제로 무사들의 점검 차원에서 대기하라는 말로 들었습니다만."

"그게 이상하다는 걸세. 왜 하필이면 오늘이란 말인가?"

"속하도 이런 일은 처음인지라……."

두 사람의 이야기가 이상하게 들렸는지 황보조영이 끼어들었다.

"무슨 말씀이신지 저희가 알아도 되겠습니까?"

그러자 선종명이 간략하게 낮에 있었던 일을 이야기했다.

"대주 이상의 무사들은 각자의 거처에서 대기하라는 명이 떨어졌었습니다. 중원으로 나가기 전에 인원점검과 각자의 신상문제에 대한 것을 조사한다는 것이 이유였지요."

잠자코 듣던 황보조영이 고개를 갸웃거렸다. 뭔가가 가슴에 턱 얹힌 기분이었다.

그때 진성자가 뾰루퉁한 목소리로 투덜거렸다.

"그러니까 우리가 엉터리 정보를 보냈다는 말이……. 이런 제기랄!"

그러다 무슨 생각이 났는지 벌떡 일어서며 냅다 소리쳤다.

당연히 그 모습이 보기 좋을 리 없었다.

"무슨 짓인가? 손님을 모신 자리거늘!"

"손님이고 나발이고, 빨리 이곳을 벗어납시다!"

"뭐라?"

"아, 시간이 없다니까요!"

표정이 굳은 진추산이 진성자를 바라보았다.

"뭐 집히는 게 있는가?"

진성자가 고개를 홱 돌리고는 진추산을 노려보았다.

"우리가 모두 죽으면 어떻게 되겠습니까?"

"그게 무슨 재수없는 말이오, 진성자 선배!"

팽가명이 의자를 박차고 일어서며 대뜸 소리쳤다. 하지만 진성자의 눈은 진추산만을 향한 채 움직이지를 않았다.

"어디 말해보시지요! 엉터리 정보가 전해진 상황에서 우리가 모두 죽으면 어떻게 될 거라 생각하냔 말입니다!"

진추산의 얼굴이 창백하게 굳었다.

진성자는 그의 표정 변화에 아랑곳하지 않고 당위와 청무를 바라보았다.

"밖을 살펴봐! 빨리!"

당위와 청무가 얼떨결에 밖으로 나가자 진성자가 울화가 치민다는 표정으로 진추산을 노려보았다.

"빌어먹을! 내 생각이 잘못되지 않았다면, 이번 계획을 세운 놈이 노리는 사람은 우리만이 아냐."

"진성자 선배, 어디 아픕니까? 그게 무슨 뚱딴지같은 말입니까?"

무시당했다 생각했는지 팽가명이 다시 나섰다.

하지만 이번에도 진성자는 팽가명을 바라보지 않았다.

"우리와 당신들, 모두지. 안 그렇습니까?"

진추산이 석고처럼 굳은 얼굴로 천천히 자리에서 일어났다.

"아무래도 그런 것 같군. 완전히 당했어. 쯔쯔쯔……. 그렇게 조심하면서 왔거늘."

"훙! 우리가 이곳에 있는 것을 알고 있었다면 굳이 당신의 뒤를 쫓을 필요도 없었을 거요."

그 말에 진추산의 표정이 와락 일그러졌다.

그때 당위와 청무가 다급히 방 안으로 들어왔다. 해쓱하니 굳은 표정이었다.

"밖의 공기가 이상합니다. 오가는 자들이 모두 같은 복장을 한 자들입니다."

"패천단인 것 같군."

진추산이 허공을 바라보더니 중얼거리듯 말했다. 그러자 진성자가 설쳐 대는 통에 정신이 없었던 황보조영이 눈살을 찌푸리며 물었다.

"보지도 않고 어떻게 그리 단정을 하시는 겁니까?"

"몰려드는 기운에서 패천단의 파묵공이 느껴지오. 벌써 이십여 장 근처까지 접근한 것 같구려."

해연이 놀란 표정의 황보조영이 다시 물었다.

"그걸 여기에서 느낄 수 있단 말씀입니까?"

"평생을 느껴온 기운인데 왜 모르겠소?"

평생을?

진성자가 입을 벌리고 어이없는 표정을 지었다.

"하아! 제기랄! 그럼 아침에 이곳에 들어왔을 때부터 우리가 외부인이란 걸 알아챈 자들이 있었을지도 모른다는 말이잖아? 완전히 병신 지랄했군."

도사답지 않게 저잣거리의 쌍말을 지껄이는 진성자다.

그런데도 누구 하나 그에게 뭐라고 하지 못했다. 송충이가 등을 타고 스멀거리며 올라가는 기분, 오한이 드는 것이다.

바로 그때였다.

"진 장로! 안에 계신 줄 알고 있습니다. 밖으로 나오시지요."

진추산은 그 목소리의 주인이 누군지 알고 있었다.

"육청? 패천단의 단주가 직접 나왔다는 말인가?"

순간 그때까지도 자리에 앉아 있던 모두가 무기를 움켜쥐고 자리에서 일어섰다.

"어차피 이판사판, 뚫고 나갑시다."

"그렇게 합시다, 단주. 진 장로님의 말씀대로 일개 단의 무사들이라면 불가능하지만은 않을 것 같습니다만?"

그동안 한마디도 하지 않던 소림의 속가제자 항마검 위헌양마저 마침내 입을 열고 나섰다.

사실 다른 방법이 없었다. 순순히 잡혀줄 것이 아니라면 싸우는 수밖에 없는 것이다.

하지만 모두가 싸우고 싶은 것만은 아니었다.

"저들이 설마 정천무맹의 제자들인 우리를 죽이기야 하겠습니까?"

제갈현성의 말에 진성자가 코웃음을 쳤다.

"흥! 그래서 그냥 순순히 잡혀주자는 건가? 그럼 이곳의 소식은 누가 전하고?"

"당장 무슨 일이 일어나겠습니까? 그리고 잡혀주자는 것이 아니고, 대화를 나눠보자는 겁니다."

화산의 하운이 제갈현성을 지지하는 말을 하자, 그 말이 일리가 있다 생각했는지 몇 사람이 눈치를 보며 고개를 끄덕였다.

한데 마치 그 소리를 들은 것마냥 밖에 있던 자들이 소리쳤다.

"우리도 정천무맹과 적대시하고 싶지 않다! 모두 순순히 항복해라! 그러면 목숨은 부지할 수 있을 테니까!"

막상 그들마저 그렇게 말하자 의견이 분분해졌다.

진성자와 당위, 청무, 그리고 위헌양과 공동의 상양은 싸워서 뚫고 나가자는 쪽이었고, 제갈현성과 하운, 연화 선자, 현양은 대화로 해결하자는 쪽이었다.

"어떡하시겠습니까, 단주!"

"저는 단주의 결정에 따르겠습니다."

어정쩡한 상태에 있던 남궁경과 팽가명이 황보조영을 재촉했다. 아무리 이러쿵저러쿵해도 지금으로선 황보조영의 결정이 가장 중요했다.

황보조영은 앙다문 입에 힘을 주고 반쯤 넋을 잃고 있는 진추산을 쳐다보았다.

"진 장로님, 외부에 소식을 전할 수 있는 방법이 없겠습니까?"

"지금으로선 뭐라 말할 수가 없구려. 함께하기로 했던 사람들이 어떻게 되었는지 알 수가 없으니 말이오."

"그럼, 하는 수 없군요. 뚫고 나가는 수밖에."

"단주, 굳이 무리할 필요가 있겠습니까? 설령 저들을 뚫고 나간다 해도 천왕곡을 빠져나갈 수는 없습니다."

제갈현성이 또 나서자 마침내 진성자가 더 이상 참지 못하고 빽, 소리를 질렀다.

"시끄러! 단 한 명만이라도 살아서 나갈 수 있다면 무조건 나가야 해!"

"대체 뭐가 그리 급한 겁니까?"

"이 멍청한 놈아! 맹에서 탱자탱자 놀던 늙은이들이 우리가 보낸 정보를 보면 무슨 생각을 하겠느냐! 아마 '천왕교, 천왕교 하더니 별거 아니군'. 할걸?"

"그거야 선배 생각이지, 그분들 생각은 아니지 않습니까?"

끝까지 대드는 제갈현성이다. 몇 사람이 고개를 끄덕인다. 말도 안 된다는 듯이.

그들을 향해 진성자가 비꼬듯이 말했다.

"아! 그렇군. 아예 우리를 죽여서 대가리를 보내면 명분까지 있으니 잘됐다면서 곧바로 달려오겠군."

"죽이지 않겠다고 했잖습니까? 선배는 저들이 약속을 어길 거라고 생각하는 겁니까?"

"못할 것도 없지."

진성자가 한마디 내뱉고는 진추산을 바라보았다.

"안 그렇습니까?"

진추산이 참담한 표정으로 말했다.

"제군은 충분히 그럴 수 있는 사람이지. 그는 정말 무서운 사람이네. 누구도 짐작으로 대할 수 있는 사람이 아니야."

선종명이 부르르 몸을 떨고 진추산의 말에 한마디를 덧붙였다.

"어쩌면 오늘 일도 모두 그자의 머릿속에서 나온 것 같습니다."

갑자기 질식할 것 같은 침묵이 방 안을 짓눌렀다.

황보조영이 답답함을 참지 못하고 물었다.

"제군이라니요. 대체 그가 누굽니까?"

"무정마유 백리군악이라는 잡니다."

한편 그 시각, 전무심은 천왕곡의 중심대로인 천중로의 끝에 서서 돌아가는 상황을 지켜보았다.

정천무맹의 사람들이 있는 객잔은 이미 패천단의 무사들로 새카맣게 뒤덮여 있었다.

그뿐이 아니었다. 은밀한 움직임이 백여 장 밖 여기저기서 느껴지고 있었다.

"어떻게 하시겠습니까? 완벽하게 포위된 것 같은데요."

사진옥이 차갑게 굳은 눈을 찌푸리며 전무심을 바라보았다.

항상 무심하던 전무심의 이마도 좁혀져 있었다.

"생각보다 더 심각하군. 일단 기다려 보자. 저들 때문에 불속으로 뛰어들 수는 없는 일. 스스로 길을 만들면 살 것이고, 그러지 못하면…… 모두 죽더라도 하는 수 없다. 구하는 것을 포기하는 수밖에."

"기회를 만든다는 게 저들의 힘으로 가능하겠습니까?"

당장 눈앞에 보이는 패천단의 무사들만 해도 백오십여 명에 이른다. 아무리 생각해도 불가능하게만 보이는 것이다.

하지만 변수란 어디에나 있는 법이었다.

"너와 비슷한 무위를 지닌 자가 있다 했으니 불가능하지만은 않을 것이다. 더구나 장로가 끼어 있는 것 같으니 그 가능성은 더욱 커졌다고 봐야겠지."

하긴 대항하지 않고 도망가려고만 한다면 한두 사람 정도는 빠져나올 수 있을지도 몰랐다.

"만일 기회가 온다면, 나는 살아남은 자들을 데리고 즉시 동쪽으로 이동할 것이다. 너희들은 둘로 나뉘어서 외곽을 살펴보고, 사단의 무사들이 갑자기 동쪽으로 이동하거든 즉시 그들을 북쪽과 남쪽으로 유인해라. 너무 무리하지는 말고, 잠깐만 유인하고 곧바로 몸을 빼내서 나와 합류해."

"예, 대형."

"지금 바로 가라. 저들의 움직임을 미리 알아야 피해를 보지 않을 테니까."

"알겠습니다. 가자!"

미리 짜기라도 한 것처럼 사진옥과 고후명이 한조가 되고, 상유상과 예종이 한 조가 되어 떠나자 황무곤이 어정쩡한 표정으로 전무심을 바라보았다.

"황 형은 동쪽으로 가서 미리 그곳의 상황을 살펴봐 주시오."

"알겠소."

그렇게 황무곤마저 자신의 일을 맡아 떠나자, 전무심은 막바지 불꽃을 태우는 석양을 바라보고 싸늘한 냉소를 흘렸다.

'백리군악, 네 뜻대로 되지는 않을 것이다.'

육청은 비리한 조소를 머금은 채 어둠에 잠긴 객잔을 바라보았다. 이미 안에서 들리는 소리로 흘러가는 상황을 짐작한 그였다.

"순순히 항복하지 않겠다면 할 수 없지. 시작해라! 저항하는 놈들은 모조리 죽여라! 어두워지기 전에 끝내고 돌아가자!"

육청의 명이 떨어지자 패천단의 무사들 중 일부가 객잔의 담을 넘었다. 그 수만도 근 오십여 명에 이르렀다.

그리고 밖에서 대기하는 자들은 그보다 훨씬 많았다.

"들어왔군. 그냥 넘어가기는 틀린 것 같네."

진추산의 말이 아니어도 모두가 느끼고 있었다. 살을 에는 듯한 살기에 소름이 돋는 것이다.

그때 황보조영이 결정을 내리듯 말했다.

"뚫고 나간다. 누구든 한 사람이라도 살아서 나가면, 맹에 사실을 알리고 절대 함부로 움직이지 말라 전해라."

이제 결정이 났다. 결정이 난 이상 왈가왈부하는 것은 쓸데 없이 힘만 낭비하는 것일 뿐.

스릉! 창!

열두 명의 첩은단원이 일제히 각자의 무기를 꺼내 들었다.

"제가 앞장서지요."

와중에 당위가 성큼 앞으로 나서며 품속에서 주머니를 꺼내 옆구리에 걸었다. 그리고는 녹색 장갑을 꺼내 손에 끼었다.

그러자 진성자가 성큼 앞으로 나섰다.

"우리가 뒤를 받치지. 가자!"

쾅!

진성자의 발길질에 방문이 떨어져 나가고, 동시에 당위가 전면을 향해 손을 뿌렸다.

붉게 타오르는 석양 속으로 별빛처럼 반짝이는 암기가 유성 처럼 퍼졌다.

순간 달려들던 자들이 일제히 손에 든 무기를 휘둘렀다.

조금도 두려움이 없는 표정, 절제된 움직임이었다.

따다다당!

"크으!"

"억!"

그래도 완전히 피하지는 못했는지 두어 명이 신음을 토하며 꼬꾸라졌다.

하지만 그뿐이었다. 공세는 조금도 멈추지 않고 객잔을 뒤 덮었다. 지붕을 뚫고, 뒤쪽 창문을 뚫고, 벽을 무너뜨리며.

당하는 입장에선 그야말로 몸서리처지는 습격이었다.

"각 조별로 한쪽씩 맡아!"

황보조영이 달려드는 패천단의 무사들을 향해 쌍권을 휘두 르며 악을 썼다.

그때 진성자의 검이 전면을 쓸어갔다.

번쩍!

시퍼런 검기가 줄기줄기 쏟아지며 상대의 검과 몸을 한꺼번 에 베어 넘겼다.

비명조차 지르지 못하고 뒤로 넘어가는 패천단 무사의 반쯤 갈라진 머리에서 시뻘건 핏물이 솟는다.

뜻밖의 강력한 검공!

진성자에게 달려들던 자들이 좌우로 갈라졌다.

츠츠츠츠!

순간 진성자의 검이 좌우로 흔들리며 수십 줄기의 검기를 줄기줄기 토해냈다.

"크억!"

"켁!"

일시에 두 명의 무사가 볏단처럼 무너져 내렸다.

생각지도 못했던 진성자의 무공에 달려들던 자들이 주춤거렸다. 심지어 첩은단의 단원들조차 놀라서 어안이 벙벙해졌다.

하지만 상황이 그들을 그대로 놔두지 않았다.

전면은 그렇다 해도, 후면과 좌우가 패천단의 무사들에 의해 완전히 틀어 막힌 상태였다.

"모두 나가게!"

한 소리 외침과 함께 갑자기 폭풍 같은 기세가 방 안의 중심에서 뿜어져 나온 것은 바로 그때였다.

진추산이 마침내 대항하기로 마음먹고 손을 쓰기 시작한 것이다.

"진 장로! 끝내 대항하겠다는 거요?!"

그걸 본 육청이 노호성을 터뜨렸다.

한데 그때다. 두 사람이 건너편 건물의 지붕을 타 넘으며 장내로 날아왔다.

"그는 우리가 맡겠네, 육 단주!"

패천단의 무사들을 몰아치던 진추산은 그 목소리에 휙 고개를 돌리고는 눈을 부릅떴다.

진한 감색 장삼을 걸친 두 초로인이 천천히 담장 위로 내려서고 있었는데, 뜻밖에도 그들은 천왕대전의 장로들인 이도천과 조학이었던 것이다.

"자네들이 어떻게……."

"진 형, 천왕께서 심려가 크시네. 대체 어쩌자고 이런 일을 벌인 것인가."

이도천의 말에 진추산의 표정이 일그러졌다.

그러자 조학이 노한 표정으로 진추산을 노려보았다.

"감히 천왕을 배신하다니! 그것만으로도 너는 죽어 마땅한 죄를 지었다! 안 그런가, 추산!"

"내 죄는 내가 알고 있다. 그러니 이 사람들만 그냥 보내준다면 순순히 목을 내놓겠다."

"흥! 미안하지만 이미 늦었다!"

코웃음을 친 조학이 붕조처럼 두 팔을 벌리고 진추산을 향해 몸을 날렸다.

'붕마신기! 조학이 작정했군!'

자신에 비해 절대 뒤지지 않는 고수가 조학이다. 그런 조학이 처음부터 자신의 절학을 펼쳐 내고 있다.

최선을 다하지 않으면 이곳에서 뼈를 묻을지도 모르는 상황. 진추산은 손에 들린 한 자 반 길이의 섭선으로 전력을 다해 회풍선법을 펼쳤다.

콰아아아!

일곱 줄기 선풍이 회오리바람처럼 휘돌며 조학의 붕마신기에 마주쳐 갔다.

일시지간, 두 사람의 기운이 허공에서 부딪쳤다.

콰르릉!

순간 가공할 경력이 사방으로 퍼지면서 그 여파가 삼 장 이내의 모든 것을 파괴하며 휘돌았다.

기둥이 가루로 변해 부서지고, 건물의 처마가 벼락이라도 맞은 듯 터져 나갔다.

"모두 피해!"

대경한 황보조영이 악을 쓰며 소리쳤다.

뒤늦게 서야 첩은단의 단원들도 정신없이 몸을 뒤로 뺐다.

하지만 그때는 이미 가공할 경력이 그들을 뒤덮은 후였다.

"크윽!"

"컥!"

미처 피하지 못한 공동의 상양과 제갈현성이 피를 토하며
튕겨졌다.

그러나 조학과 진추산은 그들에 아랑곳하지 않고 다시 서로
를 향해 부딪쳐 갔다.

일순간, 또다시 가공할 경력이 휘몰아치며 일대를 휘감았
다.

실로 엄청난 광경!

첩은단의 단원들은 창백하게 질린 안색으로 눈을 부릅떴다.

저것이 바로 천왕교의 장로들이 지닌 무위다!

여파만으로 첩은단원 두 사람을 튕겨낼 정도의 가공할 무공
을 지닌 자들이 바로 천왕교의 장로들인 것이다!

"정신 차려! 놈들이 또 공격한다!"

그때 진성자가 버럭 소리치며 검을 들어 올렸다.

그를 보는 첩은단원들의 눈빛이 거세게 흔들렸다.

"그때 내가 만났던 세 사람이 만일 이 자리에 나타난다면, 죽어

라 도망가지 않는 한 우리 열두 명 중 한 명도 살아남지 못할 거
네."

진성자가 한 말이 이제야 이해가 갔다.

굳이 세 명도 필요없었다. 만일 저 두 사람이 자신들을 공격
한다면 몇이나 살아날 수 있을까.

"모두 빠져나가자!"

이를 악문 황보조영은 튀어나가 진성자와 나란히 섰다.

패천단의 무사들이 코앞까지 몰려와 있었다. 뒤마저 막힌
상황, 힘을 분산하느니 한곳을 집중적으로 뚫는 것이 나을 듯
했다.

연화와 하운은 제갈현성과 상양을 부축하고 있어 움직이기
가 쉽지 않았다.

그나마 다행인 것은 현양과 위헌양이 맡은 뒤쪽은 폭이 좁
아 그럭저럭 버티고 있다는 것이었다.

남궁경과 팽가명이 좌우를 제대로 막아주기만 한다면 전혀
불가능하지만은 않을 것 같았다.

이제 죽고 사는 것은 하늘에 달려 있었다.

"에라이! 뒈져라, 개잡놈들!"

공격은 진성자의 욕설과 함께 시작되었다.

당위가 암기를 뿌리고 청무가 검기를 날리며 좌우를 상대하
는 사이, 진성자와 황보조영이 앞으로 뛰쳐나갔다.

금방이라도 무너질 것 같던 첩은단이 갑자기 공격적으로 나

오자, 육청의 두 눈에 냉막한 살기가 감돌았다.

"클클, 사정 봐줄 것 없다! 모두 죽여라!"

그와 동시였다. 담장 위에서 지켜보고만 있던 이도천이 천천히 뒷짐을 풀었다.

그는 진추산과 조학의 격전에서 시선을 돌려 패천단의 무사들을 몰아치고 있는 진성자와 황보조영을 향해 눈길을 돌렸다.

순간 하얀 웃음이 그의 입가로 번졌다.

"제법이군. 심심하지는 않겠어."

그는 뒷골목의 건달처럼 욕설을 퍼붓는 진성자에게 흥미가 당겼다.

진성자가 거친 입만큼이나 뛰어난 검을 지녔다는 것을 알아본 것이다.

'어디 얼마나 강한지 볼까?'

옆구리에서 한 자루 짧은 도를 빼 든 이도천은 천천히 담장 위에서 내려섰다.

한데 바로 그때였다. 이도천이 내려선 것을 본 황보조영이 먼저 그를 향해 달려들었다.

두 명의 패천단 무사에게 둘러싸인 진성자가 미처 돌아서기도 전이었다.

그리고 진성자가 두 명의 패천단 무사를 이 장 밖으로 굴러가게 만들고 돌아섰을 때는, 이미 두 사람의 기운이 정면으로 부딪친 이후였다.

콰르릉!

권풍과 도기가 뒤엉키며 휘돈 것도 잠시, 황보조영이 정신없이 뒤로 물러섰다.

도기에 휘말려 너덜너덜해진 소맷자락.

팔뚝을 타고 뚝뚝 떨어지는 선혈.

설마 오 초도 버티지 못할 줄은 생각하지도 못한 듯 자괴감으로 참혹하게 일그러진 표정이다.

"단주, 물러서!"

진성자가 그 틈을 파고들며 소리쳤다.

그러자 다시 황보조영을 치려던 이도천이 차갑게 웃으며 도를 뻗었다.

"진작 네놈이 나왔어야지."

그 말에 황보조영은 입술을 질끈 깨물었다.

하지만 그는 참담함을 느끼기도 전에 눈을 부릅떠야만 했다.

자신의 앞을 가로막은 진성자가 엉뚱한 소리를 하며 검을 치켜드는데, 언뜻 검첨에서 영롱한 빛이 어른거리더니 죽 늘어나는 것이 보인 것이다.

"검… 강?"

동시에 이도천의 도에서도 시퍼런 도강이 어른거렸다.

그때 진성자가 입술을 말아 올리며 이죽거렸다.

"전무심에게는 맥도 못 쓰고 죽어갈 작자가 입만 살았군!"

흥미로운 눈으로 진성자를 바라보던 이도천의 표정에서 냉기가 흘렀다.

"네놈이 어떻게 그 이름을 아는 것이냐?"

진성자가 검강을 뿜어내며 피식거렸다.

"장안에서 만났었지. 나중에 들으니까 내가 만났던 천왕교 놈들이 그에게 다 뒈졌다고 하던데, 혹시 그중에 장로는 없었는지 모르겠군."

"이놈!"

이도천이 참지 못하고 진성자를 향해 한 발을 내딛었다.

두 사람의 검과 도에서 강기가 뿜어지고, 그걸 보고 대경한 패천단의 무사들이 물러서자 두 사람 사이에는 이 장이 넘는 공간이 생겨난 터였다. 한데 이도천의 한 걸음에 두 사람 사이의 간격이 일 장으로 줄어들었다.

찰나 이도천이 벼락처럼 도를 휘둘렀다.

진성자도 이를 악물고 검을 마주 뻗었다.

콰앙!

굉음과 함께 진성자의 신형이 주르륵 밀려났다.

창백한 얼굴. 앙다문 입. 진성자는 눈을 부릅뜨고 이도천을 노려보았다.

'제기랄! 정말 엄청나군.'

생각대로 진성자가 자신의 도강을 버티자 이도천은 또다시 몸을 날리며 도를 떨쳤다.

죽느냐 사느냐 하는 마당. 진성자도 아낌없이 현천무상검을 펼치기 시작했다.

쿠르릉! 콰광!

진추산과 조학의 싸움 못지않은 기파가 사방으로 퍼졌다.

그러나 그것도 잠시, 오 초가 지나면서부터는 진성자가 확연히 밀리기 시작했다. 정확히는 완벽하지 못한 현천무상검이 이도천의 도에 밀린 것이다.

"단주! 뭐 하는 거요! 빨리 사람들을 데리고 빠져나가시오!"

와중에 진성자의 전음이 황보조영의 귀를 파고들었다.

그제야 정신을 차린 황보조영은 이를 지그시 깨물고 주먹을 말아 쥐었다. 그리고 공력을 십이성 끌어올렸다.

순간 그의 주먹이 마치 두 배는 커진 듯 보였다.

바로 그때였다. 빠져나가기 위해 돌아설 줄 알았던 황보조영이, 두 사람의 공격이 잠깐 멈춘 틈을 타 오히려 두 사람 사이로 뛰어들었다.

"진성! 그자는 내가 맡을 테니 자네가 빠져나가게!"

"단주!"

"어서 가! 자네가 아니면 누구도 못 벗어나네!"

어차피 이곳을 벗어난다고 해서 끝나는 것이 아니다. 싸움은 이제 시작이다. 그러니 조금이라도 강한 사람이, 그만큼 빠져나갈 가능성도 더 크다는 것이 황보조영의 생각이었던 것이다.

그 마음을 읽은 진성자는 그답게 빠른 결단을 내렸다.

"그럼 밖에서 봅시다!"

"이놈! 어딜 가려고 그러느냐!"

이도천이 노성을 내지르며 진성자를 향해 도를 휘둘렀다. 그러자 황보조영이 신중하게 쌍권을 내질렀다.

"당신은 내가 상대해 주겠소!"

우르르릉!

순간 내질러진 그의 쌍권에서 우렛소리가 울렸다.

비록 진성자처럼 자유자재로 강기를 쓸 수는 없지만, 황보조영도 강기지경의 초입에 이른 고수. 아무리 이도천이라 해도 함부로 무시할 수만은 없었다.

"이놈들이……!"

결국 이도천은 황보조영의 쌍권을 무시하지 못하고 도의 방향을 틀었다.

그사이 진성자는 몸을 날려 객잔의 지붕으로 올라갔다. 그때까지도 패천단의 무사들은 아무런 손도 쓰지 못하고 바라보기만 했다.

"놈을 쫓아라!"

육청이 버럭 소리를 질렀다. 처음과 달리 짜증이 난 목소리였다.

그럴 수밖에 없었다. 적은 검강을 펼칠 정도의 절정고수, 어두워지면 놓칠지도 몰랐다. 그것은 패천단의 치욕이었다. 이백 명의 무사를 동원하고도 적을 놓치다니.

한편 지붕으로 올라선 진성자는 질린 표정으로 재빨리 사방을 훑어보았다.

어스름이 밀려온 객잔 주위로 적들이 새카맣게 몰려 있었다.

안으로 들어온 자들은 오십여 명. 아직도 밖에는 백 명이 넘는 직이 남은 상태였다.

그나마 위안이라면 한 방향에 삼사십 명 정도라는 것 정도다. 물론 그렇다 해도 혼자서 상대하기에 턱없이 많은 숫자라는 것에는 변함이 없었다.

한데 하늘이 무너져도 솟아날 구멍이 있다더니, 유독 한곳의 인원이 조금 차이나 보인다.

기껏 십여 명 정도. 그렇다고 특별한 고수도 보이지 않는다. 혼자라면 힘들어도, 두어 명만 힘을 합한다면 뚫을 수 있을 듯하다.

어차피 이판사판, 시간도 없는 판에 망설일 이유가 없었다.

그가 크게 소리쳤다.

"모두 흩어져라!"

그러면서 몇 사람에게는 전음을 덧붙였다.

"동쪽을 뚫자!"

당위와 청무와 위헌양이 패천단의 무사들을 거세게 몰아붙이더니 몸을 돌린다. 알아들었다는 뜻.

진성자는 그걸 보자마자 동쪽을 향해 신형을 날렸다.

속이 좁다 해도 하는 수 없었다. 다 죽게 생긴 판이 아닌가. 한 사람이라도 살아날 수 있다면 누군가가 미끼가 되어 희생되어도 어쩔 수 없는 것이다.

진성자는 그런 역할은 꼴 보기 싫은 놈에게 맡기고 싶었다. 그도 사람이니까.

'원시천존! 용서하시구랴!'

그러나 반 각도 되지 않아 진성자는 자신을 원망했다.

세 사람이 달려오자 생각대로 동쪽의 무사들을 뚫는 것은 그리 어렵지 않았다. 문제는 그다음이었다.

전력을 다해 적을 치고 앞으로 나아가는 그들을 갑자기 일곱 명의 노인이 가로막았는데, 하나같이 패천단의 무사들과는 비교할 수 없는 고수들인 것이다.

'빌어먹을! 시궁창을 피하려다 똥통에 빠졌군!'

단 십여 초도 지나기 전에 손발이 어지러워졌다.

이미 다른 세 사람은 적지 않은 부상을 당한 채 겨우겨우 적의 공격을 막고 있었다.

적들 중 그나마도 움직이는 자는 넷뿐. 나머지 세 명은 멀찌감치 서서 팔짱을 낀 채 구경만 하고 있다.

진성자는 살이 떨렸다.

자신에 비해 절대 하수가 아니다.

대체 천왕교에는 얼마나 많은 고수가 있는 걸까?

이런 줄도 모르고 맹으로 보낸 서신에 절정의 고수는 한 손으로 꼽을 정도밖에 보이지 않는다고 했으니…….

참으로 미칠 일이었다.

그는 그 미칠 것 같은 심경을 담아 검을 펼쳤다.

"뒈져라!"

시퍼런 검강이 천지를 쪼갤 듯이 위에서 아래로 내리그어졌다.

물러서지 않고 마주쳐 오는 커다란 도에서도 혈광이 넘실거린다.

콰광!

대기가 터져 나가는 굉음!

진성자는 속에서 울컥, 뜨거운 뭔가가 솟구치는 것을 느끼며 재빨리 뒤로 물러섰다.

전력을 다했는데도 별다른 충격을 주지 못했다.

'빌어먹을!'

"크윽!"

그때 청무가 짧은 신음을 흘리며 비틀거리는 게 보였다.

손가락에 핏빛의 쇠 손톱을 낀 노인이 청무에게 다가가며 낄낄거린다.

"킬킬킬, 제법이구나. 이 어르신의 손에서 십초를 버티다니."

갈수록 태산이다.

당위나 위헌양도 청무의 신세나 큰 차이가 없는 상황. 그나마 몸을 자유롭게 움직일 수 있는 사람은 자신뿐이다.

진성자는 이를 악물고 목구멍까지 치고 올라온 선혈을 꿀꺽 삼켰다.

그러고는 자신의 상대를 뚫어지게 쳐다보았다.

혈광이 피어오른 넉 자 길이의 커다란 칼을 들어 올리며 놈이 말한다.

"오랜만에 긴장을 느꼈는데, 아쉽지만 더 놀아줄 시간이 없구나."

그 말이 끝나기도 전에 진성자의 신형이 앞으로 날아갔다.

예의?

개밥으로도 못 쓸 그런 것은 아무 소용이 없었다.

진성자에겐 오직 하나, 말하느라 생긴 상대의 빈틈만이 중요할 뿐이었다.

찰나의 틈이었지만 없는 것보다는 나을 터였다.

갑작스런 공격에 집마원의 원로, 혈사인도 소구청이 노성을 내질렀다.

"네놈이 감히!"

뒤늦게야 자신의 실수를 깨달은 그는 들어 올린 도를 열십자로 휘둘렀다.

급박한 휘두름, 그 바람에 바늘 끝만큼의 틈이 생겼다.

그의 빈틈을 진성자의 검이 파고들었다.

쩌정!

조금 전과는 다른 파열음이 울리며 혈광이 흔들렸다. 그렇다고 소구청이 진성자의 공격에 형편없이 밀린 것도 아니었다. 다만 흔들리며 뒤로 세 걸음 정도를 물러섰을 뿐이었다.

순간이었다. 진성자가 빨려들 듯 그 틈 사이로 뛰어들었다.

"엇! 저 쥐새끼 같은 도사 놈이!"

어떤 놈이 자신을 쥐새끼라 한다. 그래도 참고 신형을 날렸다.

그제야 멀찌감치 서서 구경만 하고 있던 놈들이 일제히 달려든다.

빌어먹을! 노인네들이 뭐가 이리 빠르단 말인가!

진성자는 달려가던 신형을 홱 돌려 방향을 틀었다. 그러고는 제일 가까운 곳에 있는, 반쯤 주저앉은 당위에게 다가가는 노인의 등을 덮쳤다.

뜻밖의 공격에 창마(槍魔) 악호가 노성을 지르며 몸을 틀었다.

"이런 개만도 못한 말코 놈이!"

뭐라! 쥐새끼에다 이젠 개만도 못한 말코?!

"에라이! 창으로 똥구멍을 후빌 영감탱이!"

분노가 치솟자 진성자의 검에서 검강이 반 자는 더 솟구쳤다.

콰앙!

악호의 창과 진성자의 검이 정면으로 부딪쳤다.

뜻밖의 강력한 공격에 악호의 신형이 주르륵 일 장가량 밀려났다.

똑같이 일 장 정도 물러선 진성자가 당위를 향해 버럭 소리쳤다.

"뭐 해! 빨리 도망가!"

피투성이가 된 채 죽을 때만 기다리고 있던 당위가 번쩍 고개를 쳐들었다. 그러더니 품속에서 가죽주머니를 꺼내 들고 두 주먹 가득 암기를 집어 들었다.

"우리는 어차피 틀렸소. 진성자 선배가 가시오. 어서!"

그사이 진성자의 퇴로를 막기 위해 움직였던 집마원의 원로들이 진성자의 뒤로 다가오고, 옆쪽에서는 혈사인도 소구청이 화가 잔뜩 난 얼굴로 냉랭히 소리쳤다.

"말코 놈아! 쓸데없이 잔대가리나 굴리는 네놈의 머리는 내가 따주마!"

진성자가 뭐라 답하기도 전이었다. 당위가 몸을 날리며 두 손을 뿌렸다.

순간 어스름을 가르며 수십 개의 온갖 암기가 폭사되었다.

쒜에에엑!

"어헛! 이놈들이!"

절정고수들에게 이 정도의 어스름은 그리 큰 장애가 되지 않았다. 하나 그렇다고 해서 아무 지장이 없는 것도 아니었다. 더구나 당위가 전력을 다해 던진 암기는 수십 개인 데다 쏘아진 화살보다도 빨랐다.

암기 따위를 막다가 부상당할 수는 없는 일.

빠르게 다가오던 노인들은 흠칫 몸을 틀며 다가오던 것보다 빠르게 뒤로 물러섰다.

그 시간은 그야말로 숨 한 번 쉴 시간도 되지 않을 만큼 짧은 순간이었다.

진성자는 그 순간을 이용해 두 손을 떨치고 비틀거리는 당위를 재빨리 한 팔로 안았다.

"꽉 붙잡아!"

그리고 죽을힘을 다해 몸을 날렸다.

"저 찢어 죽일 도사 놈이 또 잔대가리를!"

소구청이 대뜸 욕설을 퍼부으며 진성자의 뒤를 쫓아 땅을 박찼다.

순식간에 두 사람의 간격이 이 장으로 줄어들었다.

'씨부랄 늙은이, 나하고 웬수 졌나!'

귓속으로 환청 같은 목소리가 파고든 것은 바로 그때였다.

"그대로 달리시오. 뒤는 나에게 맡기고."

어디서 들어본 목소리였다. 하지만 누구 목소리인지 생각할 겨를이 없었다.

그는 무조건 달렸다.

"어헉! 웬 놈이냐!"

콰르릉!

뒤에서 혈사인도 소구청의 다급한 목소리와 벼락 치는 소리가 들리는데도 돌아보지 않았다.

그저 죽어라 달리기만 했다.

콰과광!

"크윽!"

"허억! 네놈은 누구……!"

그런데 두 번째 도약을 하기도 전에 격돌음과 신음이 연이어 들려온다.

진성자는 그제야 문득 뒤에서 벌어지고 있는 상황이 궁금해졌다.

자신과 싸웠던 노인을 비롯해 일곱 명의 노인은 모두가 절정에 달한 고수였다. 전력을 다한 상태에서도 하나같이 상대하기가 만만치 않을 정도로.

한데도 한 번 도약할 때마다 신음이 흘러나오고, 숨 한 번 쉴 때마다 경악과 다급한 외침이 터져 나온다.

대체 누가 저들을 저토록 궁지로 몰아넣을 수 있단 말인가!

진성자는 뒤쫓는 느낌이 들지 않자 고개를 돌렸다.

순간 입이 딱 벌어지면서 하마터면 앞으로 꼬꾸라질 뻔했다.

"저, 전무심?!"

전무심은 진성자가 당위를 끌어안고 몸을 날리는 것을 보고 희미한 미소를 지었다. 그리고 그에게 전음을 보냄과 동시, 그를 뒤쫓으려는 소구청을 향해 떨어져 내렸다.

한 줄기 벼락을 동반한 채!

콰르릉!

소구청이 대경하며 필사적으로 도를 휘두른다.

악호가 창신을 휘둘러 수백 개의 창영을 만들며 짓쳐든다.

뒤늦게 자신을 발견한 세 명의 노인이 고함을 지르며 달려든다.

무령풍을 전개한 전무심은 다섯 노인 사이로 스며들며 무정을 비틀었다.

전마십팔검이 일수유의 순간에 펼쳐지고, 신음과 굉음이 동시에 울렸다.

정신없이 물러서는 집마원의 원로들. 그들의 눈이 경악으로 물들었다.

분명 전마십팔검이다. 개나 소나 다 익히는 그 전마십팔검!

한데 그 위력은 전마십팔검이 아니라 천마십팔검이라 해도 부족하지가 않다.

"네놈은 누구냐!"

악호가 대경하며 부르짖었다.

그러나 전무심은 대답할 뜻이 없었다. 그저 희미한 냉소만 머금은 채 제일 가까이 있는 소구청을 덮쳤다.

'미안하지만 그대가 오늘은 졌다, 백리군악.'

속전속결하기로 마음먹은 터다.

소구청을 향해 뻗어가는 무정에서 시퍼런 검강이 솟구쳤다.

찰나간에 솟구치는 검강이다. 자신들은 흉내도 낼 수 없는 검의 경지. 커다란 칼로 자신의 무정을 막으려는 소구청의 두 눈에 절망이 떠올랐다.

전무심은 눈을 부릅뜬 소구청을 향해 일말의 망설임도 없이 무정을 내뻗었다.

천궁일섬단!

쾅!

소구청의 칼이 산산이 부서지고, 한 줄기 시퍼런 벼락이 무정을 떠나 소구청의 어깨를 뚫고 지나갔다.

그나마 소구청의 방어가 헛되지는 않았는지 심장은 비켜갔다.

"크윽!"

그가 짧은 신음을 내뱉으며 물러서는 순간이었다.

전무심의 신형이 빙글 돌더니 자신의 뒤를 덮쳐 오는 악호의 창을 타고 휘돌았다.

"이놈!"

동시에 전무심의 신형이 흩어지듯이 사라져 버렸다.

"헛! 이놈이 어디로?"

쩌저적!

다급히 창을 거두어들이던 악호가 고개를 번쩍 쳐들었다.

하늘이 찢어지고, 그 사이로 벼락이 떨어지고 있었다.

시퍼런 검강의 벼락. 천궁유락(天窮流落)이었다!

다른 세 노인도 그걸 봤는지 대경하며 소리쳤다.

"악호! 물러서!"

그러고는 허공에서 떨어지는 전무심을 향해 일제히 달려들었다.

바로 그때였다.

콰르르릉!

천궁유락이 암천묵류성으로 변하더니, 동시에 묵빛 수정처럼 빛나는 검강의 폭풍우가 네 사람을 덮어버렸다.

순간 전무심을 향해 달려들던 네 사람의 표정이 썩은 간처럼 죽어버렸다.

쩌저저정!

튕겨지고, 부러지고, 부서진 파편이 자신들의 몸을 훑고 지나가는데도 그들은 물러서기 위해 혼신을 다했다.

본능이었다. 그것만이 살길이라는 것을 아는 본능.

"크억!"

"어헉!"

신음과 비명이 터지며 핏줄기가 솟구쳤다.

악호는 한 팔을 잃은 채 뒹굴고, 집마원의 원로 중 하나인 호조상은 구멍이 뚫린 목을 부여잡고 비틀거리며 쓰러졌다.

입에서 흐르는 선혈을 닦을 생각조차 못한 채, 최대한 거리를 벌이기 위해 정신없이 물러서는 두 노인의 눈에 떠오른 것은 진한 공포였다.

그러나 전무심은 그들을 보지도 않고, 청무를 가지고 놀던(?) 혈마웅조 구정을 향해 신형을 날렸다.

시간이 없었다. 곧 다른 자들도 몰려올 것이 분명했다.

잔뜩 신경을 곤두세우고 있던 구정으로선 날벼락을 맞은 기분이었다. 다섯 사람을 단 몇 초 만에 박살 낸 놈이 자신을 향해 날아오는 것이다.

그로선 청무의 목숨 따위는 안중에도 없었다. 그는 청무를 놔둔 채 몸을 날렸다. 당연히 앞이 아닌 뒤로.

그가 물러서자 전무심은 위헌양을 몰아치고 있던 자를 향해 일 장을 내질렀다.

허공을 격한 일 장이 소리없이 삼 장의 거리를 순식간에 좁혔다.

갑자기 몰려오는 장력에 노인은 대경하며 튕기듯 뒤로 물러섰다.

"이 비겁한……!"

순간 전무심은 눈을 동그랗게 뜨고 자신을 쳐다보는 청무의 뒷덜미를 잡아채고는, 즉시 몸을 허공으로 뽑아 올렸다.

"따라오시오!"

전무심의 전음에 이를 악문 위헌양이 뒤를 따랐다.

멍하니 바라보고 있던 진성자도 당위를 끌어안고 다리야 나 살려라 냅다 달렸다.

그러나 두 다리로 서 있던 네 명의 노인 중 누구도 그 뒤를 따라가지 않았다.

아니, 그들은 따라갈 마음이 없었다.

그가 나타나고, 자신들이 공포에 질려 물러서는 데 걸린 시간은 차마 시간이라고 말하기도 어려울 정도로 짧았다.

그런데도 한 사람이 죽고 두 사람이 중상을 입었다.

만약 물러서지 않았다면, 바닥에 널브러진 건 자신들이었을지도 몰랐다.

그들은 아직 죽고 싶지 않았다.

"대체…… 어떻게 이런 일이……."

소구청은 선혈이 쏟아지는 어깨를 부여잡고 몸을 일으켰다.

그는 부러진 칼로 땅을 짚고서 망연자실한 눈으로 전무심이 사라진 어둠 속을 바라보았다.

"쫓아가야 하지 않을까?"

떨리는 목소리로 누군가가 하는 소리에 그는 부르르 몸을 떨었다.

"미친놈······."

그는 행여나 전무심이 다시 올까 두려웠다. 아마 모두가 같은 마음일 것이었다.

"어찌 된 건가!"

이도천과 육청이 패천단을 이끌고 달려와 냉랭하게 소리치는데도 고개를 저으며 그들이 사라진 방향만 일러준 걸 보면.

"방수가 나타나는 바람에 놓치고 말았소."

"놓쳤다고?"

이도천은 목에 구멍이 뚫린 호조상과 한 팔이 잘린 악호를 경멸의 눈빛으로 바라보고는 대뜸 소리쳤다.

"그깟 놈들에게 당하다니! 어느 쪽으로 갔는가!"

그깟 놈들? 그래, 어디 너도 당해봐라!

소구청은 그런 마음을 담아 손가락을 뻗었다.

"저쪽이오."

"따라오게. 함께 쫓아가세!"

네 사람이 동시에 고개를 저었다. '미쳤냐?' 하는 마음으로.

"우리는 부상이 심해서 갈 수가 없소. 그러니 장로께서 쫓아가시구려."

이도천은 싸늘한 표정으로 네 사람을 훑어보고는 코웃음을 치며 몸을 날렸다.

"흥! 집마원이 애송이에게 무너진 데는 다 이유가 있었군."

육청과 패천단마저 사라지자 소구청은 이를 악물고 일어

섰다.

'가서 어디 그깟 놈에게 죽어보시오.'

그는 그런 속마음은 숨긴 채 창백한 안색의 동료들을 바라보았다.

"일단 돌아갑시다. 구 형도 그렇고, 악 형이 피를 너무 많이 흘렸소."

모두가 참담한 얼굴로 고개를 끄덕였다.

그들에게는 죽을 때까지 잊혀지지 않을 밤이었다.

7

백리군악은 읽던 책을 덮고 부복한 방운휴의 등을 지그시 바라보았다.

"네 명이나 놓쳤다고?"

해가 질 무렵이면 끝날 거라 생각했다.

한데 어둠이 세상을 뒤덮었는데도 진행 중이다. 게다가 은천비원의 사람들은 겨우 진추산과 두 명의 당주만 모습을 보였을 뿐이다.

백리군악은 돌아가는 모든 상황이 마음에 들지 않았다.

거기다 방운휴의 말이 또 엉뚱하다.

"갑자기 괴인이 나타나는 바람에……."

은천비원의 고수가 아니라 괴인이라니.

"방 령주, 본 교에 집마원의 고수 일곱을 혼자서 상대할 수 있는 사람이 몇이나 될 거라 생각하나?"

"열은 넘지 않을 거라 생각합니다."

"그래, 나도 비슷하게 생각하네. 물론 천외비각의 늙어 죽지 않은 귀신들을 빼고 말이야. 하면 그가 그 열 명 중에 하나던가?"

"아닙니다."

"아니다? 그리 확신하는 이유는?"

"그들 중 괴인처럼 젊은 자는 없기 때문입니다."

"젊은 자?"

백리군악의 눈빛이 싸늘하게 굳었다.

그러자 방운휴가 잠시 망설이더니 천천히 입을 열었다.

"속하는 그 괴인이 혹시 전무심이 아닌가 하는 생각이 들었습니다, 제군."

순간 백리군악의 눈빛이 잘게 흔들렸다.

'그럼 일전에 천왕궁에 나타났던 그도……?'

그러나 그는 곧 본래의 눈빛을 회복하고 조용히 입을 열었다.

"그가 전무심일 가능성은?"

"반반입니다. 서른 이전의 고수들 중 그 정도로 강한 자는 당금 강호에서 서넛뿐인데다, 그와 싸웠던 자들의 말을 들어 보면 괴인이 키가 크고 짧은 검을 쓴다 했습니다. 하나 그자가 본 곡에 들어왔다는 정보가 없고, 그와 비슷한 차림을 한 자만해도 본 교에 적지 않은지라……"

"반반이라……. 지금 누가 그들을 쫓고 있는가?"

"이도천 장로와 육청이 이끄는 패천단의 오십 무사가 쫓고 있습니다."

"정말 전무심이라면, 그들만으로는 잡을 수 없을 텐데?"

"혹시 몰라서 신월단과 혈천단의 무사들도 풀었습니다."

"천왕대전의 반응은?"

"아직 없는 상황입니다."

"흠, 어떻게 돼도 별 손해는 아니라, 이건가?"

백리군악의 눈빛이 싸늘하게 굳었다.

"즉시 가서 괴인이 전무심임을 알려라. 그가 정말 전무심이든 아니든 상관없다."

괴인이 전무심이라는 것을 알게 되면 천왕대전으로서도 구경만 하고 있을 수는 없을 터.

방운휴가 천천히 고개를 들었다.

"알겠습니다, 제군."

8

전무심을 따라 담을 따라 이리저리 돌아가길 반 각여, 이제 숨 좀 돌릴 만하다는 생각에 걸음을 늦췄을 때다. 어둠에 잠긴 골목에서 누군가가 튀어나왔다.

진성자는 갑자기 옆에서 사람이 튀어나오자 깜짝 놀라 검을 뺐었다.

번뜩이는 검첨이 번갯불처럼 뻗어간다.

쩡!

선두에 있던 자가 발도에 이어 가볍게 칼을 휘두르고는 그 반동을 이용해 일 장가량을 물러선다.

도에 실린 힘이 보통이 아니다. 가볍게 휘두른 것 같은데도 조금도 밀리지 않는다.

진성자는 이를 악물고 재차 검을 뻗었다. 이번에는 은은한 검기가 뿜어졌다.

한데 상대의 도에서도 도기가 넘실거리는 것이 아닌가.

'뭔 놈의 고수가 이렇게 많은 거야? 내가 삼류무사 같잖아!'

열받은 진성자는 공력을 더 끌어 올렸다. 은은한 검강이 검신에 맺힌다.

'요놈! 어디 해보자!'

그때다.

"그는 적이 아니오. 진옥, 너도 물러서라."

바로 뒤에서 전무심의 무심한 목소리가 들렸다.

진성자는 여전히 눈에 힘을 주고 사진옥을 노려보았다.

그러고 보니 한 번 본 놈이다.

"어? 저 사람은? 저 사람이 전 도우의 사람이란 말이오?"

"내 친구요."

전무심은 간단히 대답하고는 어깨에 들려 있던 청무를 사진옥에게 건넸다.

"상처가 심하니 충격이 가지 않도록 해라."

"예, 대형."

사진옥은 청무를 조심스럽게 어깨에 메고는 진성자를 쳐다보았다.

"눈에 힘 빼고 그만 갑시다. 당신 때문에 놈들이 몰려올지 모르오."

움찔한 진성자가 슬쩍 눈길을 돌렸다.

그런데 가만히 생각해 보니 자신의 잘못은 하나도 없는 것 같지를 않은가 말이다.

'지미, 왜 그게 내 잘못이냐? 무작정 달려나온 네놈 잘못이지!'

진성자가 다시 사진옥을 노려보았다.

하지만 전무심이 한 발 먼저 물었다.

"현재 상황은?"

"일단 명대로 사람들의 눈을 잠시 다른 곳으로 돌렸습니다. 그리 오래가지는 않겠지만, 당분간은 앞을 막을 사람들이 별로 없을 겁니다. 가시죠."

"후명이랑 다른 사람은?"

"곧 합류할 겁니다."

그 말에 진성자가 눈에서 힘을 뺐다.

'그러니까, 우리를 구하려고 싸돌아 다녔단 말? 저 무시무시한 놈들을 상대하면서?'

슬그머니 고개를 돌린 그는 발을 깨작거리며 전무심을 바라보았다.

"갑시다. 놈들이 몰려오기 전에."

그러다 전무심이 짧은 몇 마디를 내뱉고는 걸음을 옮기자 코 꿰인 소처럼 얌전히 뒤를 따랐다.

9

어둠이 몰려오면서 황촛불이 더욱 빛을 발하자, 마주 앉은 사람들의 목소리도 조금씩 커졌다.

"하는 수 없습니다. 포기하는 수밖에."

"그들을 죽게 놔두잔 말인가?"

"아니면, 불구덩이에 뛰어들잔 말입니까?"

설왕설래.

키 작은 노인이 이를 악물고 말했다.

"그래도 우리를 믿고 온 자들인데, 죽게 놔둘 순 없잖은가? 더구나 진 장로와 두 명의 목숨을 포기한다면 다른 사람들이 우리를 어떻게 생각하겠나? 나는 그냥 놔둘 수 없네!"

"그럼 어떻게 하시겠단 말씀입니까? 사람들을 이끌고 그들을 구하러 가시기라도 하겠다는 말씀입니까?"

손가락이 아홉 개인 중년인이 불가능하다는 듯 고개를 젓는다.

그걸 본 노인은 눈살을 찌푸리며 주먹을 움켜쥐었다.

"다행히 몇 사람이 빠져나간 것 같으니 그들이라도 살려봐야겠네."

"하아, 너무 무모합니다. 지금까지는 백리군악 혼자서 움직였지만, 곧 천왕대전도 움직일 겁니다. 그러면 본 교의 누구도 곡에서 빠져나갈 수 없습니다. 설령 빠져나간다 해도 얼마 벗어나지 못할 겁니다. 포기하십시오."

"미안하지만 나는 그럴 수가 없네. 내가 죽는 한이 있어도 나를 믿고 온 자들을 그대로 죽게 놔둘 수는 없어. 더 이상은……."

노인이 벌떡 일어섰다. 이미 모든 것을 버릴 각오가 된 듯했다.

그때 말없이 바라보고만 있던 청년이 나직이 입을 열었다.

"삼 년 전에는 죽게 내버려 두었지 않습니까?"

노인의 몸이 세차게 떨렸다. 무슨 뜻인지를 아는 까닭이다.

청년이 다시 말했다.

"어쩔 수 없습니다. 움직이면 너무 많은 피해가 납니다. 다시 한 번 생각해 보십시오."

입술을 지그시 깨문 노인이 천천히 몸을 돌렸다.

"나 혼자 움직이겠네. 그러면 별다른 피해는 없을 거야."

청년은 노인이 방문에 이르도록 아무 말도 하지 않았다. 그러다 노인이 방문을 열자 한숨을 내쉬며 입을 열었다.

"후우……. 삼향의 사람들을 움직이십시오. 그 이상은 안 됩니다."

노인이 방문을 잡고 멈칫했다.

"고맙네. 최대한 조심하지."

아마 모두 죽을지도 모른다. 하지만 그로선 그렇게 말할 수밖에 없었다.

노인이 나가자 손가락이 아홉 개인 중년인이 한숨을 내쉬었다.

"후우, 제길! 백리군악, 대체 그놈의 머릿속에는 뭐가 든 거야?"

"그래서 제가 이 일을 찬성하지 않았던 겁니다. 어쨌든 백리군악이 이 기회에 대대적인 청소를 하겠다고 나설지 모릅니다. 모두 자중하고 당분간 만나지 않도록 해야 할 겁니다."

"아무래도 그래야겠지."

"그건 그렇고, 하 어르신께서 너무 깊이 끼어들지 말아야 할 텐데, 걱정이군요."

청년의 말에 중년인은 이를 지그시 깨물었다.

"그들을 구했다는 자가 만일 혈사자라면 가능성이 없는 것도 아닌데……."

청년이 눈을 부릅뜨고 중년인을 바라보았다.

"무슨 말씀입니까? 혈사자라니요?"

"응? 아, 혈사자 정도 되어야 그들을 구할 수 있다, 이 말이네."

중년인의 대충 얼버무린 대답에 청년의 표정이 가늘게 떨렸다.

혈사자. 그 이름만으로도 가슴이 쿵쾅거리는 것이다.

"하긴, 그라면…… 가능할지도……."

중년인은 그런 청년을 힐끔거렸다.

'이런 제기랄! 하필 거기서 혈사자라는 말이 왜 튀어나오는 거야!'

혼자 있는 곳에서 중얼거리던 버릇이 갑자기 튀어나오다니, 영호우양은 자신의 방정맞은 주둥이를 뜯어내 버리고 싶었다.

'내 다시는! 혈사자의 혈 자도 꺼내지 않을 거다!'

第七章
탈주(脱走)

千秀芳景深丞掩中露　雨间容差现陂

草閒投近天下　淫峡知名陈密　界

長庭前再拜禮一天師與

道古廣為傳

日華子趙孟頫歌書臺大政元四月

死星
天血

방운휴가 나가고 얼마 지나지 않아 공오가 들어왔다.

그리고 벌써 반 시진이 흘렀다.

백리군악은 그대로 굳어버린 듯 백지만 쳐다보았다.

벼루에 갈아놓은 먹은 이미 말라붙은 지 오래였다.

쓰려던 글을 마저 쓰려면 먹을 다시 갈아야 하거늘, 그는 그조차도 잊은 듯했다.

그렇게 얼마나 지났을까, 그가 살점이 붙은 듯한 입술을 천천히 열었다.

"천가장, 영운촌, 큰 키에 냉막한 얼굴. 그랬군, 그랬어."

마른 논바닥처럼 갈라진 목소리에는 짙은 아픔이 배어 있었다.

"공오."

"예, 주군."

"내가 어리석게 보이지 않나?"

수하들의 보름간에 걸친 조사를 보고한 지 반 시진째다. 너무 늦은 것이 아닌가 하는 마음에 속이 시커멓게 타 들어가는 것 같던 공오는 백리군악의 목소리가 들리자 털썩 무릎을 꿇었다.

"주군! 누가 감히 주군을 어리석다 할 수 있겠습니까! 그런 자가 있다면 속하가 그자의 목을 칠 것입니다!"

"아니야, 다른 방법이 있었을 텐데도 너무 성급했어."

"그때는 어쩔 수 없었습니다. 그것만이 위험 부담을 덜고 두 마리 토끼를 한꺼번에 잡을 수 있는 유일한 방법이었잖습니까?"

"그래서 어리석었다는 거다."

"……."

백리군악은 천천히 고개를 저었다.

"위험 부담이 되어도 새로운 길을 택했어야 했는데, 나 자신만 믿고 편안한 길로 가려 했으니 말이야."

"주군!"

"너무 걱정하지는 말아라. 그렇다고 해서 갑자기 돌아가거나 하지는 않을 생각이니까."

"하오면……?"

"다시 정리를 해야지."

그는 어느새 고요히 가라앉은 눈으로 먹을 집어 들었다.

그러더니 공오가 물을 따르자 천천히 먹을 갈기 시작했다.

"사단의 무사들이 그를 죽일 수 있다고 보느냐?"

"완전히 포위된 상황이 아니면 힘들 것입니다."

"천왕대전에서 장로와 호법들을 몇이나 보냈는가?"

"다섯이 움직였습니다."

"그들이 그를 죽일 수 있을까?"

"진정한 고수들은 움직이지도 않았습니다. 정당하게 대결해서 패한 것인데, 자존심 상하게 협공을 한다는 것이 말이 되냐고 했다 합니다. 해서 속하의 생각으로는, 특별한 일이 없는 한 불가능합니다."

"절정의 고수 다섯이 움직이고도 죽이는 것이 불가능하다? 후훗, 천하에 그만한 고수가 몇이나 될까?"

"조사한 대로라면 열을 넘지 않을 것입니다."

"그래, 천외비각의 늙은이들을 뺀다면 그렇겠지."

먹을 다 갈았는지 백리군악은 붓을 집어 들었다. 그리고 먹을 듬뿍 묻혔다.

"공오, 그들을 한곳으로 몰아라."

백지에 세 개의 글자가 일필휘지로 쓰였다.

사신곡(死神谷).

"그리고 날이 세기 전에 문을 열어라."

다시 세 개의 글자가 그 옆에 쓰였다.

광마동(狂魔洞).

순간 공오의 눈이 커졌다.
그사이 백리군악의 손에 쥐어진 붓이 계속 춤을 추었다.

광마귀(狂魔鬼) 이십(二十).

그러고는 공오가 뭐라 말할 시간도 주지 않고 말을 이었다.
"미친 늙은이를 앞장 세워라."
끝내 공오의 얼굴이 딱딱하게 굳었다.
"주군……."
붓을 내려놓은 백리군악의 눈은 여느 때보다도 고요히 가라
앉아 있었다.
"정말 그라면 몇십 명 죽는 걸로 끝나지 않는다. 지금은 불
필요한 피를 흘릴 때가 아니야. 그리고 그가 다시 곡으로 돌아
와서는 안 된다. 그는…… 안에서보다 밖에 있어야 나에게 도
움이 되는 사람이니까."
공오는 입술을 깨물고 푹 고개를 숙였다.
"알겠습니다, 주군."
백리군악은 고개를 들어 동쪽의 창문을 바라보았다.
'그는 아직 천왕과 외숙부의 무서움을 모르고 있을 것이다.

하나 다시 만날 때쯤이면 그도 알게 되겠지.'

                              2

　석양이 질 무렵 천중로에서부터 시작된 파장은 어스름만큼
이나 빠르게 천왕곡을 잠식했다.

　그러더니 어둠이 깔리고 달빛마저 구름 속으로 숨어든 술시
초에는 천왕곡 전체가 무사들의 기운으로 뒤덮였다.

　그때부터였다.

　소리 지르며 날아가던 새들이 입을 꾹 닫은 채 방향을 틀고,
밤참을 먹으러 나왔던 쥐새끼들은 바들바들 떨며 구멍 속으로
대가리를 집어넣었다.

　그리고 바람조차 움직임을 멈췄다.

　암흑천지가 인간들의 광기에 눌려 숨을 죽인 것이다.

　생경한 느낌.

　생전 처음 겪는 일에 천왕교의 무사들은 입이 얼어붙었다.
스멀거리며 흐르는 기운 때문인지 살갗에는 소름이 돋았다.

　한편, 조심스럽게 움직이던 전무심 일행도 속도를 늦추지
않을 수가 없었다.

　천중로를 빠져나왔을 때만 해도, 사진옥을 만나 유천단과
천기원 사이를 통과해 외곽으로 빠져나갈 때만 해도 문제될
것이 없었다.

한데 막상 문제는 외곽으로 빠져나왔을 때 생겼다.

미리 동쪽을 정탐했던 황무곤의 말에 의하면, 생각보다 훨씬 많은 무사들의 기운이 동쪽의 숲과 산봉우리 일대를 가득 메우고 있었던 것이다.

"현재로선 불가능하오. 숲 속에 유천단의 무사들이 우글거리고 있소."

아마도 처음부터 탈출을 염두에 두고 무사들을 배치한 듯했다.

'포위망을 삼중으로 설치하다니, 백리군악 과연 너답구나.'

가고자 한다면 못 갈 것도 없었다. 그러나 빠져나가기도 전에 수많은 사람이 몰려들 터였다.

그 수가 백이 될지, 아니면 이백, 오백이 될지는 아무도 몰랐다. 지금 돌아가는 상황을 봐서는 일천 명의 무사들이 몰려온다 해도 당연할 것만 같았다.

빠져나가기가 그만큼 힘들게 된다는 뜻이었다.

끝내 전무심은 동쪽 숲으로 들어가 보지도 못한 채 계획을 바꿔야만 했다.

"상유상이랑 다른 사람들은?"

"곧 올 겁니다."

"그들이 오면 북쪽으로 간다."

북쪽, 패왕전이 있는 쪽을 말함이다.

"패왕전으로 가실 겁니까?"

사진옥의 말에 전무심이 고개를 저었다.

"아니, 거기서 다시 서쪽으로 간다."

사진옥이 눈을 크게 떴다.

"집마원 쪽으로 말입니까? 그곳은 깎아지른 절벽이라 빠져나가기가 쉽지 않을 겁니다."

"대신 그만큼 방비가 허술하겠지."

틀린 말은 아니었다. 그러나 그만큼 힘든 것 또한 사실이었다.

하긴 아무리 힘들다 해도 천왕교의 무사들이 몰려 있는 곳을 정면으로 뚫고 나가는 것보다는 나을 터. 전무심의 판단에 이의를 단 사람은 아무도 없었다. 진성자만 빼고.

"그냥 저리 가면 안 되나?"

그는 한시라도 빨리 천왕곡을 벗어나고 싶었다. 아니, 벗어나야 했다. 그래야 맹에 소식을 전할 수 있을 테니까.

하지만 전무심은 무표정한 얼굴로 고개를 저으며 몸을 돌렸다.

"백 명의 적을 죽이고 통과할 수 있다면 나도 갔을 것이오. 그러나 그러고도 통과하지 못할 것이 분명한 이상은 갈 수 없소."

전부터 느낀 것이지만, 단호한 전무심의 말에는 항거할 수 없는 묘한 기운이 담겨 있었다.

진성자는 입도 벙긋하지 못하고 몸을 돌리는 수밖에 없었다.

한데 그가 몸을 돌렸을 때다. 전무심이 굳은 듯 움직이지 않는 것이 보였다.

"왜 그러는 건가?"

사진옥도 이상함을 느꼈는지 고개를 돌려 전무심에게 물었다.

"대형, 무슨 일입니까?"

전무심은 말없이 돌아서서 어둠에 잠긴 동쪽 숲을 바라보았다.

익숙한 기운이 느껴진다.

'그가 온 것인가?'

"잘하면 이곳으로 나갈 수 있을 것 같다. 누군가가 우리를, 아니, 정천무맹의 사람들을 도우러 온 것 같다."

"이곳으로? 설마 은천비원이?"

전무심이 고개를 끄덕였다.

"지금까지 움직임이 없어서 포기한 거라 생각했는데, 결국 구하자는 쪽으로 결론이 났나 보군."

"그게 무슨 말인가?"

옆에서 듣고 있던 진성자가 의아한 표정으로 묻자, 전무심은 그를 보지도 않고 나직이 말했다.

"당신들을 포기했던 자들이 이제 와서 생각을 바꾼 것 같다는 말이오."

순간 진성자의 표정이 말라비틀어진 무말랭이처럼 참담하게 일그러졌다.

"지미, 어쩐지 아무도 안 나타나더라니……."

전무심은 진성자의 투덜대는 소리를 들으며 숲 속을 바라보았다.

자신의 느낌이 잘못되지 않았다면 그가 왔다. 천양수 하천광. 하은설의 조부인 그가!

'하 원주가 직접 움직이다니.'

왜 움직인 걸까?

진성자 등이 천중로에서 벗어났다는 것을 알고 달려온 듯하다.

마지막까지 양심을 저버릴 수는 없었던 건가?

문득 뒤쪽에서 익숙한 서너 줄기의 기운이 다가온다.

'왔군.'

아니나 다를까, 상유상과 예종과 고후명이 그들이 있는 곳으로 빠르게 다가왔다.

"대형, 조금 늦었습니다."

"상황은?"

전무심의 질문에 고후명이 대답했다.

"완전히 쫙 깔렸습니다. 저희들도 하마터면 못 올 뻔했습니다."

그렇다면 북쪽으로 가기도 쉽지가 않을 듯하다.

이제 방법은 하나뿐. 정면돌파를 하는 수밖에!

"크윽!"

결심을 굳히는 사이 숲 속에서 옅은 신음이 흘러나왔다.

시간이 없다.

곧 천왕교도들이 개미 떼처럼 몰려들 터. 하천광을 이곳에서 죽게 놔둘 수는 없었다. 그에게서 들어야만 할 이야기가 있는 것이다.

게다가 그가 이끌고 온 자들이 비록 이십여 명에 지나지 않지만, 조금 전보다 빠져나갈 수 있는 가능성이 훨씬 높아진 상황.

"하 원주가 직접 왔다."

갑작스런 전무심의 말에 사진옥의 눈이 커졌다.

"그분이? 그동안 아무런 말도 없었는데, 설마 우리를 믿지 못해서……?"

"글쎄, 그보다는 그만큼 중요한 일이었단 말이겠지. 일단 내가 먼저 들어갈 테니 스물을 센 다음에 들어와라."

다행히 상유상 등이 제때에 합세했고, 당위와 청무도 혼자 걸어갈 정도는 되었다.

두 사람은 아직도 자신을 이런 곳에서 만났다는 게 실감나지 않는다는 표정이었다.

전무심은 두 사람에게 간단하게 말했다.

"최선을 다하시오. 살아서 나가고 싶으면."

그러고는 어둠에 잠긴 채 비명을 토해내는 숲을 향해 한 발을 내딛었다.

순간 그의 몸이 빤히 바라보는 사람들 앞에서 흩어지듯이 사라져 버렸다.

동시에 진성자가 벙 찐 얼굴로 숫자를 세기 시작했다.

"하나, 둘, 넷, 다섯, 여덟……."

사진옥을 비롯해서 모두가 진성자를 쳐다보았다.

하지만 누구도 그가 숫자를 잘못 센다고 말리지 않았다.

단숨에 숲 가장자리에 도착한 전무심은 바닥에 내려서기 무섭게 무정을 손에 쥐고는 숲 속으로 미끄러져 들어갔다.

밤하늘을 울리는 격돌음은 십 리 밖에서도 들을 수 있을 정도, 싸움이 벌어진 곳을 찾는 것은 조금도 어렵지 않았다.

전무심은 단 세 번의 도약만으로 전장에 도착했다.

그를 반긴 것은 사방에 널브러진 무사들과 그들의 잘려진 몸뚱이에서 흘러나온 핏물이었다.

그걸 본 전무심의 눈이 차갑게 가라앉았다.

공포에 질린 눈들이 자신을 쳐다본다.

고통에 몸부림치며 바닥을 기어간다.

누가 동료의 가슴에 검을 박게 만들었는가!

분노가 스멀거리며 피어오른 그의 눈이 더 깊은 곳을 향했다.

그렇게 이십여 장을 더 들어가자 격전을 벌이고 있는 자들이 보였다.

복면을 한 십여 명의 갈의무사가 백여 명의 흑의무사, 유천단의 무사들에게 둘러싸여 있었다.

개중에는 하천광으로 생각되는 복면인도 보였는데, 그와 몇 명의 고수들이 고군분투하고 있지만 역부족이었다.

숫자에서 너무 차이가 났다. 그나마 지금까지 버틴 것도 개개인의 무위가 유천단의 무사들보다 뛰어나기 때문일 뿐, 언제 전멸할지 모르는 상황이었다.

'지금쯤 들어왔겠군.'

남겨놓은 일행의 뒤를 이어 천왕교의 무사들이 개미 떼처럼 몰려들 것은 자명한 일. 자신이 할 일은 단 하나다. 이들이 일행의 진로를 가로막지 못하게 해야 한다. 다행이라면 복면인들로 인해 유천단의 무사들이 모여 있다는 것.

전무심은 망설이지 않고 격전이 벌어지고 있는 중앙으로 날아가며 무정을 내려쳤다.

콰르릉!

갑자기 하늘에서 떨어진 날벼락에 서너 명의 무사가 비명도 지르지 못하고 튕겨졌다.

"적이 또 있다!"

그때 누군가가 소리치며 뿌연 그림자와 함께 날아 내린 전무심을 향해 달려들었다.

동시에 십여 명의 무사가 전무심을 향해 다가왔다.

순간 전무심의 신형이 흐릿해지더니 그들 사이로 파고들었다.

누군가가 악을 쓰듯이 외쳤다.

"조심해! 보통 놈이 아니다!"

무정이 스쳐간 곳에는 제대로 서 있는 자가 없었다.

쩌저저정!

검으로 막으면 검이, 도로 막으며 도가, 어떤 무기도 칠성의 내력이 실린 전무심의 무정을 견뎌내지 못했다.

게다가 어둠 속에서의 무령풍은 누구도 잡을 수 없는 악마의 바람이었다.

제대로 대항 한 번 해보지 못한 채, 부서진 자신들의 무기와 함께 습기 찬 바닥에 무너져 내리는 유천단의 무사들이다.

숨 두어 번 쉴 사이, 쓰러진 자만 십여 명에 달했다.

그제야 뭔가 심상치 않은 일이 벌여지고 있다는 것을 느낀 유천단의 무사들이 주춤거리며 물러섰다.

"으으……. 뒤로 물러서!"

하지만 그들이 물러섰다고 해서 전무심의 공격이 멈춘 것은 아니었다.

"으악!"

"크어억!"

물러서는 사이에도 대여섯 명이 비명을 지르며 꼬꾸라진다.

목을 부여잡고 꺽꺽거리며 쓰러지는 자, 심장이 뚫린 채 피분수를 뿜어내며 땅바닥에 머리를 처박는 자, 갈라진 머리를 움켜쥐고 비척거리다 바닥을 기어가는 자.

악마의 숨결처럼 그들 사이를 누비는 전무심의 모습은 가히 공포, 그 자체였다.

위기에 몰렸다 겨우 숨을 돌린 복면인들조차 눈을 거세게 떨었다.

저 지옥의 사자 같은 자가 정말 자신들의 편일까?

"앞을 막는 자는 죽는다!"

그때 지옥사자의 나직한 포효가 모두의 귀청을 울렸다.

빠르게 무너지는 와중에도 유천단의 무사들 사이에서 누군가가 마주 소리쳤다.

"물러서지 마라! 이곳에 뼈를 묻는 한이 있어도 저들을 막는다! 우리 유천단이 한 놈에게 밀려 길을 내줬다는 말을 듣고 싶은가!"

순간 물러서던 무사들의 눈에 다시 열기가 감돌았다.

잠시나마 두려움에 질려 물러선 자신을 부끄러워하는 눈빛이다.

"치욕스런 삶보다는 죽음을 택하자!"

또 다른 자가 악에 바친 목소리로 소리쳤다.

"죽어도 놈의 팔다리를 붙들고 죽어라!"

부끄러움이 분노로 변했다. 악에 바친 목소리다.

들불처럼 번지는 열기!

죽음조차 두려워하지 않는 무사의 열기다.

패의 대지, 천왕교의 무사라는 그 자존심 말이다!

난데없는 변화에 전무심은 뻗어가던 검을 늦추고 눈빛을 가라앉혔다.

죽음을 두려워하지 않는 자들은 몇 배의 힘을 내는 법이다. 게다가 이제부터는 죽어가는 자도 다시 바라봐야 할 판이다.

'어렵게 됐군.'

바로 그때였다.

삐이익! 휘이이이익!

호각 소리와 휘파람 소리가 사방에서 울린다.

마침내 천왕교의 무사들이 몰려오고 있다.

얼마나 많은 자들이 몰려오는 걸까?

지금쯤 일행은 정상을 향해 달리고 있을 터, 저들이 도착하면 빠져나가기가 그만큼 어려워질 것이다. 아마 자신과 한두명을 제외하면 모두가 이곳을 무덤으로 삼아야 할지도 모른다.

그렇게 놔둘 수는 없다. 이제 겨우 세상으로 나가려는 친구들이거늘!

아직 남은 자들은 칠팔십 명. 어둠 속에서 광기에 찬 눈빛을 뿜어내며 기회만 엿보고 있는 저들을 상대하고 있을 때가 아니다.

다행이라면 자신으로 인해 유천단과 하천광을 비롯한 복면인들과 상당한 거리가 벌어져 있다는 것.

전무심은 그들을 그대로 놔둔 채 눈을 부릅뜬 하천광에게 전음을 보냈다.

"제가 나중에 찾아가지요. 돌아가서 기다리십시오."

그리고는 대답도 기다리지 않고 사진옥과 진성자가 있는 곳으로 신형을 날렸다.

완만한 산등성이에 오르자 사진옥 등이 보였다.

그들의 뒤로는 천왕교의 무사들이 지척까지 따라붙어 있었다. 아마도 부상자들로 인해 속도가 떨어져 있기 때문일 터였다.

게다가 쫓는 자들은 사단의 무사들만이 아니었다. 조금 뒤에 처져서 빠르게 다가오는 자들 중에는 절정의 고수들도 다수가 섞여 있었다.

전무심은 일단 사진옥 등의 후미를 향해 떨어져 내리며 일장을 내뻗었다.

고오오오!

소용돌이치며 떨어져 내리는 웅혼한 장력!

빠르게 다가오던 자들이 대경하며 옆으로 퍼졌다.

그렇다고 모두가 피한 것은 아니었다.

쾅광!

반경 이 장여가 장력의 폭풍에 휘말리며 쓸려 나가고, 미처 피하지 못한 자들이 피분수를 뿜으며 튕겨졌다.

"이놈!"

순간 빠르게 다가오던 절정의 고수들이 일제히 전무심을 향해 달려들었다.

바라던 바였다.

"진옥! 뒤는 나에게 맡기고 계속 가라!"

전무심은 멈칫한 사진옥에게 급히 전음을 남기고 천라혈왕공을 끌어올렸다.

일 대 다수의 싸움이라면, 정면 격돌이라면 구전암황기보다 천라혈왕공이 더 강한 위력을 발휘할 수 있기 때문이었다.

화아아악!

전무심의 전신에서 은은하면서도 휘황한 붉은 빛이 뿜어져 어둠 속으로 녹아들어 갔다.

동시에 지척으로 다가온 다섯 명의 고수가 전무심을 향해 떨어져 내렸다.

일말의 망설임도 없이 살수를 쓰는 절정에 달한 고수들. 핏발 선 눈으로 바라보는 다섯 쌍의 눈빛.

전무심은 그들이 자신을 알고 있음을 짐작했다.

아니나 다를까, 그들 중 한 사람이 노호성을 내지르며 도를 휘두른다.

"네놈이 전무심이라는 놈이더냐!"

전무심은 대답 대신 무정을 들어 하나의 원을 그렸다.

쭉 뻗은 검강이 다섯 자 크기의 검막을 만들어내더니 소용돌이처럼 휘돌았다.

일원혈심파(一圓血心破)!

천라혈구검 중 세 번째 초식이 팔성의 천라혈왕공을 담은 채 펼쳐진 것이다.

일순간 검막에 갇힌 도세가 소리없이 사그라졌다.

만파귀원도의 도세가 원에 갇혀 힘없이 사그라지자, 귀원도(歸元刀) 이도천은 이를 악물고 공력을 배가했다.

하지만 일원혈심파의 검력은 단순히 그의 도세를 소멸시키는 것만으로 끝나지 않았다.

콰아아아!

점점 커져가던 원이 두 번째 도세와 부딪치자 폭발하듯이 터져 버렸다.

일순간 수십 줄기 검강의 파편이 그의 전신을 덮쳤다.

얼굴이 하얗게 굳은 이도천은 혼신의 힘을 다해 십여 번의 도를 쳐냈다.

콰콰콰광!

하지만 그렇게 하고도 검강의 파편을 완전히 막아내지는 못했다.

"크으윽!"

어깨와 옆구리가 붉게 물든 채 정신없이 물러서는 이도천이다.

"물러서!"

파운곤(破雲棍) 만기량이 경악성을 발하며 자신의 짧은 곤을 내지르고, 몇 걸음 뒤쳐져 있던 만패 웅호산과 교혼산마 담가진도 전무심을 향해 신형을 날리며 자신들의 성명절기를 펼쳤다.

거의 동시, 한 발 늦게 도착한 혈의인이 뾰족한 검첨에 검강을 일으키며 하체를 노려왔다.

일 대 사의 격돌!

그러나 전무심은 조금도 흔들리지 않고 묵묵히 자신의 검을 펼쳤다.

찰나간, 일원혈심파가 천망혈회(天網血回)로 바뀌었다.

동시에 무정에서 뻗친 검강이 그물처럼 전면을 덮었다.

눈에 보이지도 않을 정도로 빠른 변화. 맞부딪치기가 겁날 정도의 위력!

단 한 번의 격돌만으로도 전무심의 무서움을 깨달은 네 사람의 안색은 창백하게 굳어버렸다.

전무심!

말로만 들었던 이자의 무공이 설마 이 정도였다니!

하지만 그들은 감탄할 시간도, 경악을 억누를 여유도 없이 살기 위해 전력을 쏟아내야 했다. 방심이란 것은 꿈에도 생각할 수 없었다.

그것은 전무심도 마찬가지였다.

네 사람 중 패도적인 도법을 펼치는 웅호진과 쌍필을 사용하는 담가진은 그도 아는 사람들로 천왕대전의 호법들이다. 그렇다면 처음에 부딪쳤던 자나 뾰족한 검을 사용하는 자, 짧은 곤을 쓰는 자도 호법이거나 장로란 말.

전무심은 기억을 더듬어 풍백이 남긴 책자의 내용에서 두 사람의 이름을 떠올렸다.

'귀원도 이도천, 파운곤 만기량, 그리고 저자는…… 혈혈마검 막도종인가?'

이도천은 멋모르고 혼자 달려들어서 쉽게 물리쳤다 해도, 전력을 다한 네 사람의 합공은 생각보다 상대하기가 까다로웠다.

천라혈왕구검에 천궁마검을 적절히 섞으며 네 사람을 몰아치고는 있지만, 이대로라면 적어도 십여 초 이상 가야 승부를 낼 수 있을 듯했다.

물론 네 사람은 수긍하지 않을지 몰라도 사실이 그랬다.

문제는 그 십 초조차 너무 길다는 것이다.

콰과과광! 쩌저정!

오 초가 지나기도 전에 땅이 뒤집히고 주위가 초토화됐다. 하지만 좀처럼 승부의 분수령이 보이지 않았다.

충돌의 여파로 잠깐 멈칫한 사이, 전무심은 팔성의 공력을 구성으로 끌어올렸다.

자신을 조금 더 내보이더라도 하는 수 없었다. 시간이 더 가기 전에 승부를 빨리 마무리 지어야 했다.

이미 주위로는 백여 명의 무사가 모여든 상태. 시간이 지나면 수백 명의 무사들에게 둘러싸일지도 몰랐다.

그리되면 제아무리 자신일지라도 벗어날 수 있을지 장담할 수가 없는 것이다.

그가 구성의 공력을 끌어올리는 순간이었다. 그에게서 가공할 기세가 피어올랐다.

물러선 채 창백하게 질린 표정으로 전무심의 공격에 대비하고 있던 네 사람의 눈이 홉떠졌다.

왠지 허탈감마저 느껴지는 눈빛이다.

그들은 그제야 깨달은 것이다. 지금까지 전무심이 전력으로 자신들을 상대하지 않았다는 것을.

그러나 그마저도 전무심이 전력으로 공력을 끌어올리지 않은 거란 것을 그들은 꿈에도 모르고 있었다.

후우우웅!

그때 전무심의 무정이 울음을 토해내더니, 다섯 자 길이로 뻗은 검강이 살아 있는 생명체인 양 꿈틀거렸다.

그 의미를 아는 사람이라면 공포를 느끼기에 충분한 광경이었다. 그리고 만기량을 비롯해 담가진과 웅호산과 막도종은 그 의미를 알 정도의 고수였다.

그들은 그 모습을 보고 대항할 의욕조차 잃어버렸다.

"맙소사! 어검강(御劍罡)의 경지란 말인가?"

담가진이 아연한 표정으로 중얼거렸다.

검강을 마음대로 이끌어 사용할 수 있는 경지. 그것은 곧 절대의 한계를 넘은 고수들만이 사용한다는 전설의 경지였다.

새파랗게 질린 만기량과 막도종이 주춤거리며 두어 걸음 더 물러섰다. 오직 웅호산만이 이를 악물고 전무심을 노려볼 뿐이다.

숨 한 번 쉴 시간에 불과했지만, 상황을 살피고 결심을 하는 데는 부족하지 않았다.

전무심은 무정을 좌우로 저으며 한 걸음 앞으로 내딛었다.

무정에서 뻗어 나온 검강이 웅웅거리며 살아 있는 채찍처럼 꿈틀거리고, 그의 전신에서 뻗친 기운으로 인해 뿌연 먼지가 사방으로 퍼져 간다.

먼지가 피어오르며 웅호산이 움찔하는 순간, 전무심의 신형이 웅호산을 덮쳤다.

이를 앙다문 웅호산이 도강이 어린 칼을 쳐들어 허공을 십

자로 갈라내고, 전무심의 움직임을 뚫어지게 바라보고 있던 세 사람이 대경하며 다시 전면으로 나섰다.

쾅!

산정을 뒤흔드는 단발의 굉음!

"크억!"

피를 토한 웅호산이 철벽에 부딪친 것 마냥 튕겨졌다.

전면에 남은 사람은 셋.

전무심은 그들을 향해 무령풍을 펼쳤다.

찰나였다. 어둠 속에서 전무심의 신형이 셋으로 갈라지더니 세 자루의 무정에서 각기 일곱 줄기의 검강이 쏟아진다.

순간, 스물한 줄기의 검강이 세 사람을 그물처럼 덮어갔다.

칠라산산(七羅散散)!

천라혈왕구검의 네 번째 검식이 세상에 그 모습을 드러낸 것이다.

어둠 속에서 펼쳐진 검식은 장엄하게 보이기까지 했다.

밀물처럼 밀려오던 무사들이 그걸 보고는 자신들도 모르게 걸음을 늦췄다.

개중에는 적을 추격하는 긴박한 상황도 잊고 감탄을 터뜨리는 자마저 있었다.

"아!"

"세상에!"

누가 뭐래도 그들은 패를 추구하는 천왕교의 무인들. 이 순간만큼은 상대가 적이라는 것도 잊었다.

평생 한 번 볼까 말까 한 무공이 눈앞에서 펼쳐지거늘, 모른 척하기에는 그들의 피가 너무 뜨거웠다.

그들이 잠깐 멈칫한 순간이었다. 귀청을 찢을 듯한 격돌음이 산능선을 타고 아래로 치달렸다.

쩌저저저정!

가공할 검강의 위력에 철필이 부러지고, 철곤이 불꽃을 일으키며 엿가락처럼 휘었다.

"크으윽!"

"으음……."

철벽에 부딪친 것처럼 튕겨지는 담가진과 만기량이다. 그들의 입에서 흘러나오는 신음이 송곳처럼 귓속을 파고든다.

그렇다고 피할 수도 없는 상황. 조금 늦게 뛰어든 막도종은 미친 듯이 검을 내지르며 혼신의 공력을 쏟아냈다.

전무심은 허공에서 떨어져 내리며 그물 같은 검강의 여력을 막도종에게로 돌렸다.

쩡! 쨍그랑!

뾰족한 검이 뭉툭하게 부러지고, 막도종의 몸뚱이가 빗자루에 쓸리듯이 밀려났다.

"크으으으……."

억눌린 신음을 흘리는 그의 입에서 언뜻 검붉은 선혈이 비친다. 적지 않은 내상을 입은 듯하다.

정녕 가공할 위세!

그야말로 순식간에 벌어진 일이었다.

세 명의 호법과 두 명의 장로가 단 몇 초 만에 패퇴하다니.

천왕의 위세가 과연 저러할까!

과거 천왕교의 공포였다는 패왕 태대원로 장천궁의 위세가 저러했을까!

아연한 무사들의 눈이 전무심을 향했다.

하지만 막도종마저 피를 토하게 만든 전무심은 이미 땅을 박차고 능선을 따라 날아가고 있었다.

더 이상 이곳에서 이들과 싸운다는 것은 무의미했다. 이미 상당수의 무사들이 우회해서 사진옥과 진성자 등을 쫓아간 상황이다.

십성의 공력으로 이삼 초 더 펼친다면 두어 명의 목숨은 거둘 수 있을 것이다. 하지만 그렇게 한다고 해서 쫓아간 자들이 돌아올 것도 아니었다.

그렇게 전무심이 유유히 어둠 속으로 사라진 뒤였다.

때마침 능선에 도착한 패천단주 육청의 외침이 야공을 뒤흔들었다.

"뭐 하느냐! 쫓아라!"

그제야 무사들이 전무심의 뒤를 쫓아 움직이기 시작했다. 그러나 처음 산을 오를 때와는 그 움직임이 많이 달라져 있었다.

그리고 그 와중에 몇 사람의 수군거리는 소리가 옷깃으로 스미는 밤 안개처럼 사람들의 마음속으로 스며들었다.

"꼭 그… 같잖아?"

"재수없는 소리 하지 마. 그는 죽었어."

"시체가 발견된 것은 아니잖아?"

"아, 씨발. 겁나니까 그 인간 이야기는 하지 마란 말이야."

"아무래도 이상해. 얼굴과 몸만 조금 다르지, 머리를 묶고 살만 조금 빠지면 영락없어."

누군가가 궁금해 미치겠는지 나직이 물었다.

"이봐, 그라니? 그가 누군데?"

그러자 처음에 입을 연 자가 부르르 떨며 겨우 입술을 떼었다.

"혈…… 사자."

"……."

"……지미, 괜히 물어봤네."

*　　　　*　　　　*

은은한 도기가 어둠을 갈기갈기 찢으며 몰려드는 광경은 모골이 송연할 정도였다.

혈천단의 무사들은 생각지도 못했던 비쩍 마른 놈의 도세에 전전긍긍하며 일 보도 전진하지 못했다.

게다가 바람을 짓이기며 머리 위에서 떨어지는 곰처럼 커다란 놈의 철곤을 막을 때마다 떨리는 손을 움켜쥐고 물러서지 않을 수 없었다.

엄청난 패력!

사실 그들에게는 비쩍 마른 놈의 도보다도 곰 같은 놈의 철곤이 더 위협적이었다.

어디 그뿐인가. 곰 같은 놈 옆에서 커다란 검을 휘두르며 시끄럽게 떠드는, 계집 같지도 않은 성격을 가진 계집으로 인해 그들은 정신이 사나워 검첨이 흔들릴 지경이었다.

하지만 그들이 기피하는 사람은 비쩍 마른 놈도, 곰 같은 놈도, 시끄럽게 떠드는 계집도 아니었다. 그들은 될 수 있는 한 한 사람에게만은 덤비지 않았다.

그는 폭이 좁고 기다란 검을 쥔 채 묵묵히 서서 좌우 일 장안에 들어온 자들의 목구멍에 검을 쑤셔 넣고 있었다.

그에게 당한 자는 네 명. 한결같이 단 일 검에 당했다. 제대로 덤벼보지도 못하고.

혈천단의 무사들 중 누구도 그가 절룩거리는 병신이라는 것을 비웃지 않았다. 아니, 못했다.

솔직히 그들은 눈앞의 괴물 같은 놈들이 가든지 말든지 신경 쓰고 싶지 않았다.

뒤에서 닦달만 하지 않았다면 말이다.

"물러서지 말고 서너 명씩 합공해서 놈들을 공격해!"

소위 대주라는 놈이 뒤에서 닦달만 해대니 죽어나가는 것은 대원들이었다. 그리고 실제로 이미 십여 명이 피를 쏟아내며 쓰러진 상황이었다.

'개새끼! 저는 앞으로 나서지 않으면서……'

모두가 한마음이었다.

정말 개 같은 경우였다. 대천왕교의 혈천단 무인들이 겁이 나서 물러날 생각을 하다니!

그렇다고 대주가 명령을 내렸는데 가만히 있을 수도 없는 일. 입술을 깨문 혈천단의 무사들이 재차 공격을 하려 할 때다.

"덤비는 놈은 모두 죽인다!"

사진옥이 냉랭히 소리치고는 싸늘한 눈을 빛냈다.

폭이 좁은 능선에서 적을 맞이한 것은 잘한 일이었다. 덕분에 자신들의 장기를 최대한 발휘하며 적의 발길을 잡을 수 있었다. 십여 명의 적도 쓰러뜨렸고 말이다.

하지만 그것도 그리 오래가지 못할 거라는 것쯤은 그도 알고 있었다. 적들은 이제 처음처럼 무작정 덤비지 않았으니까.

그만큼 시간이 걸린다는 말이었다. 그렇다고 자신들이 치고 나갈 수도 없는 일.

'대형이 빨리 와야 하는데.'

전무심이 오기 전에 적들의 숫자가 늘어나거나, 절정의 고수들이 나타난다면 후퇴하는 수밖에 없었다.

다행이라면 자신들의 사기가 월등히 앞서 있다는 것이었다.

당장 상유상만 봐도 그 차이는 명백했다.

붕붕붕!

철곤을 휘두르며 신이 나 있지를 않은가 말이다.

"으하하하! 어디 막아봐라, 이놈들아!"

사실 상유상은 피가 끓었다.

지금까지 대련은 수없이 했어도 실제 피 튀기는 싸움은 처음이었다. 한데 떨리기는커녕 더욱 힘이 솟았다.

'이럴 줄 알았으면 진작 몇 놈 두들겨 패는 건데!'

지난 날 조용히 지낸 것이 억울할 정도다.

"시끄러! 정신 사나우니까 조용히 싸워!"

그런 상유상을 예종이 구박했다.

그러면서도 예종은 무식하게 웃어대는 상유상이 예뻐 보였다.

'흐흥! 남편이 적어도 저 정도는 되어야 나쁜 놈들이 건들지 않지.'

"예종, 비켜! 이놈들은 내가 다 묵사발을 내줄 테니까!"

더구나 은근히 자신을 챙겨주기까지 하는 데야…….

'그래, 너는 영원히 내 거다, 유상. 음호호호!'

은근히 기분이 좋아진 예종은 얼굴에 피가 튀는 와중에도 커다란 검을 쥔 손에 힘을 더 주었다.

"음하하하! 이리와! 내가 예쁘게 잘라줄 테니까!"

혈천단의 무사들이 움찔하며 뒤로 물러섰다.

생사가 오락가락하는데 미친 듯이 웃어대다니.

그들에게는 두 사람이 제정신이 아닌 연놈들처럼 보일 뿐이었다.

그때, 번쩍!

어둠 속에서 검광이 번뜩이는가 싶더니, 좌측으로 돌아가던 무사 하나가 목을 움켜쥔 채 쓰러진다.

'다섯.'

혈천단의 무사들은 질린 표정으로 좌측을 힐끔 쳐다보았다. 그러다 한 사람과 눈이 마주치자 치욕을 무릅쓰고 눈을 돌렸다.

고후명은 그들의 반응에 아무런 내색도 하지 않고 쓰윽, 주위를 훑어보았다.

'대형이 올 때가 되었는데……'

툭! 그의 검첨에서 한 방울 검붉은 선혈이 떨어졌다.

일검일살(一劍一殺)의 검예.

고후명은 전무심이 전해준 단혈홍(丹穴紅)만을 죽어라 익혔다.

암천의 검예 중 하나인 그것은 그가 발을 절룩거리는 거와 하등의 상관이 없었다. 또한 한 팔이 무공을 펼칠 수 없다는 것도 그가 단혈홍을 펼치는 데 아무런 방해도 되지 않았다.

오히려 절룩거리는 다리는 그가 어느 곳으로 검을 뻗을지 누구도 알지 못하게 했다.

그리고 한 팔에 모든 공력을 집중하고, 다른 한 팔은 균형을 잡는 데 쓰다보니 그의 단혈홍은 두 팔이 있을 때보다 더욱 강렬했다.

번쩍! 하는 순간 하나의 목숨이 끝나는 것이다.

뒤로 처져 있던 황무곤은 등골이 으스스 떨려왔다.

보름 가까이 함께 지내면서 숱하게 대련을 했다. 해서 저들의 실력이 자신과 비슷한 줄로만 알았다.

한데 그것이 아니다. 아니, 실력이 비슷한 것은 맞았다. 사진옥만 조금 우위에 있을 뿐.

다만 저들에겐 자신에게 없는 것이 하나 있을 뿐이었다.

광기! 바로 그것이었다.

하지만 첩은단의 네 사람 마음에 비하면 그는 그래도 괜찮은 편이었다.

'뭐 저런 놈들이 있어?'

뒤에서 당위와 청무를 지키며 혹시 모를 적의 공격에 대비하고 있던 진성자는 가슴이 뜨끔했다.

조금 전까지만 해도 그저 무공이 조금 강한 치기 어린 젊은이들처럼 보였던 네 사람이 한순간에 살귀로 변해 버린 것이다.

'진짜 살벌한 놈들이네. 설마 내가 좀 뭐라 했다고 나에게 달려들지는 않겠지?'

한편, 전무심은 움푹 들어간 두 봉우리 사이의 능선 정상에 올라서고 나서야 일행을 따라잡을 수 있었다.

그곳은 길목이 그리 넓지 않아서 소수로 다수의 적을 상대하기에 적당한 곳이었다. 아마도 그 때문에 더 가지 않고 그곳에서 적을 상대하며 자신을 기다린 듯했다.

사진옥 등을 공격하고 있는 천왕교 무사들의 숫자는 삼십여 명 정도였다. 옷차림으로 봐서는 혈천단의 무사들로 보였다.

그리 불리해 보이지는 않지만, 적들이 몰려오기 전에 이곳을 빠져나가야 했다.

전무심은 더 생각할 필요도 없이 곧바로 사진옥 등을 공격하는 무사들의 후미를 덮쳤다.

작정을 하고 펼치는 전무심의 살수를 벗어나기엔 그들의 힘이 너무 미약했다.

게다가 전무심이 나타난 걸 안 사진옥과 진성자 등도 힘을 내 적들을 더욱 거세게 몰아쳤다.

끊이지 않고 능선에 울려 퍼지는 무사들의 비명 소리!

처절한 비명 속에 쓰러진 자가 순식간에 십여 명에 달하고, 바람에 섞여 콧속을 파고드는 비릿한 혈향이 갈수록 진해진다.

그제야 상황을 인식한 혈천단의 무사들이 정신없이 도망치기 시작했다.

전무심은 애초부터 그들을 쫓을 생각이 없었다. 그 마음은 사진옥 등도 마찬가지였다.

"놈들이 몰려오기 전에 가자."

전무심의 말이 떨어지기 무섭게 상유상과 예종이 앞장섰다.

第八章
사신곡(死神谷), 그리고 광마(狂魔)

死星
天血

1

내려가는 것은 올라가는 것보다 몇 배나 힘들었다.

길이 따로 있는 것도 아니어서 능선을 벗어나면서부터는 칼날처럼 솟은 바위를 건너뛰어야만 했다.

달빛조차 없는 어둠 속이다. 잘못 착지하면 수십, 수백 장 밑으로 굴러 떨어질 수도 있는 일. 아무리 고수들이라 해도 준비되어 있지 않은 상황에서 절벽으로 떨어진다는 것은 위험천만이었다.

적은 천왕교의 무사들만이 아니었다.

달빛도 없는 밤의 험산은 그들보다도 더 살벌했다.

일각이 넘자 전무심을 제외한 아홉 사람의 이마에 송골송골 땀이 맺혔다. 늦가을의 싸늘한 바람도 그들의 이마에 땀방울이 맺히는 것을 막지 못했다.

"씨발, 차라리 싸우다 죽는 게 낫지 절벽에서 떨어져 죽고 싶지는 않은데……."

발밑에서 부서진 돌 부스러기가 까마득한 절벽 아래로 떨어지는 것을 보고 상유상이 투덜거렸다.

"눈깔하고 발바닥에 힘줘. 떨어지면 골로 가니까."

예종이 상유상을 쳐다보지도 않고 잔뜩 긴장한 표정으로 말했다.

다른 사람도 말을 안 해서 그렇지 비슷한 심경이었다.

종남에서 산깨나 타고 놀았다는 진성자조차 눈에 잔뜩 힘주고 걸음을 옮기는 판이었으니 말해 무엇하랴.

"어디서 쉬었다 날이 밝으면 가는 게 어떻겠습니까, 대형?"

안되겠는지 사진옥이 겨우 입을 열어 전무심에게 말했다.

선두에서 일행들을 이끌던 전무심은 칼날 같은 바위 위에 서서 무심한 표정으로 사방을 둘러보았다.

어둠을 뚫고 하늘로 치솟은 바위들이 진정 검산을 이루고 있다.

그 사이를 흐르는 밤 안개와 짝을 부르며 날아다니는 야조들의 울음소리.

참으로 장엄하고도 아름다운 광경이었다.

하지만 지금은 그토록 장엄한 광경도 그의 마음을 움직이지 못했다.

전무심은 간절한 눈으로 자신을 바라보는 사람들을 향해 조용히 입을 열었다. 아무것도 아닌 것처럼.

"아무래도 길을 잘못 잡은 것 같소."

"……."

그러니까, 길을 잃었다?

아홉 쌍의 눈이 썩은 동태눈처럼 누렇게 떴다.

여기까지 어떻게 왔는데!

"설마 돌아가자는 말은 아니겠지?"

진성자가 허탈한 표정으로 물었다.

전무심이 고개를 돌려 정상을 올려다보며 말했다.

"그랬으면 좋겠는데……."

절망에 물든 아홉 쌍의 눈이 정상으로 향했다.

까마득했다.

진성자가 비장한 표정으로 가부좌를 틀고 앉았다.

"차라리 죽여……."

결국 정상으로 올라가지 않고 주위에서 쉴 만한 곳을 찾기로 했다.

정상으로 올라가지 않으려는 열망(?) 덕분인지, 얼마 지나지 않아 근처에서 제법 큰 동굴을 찾을 수 있었다.

비록 깊이는 그리 깊지 않았지만 열 명이 쉬어가기에는 충분했다.

"청무 도장의 상처를 돌봐주시오."

동굴에 들어가자 전무심이 진성자에게 말했다.

그 말이 떨어지자마자 청무의 몸이 무너져 내렸다.

"으음……."

대충 싸매어놓은 어깨의 상처 부위에서 다시 피가 새어 나오고 있었다.

그간 고통이 심했을 텐데도 급박한 상황을 의식해 입을 다물고 있었던 듯했다.

"제가 하지요."

그때 고후명이 나섰다.

약왕당에 얼마간 신세를 지면서 눈치코치로 상세를 다스리는 법을 알고 있는 그였다.

고후명은 청무의 어깨를 싸맨 천을 벗겨내고 피딱지를 닦아냈다.

"흐읍!"

상처가 문질러지자 청무가 급히 숨을 들이킨다.

창백하게 질린 청무를 보고 고후명이 아무렇지도 않게 말했다.

"그냥 살이 조금 찢어졌을 뿐이니 너무 걱정 마시오."

고통에 얼굴을 일그러뜨린 청무가 구시렁거리며 투덜댔다.

"크윽. 생살이 찢어졌는데, 뭐라? 살이 조금 찢어졌을 뿐? 고맙긴 한데 자기 몸이 아니라고 해서 그러는 거 아니외다."

그때 옆으로 다가온 상유상이 검지로 청무의 상처를 쿡쿡 찌르며 지나가듯이 물었다.

"혹시 톱으로 다리를 잘려봤소?"

"으, 지금 뭐 하는 거요?"

"칼로 후빈 살을 억지로 잡아 찢는 놈에게 당해봤소?"

"으흑, 지금 장난하시오?"

상유상이 청무의 눈앞으로 커다란 얼굴을 쑥 내밀고 말했다.

"저 고후명이가 말이오. 손으로 생살을 찢고 다리를 톱으로 반쯤 자른 집마사령에게 뭐라고 했는지 아시오?"

"……."

"개새끼라고 했다오. 톱으로 허벅지를 쓱쓱 자르는 놈한테 말이오. 참 대단하잖소? 그런 상황에서 개새끼라고 하다니……."

"……."

그때 예종이 청무의 어깨를 탁! 때리며 호탕하게 말했다.

"음하하하! 뭐, 내가 봐도 별것 아닌 것 같고만. 남자가 쪼잔하게 뭐 이 정도 가지고 엄살이우?"

'크윽!'

청무는 목구멍을 뚫고 튀어나오려는 신음을 억지로 삼켰다.

사실이 아닐지도 모른다.

그러나 절룩거리는 다리, 유난히 힘을 쓰지 못하는 팔, 그리고 암울하게 가라앉아 있는 고후명의 눈을 보면 사실일지 모른다는 생각이 들기도 했다.

'정말일까?'

더구나 청무는 여자 앞에서 쪼잔한 남자가 되고 싶지 않았다.

"하.하. 뭐, 이 정도야 나도 참을 수 있소이다."

그 말에 고후명이 암갈색의 눈을 천천히 들었다.

"살을 조금 더 찢고 고름을 뺄까 하는데, 그럼 지금 하죠?"

잠시 후, 기괴한 신음 소리가 동굴 밖으로 새어 나왔다.

"끄어어흐흐흡!"

일행은 동녘이 밝아오자 동굴을 나섰다. 조금씩 눈을 붙여서인지 모두의 얼굴에 생기가 돌았다.

절곡에서 살아가는 짐승들을 밤새 공포(?)로 몰아넣었던 청무의 얼굴도 어깨의 부기가 가라앉아서인지 조금 나아져 있었다.

하지만 동굴을 나선 지 얼마 되지 않아, 사람들은 모두 걸음을 멈추고 해쓱하니 질려 버렸다.

"세상에……."

제일 먼저 동굴을 나온 진성자는 몸을 부들거리며 사방을 훑어보았다.

밤에 보던 풍경과 아침 햇살에 비친 풍경은 완전히 달랐다. 아침 안개에 둘러싸인 채 수십 장 높이의 바위들이 삐죽삐죽 솟은 모습은 감탄이 절로 나올 정도로 멋졌다.

하지만 그곳을 자신들이 건너뛰면서 왔다는 것을 생각하면 살이 떨렸다.

"대체 우리가 저길 어떻게 내려왔지?"

적의 추적을 따돌려야 한다는 절박감이 없었다면, 달이라도 떠서 조금만 더 밝았다면 죽어도 내려오지 않았을 것이다.

내려오면서 한 사람도 다치지 않았다는 것이 신기할 정도였다.

'미친놈이 아니고서야······.'

한데 문제는 앞으로도 수백 장을 그렇게 내려가야 한다는 것이었다.

다시 올라가기는 죽어도 싫었으니까.

"출발합시다."

그래선지 전무심의 말이 떨어지자마자 일행은 일제히 아래쪽을 향해 걸음을 옮겼다. 전무심이 위로 올라가자는 말을 할까 봐 겁난다는 표정으로.

결국 전무심도 피식 웃으며 그들의 뒤를 따랐다.

그 이후로 오십여 장을 내려가는 데는 별문제가 없었다.

비록 경사가 심하고, 솟대처럼 높이 솟은 봉우리 사이사이가 자갈더미였지만, 넝쿨이 자갈더미를 덮은 채 뻗어 있어 정 안되면 넝쿨을 잡고 내려가면 되었다.

그러나 오십여 장을 내려가자 그다음부터는 넝쿨이 보이지 않았다. 그저 더욱 급격한 경사에 잔자갈만 쌓여 있을 뿐이었다.

어떻게 보면 넝쿨이 있는 곳보다 더 나아 보이기도 했다. 넝쿨에 발이 걸릴 위험이 없으니 경공을 전개해 날 듯이 내려가면 될 테니까.

선두에 선 진성자는 뒤를 돌아보고 빙긋 웃었다.

그는 사람들에게, 특히 전무심에게 자신의 선택이 잘못되지 않았다는 걸 보여주고 싶었다.

"내가 먼저 내려가지. 내 이래 봬도 종남에서 산 좀 탔다네."

누가 말릴 사이도 없었다.

그는 말을 마치자마자 멋지게 몸을 날려 풀잎을 밟고 나아간다는 초상비(草上飛)의 경공을 자연스럽게 펼쳤다. 그리고 단숨에 칠 장을 나아갔다.

말이 초상비지, 도약도 하지 않고 한없이 나아갈 수는 없는 일.

'흠, 좀 더 멋지게!'

그는 한 번 더 도약하기 위해 뒷짐을 지고 어깨를 편 채 자갈더미를 박찼다. 바로 그 순간이었다!

와르르르!

자갈더미가 힘없이 무너져 내리고,

"어? 으아아!"

진성자가 방정맞은 비명을 지르며 자갈더미와 함께 아래로 미끄러졌다.

한 번 중심을 잃자 장력으로 바닥을 쳐도 소용이 없다.

땅을 박차려 해도 사정없이 굴러가는 자갈로 인해 힘을 쓸 수가 없다.

실낱같은 나뭇가지에 앉는 새도 급경사진 절곡의 자갈더미에 앉지 않는 이유가 그 때문이다. 작은 새조차 앉을 수 없고, 가벼운 바람에도 흘러내리는 급경사의 자갈더미. 애초에 그런 곳에서 도약할 반발력을 얻으려 한 생각 자체가 잘못이었다.

그러나 진성자는 다른 생각할 여유가 없었다.

순식간에 십여 장을 미끄러지고도 멈출 줄을 모른다. 바위 봉우리는 이미 지나친 뒤였다.

그 아래쪽은 깎아지른 절벽!

"으아아아아!"

종남에서 산 좀 탔다는 절정고수의 얼굴이 누렇게 떴다.

그때 뒤로 처져 있던 전무심이 몸을 날렸다.

사람들은 그 이후로 환상을 보았다.

무령풍을 전개한 전무심의 신형이 갑자기 진성자의 머리 위에 나타나고, 진성자의 뒷덜미를 잡은 그의 신형이 허공으로 솟구친다.

바라보던 모두가 입을 반쯤 벌렸을 때였다.

허공에 떠오른 전무심이 구름이 흐르듯 바람을 타고 옆으로 흘렀다.

마치 바람에 깃털이 날리는 듯했다.

스르르 미끄러진 전무심이 바위 봉우리에 내려설 때까지 사람들은 눈 한 번 깜박이지 않았다.

그들의 눈에는 전무심이 사람으로 보이지 않았다.

한참 만에야 예종이 한숨 쉬듯 입을 열었다.

"대체 사람이 어떻게 저럴 수가……."

그러자 고후명이 나직이 말했다.

"대형이잖아."

사진옥과 상유상이 고개를 끄덕였다. 그들의 마음속에 전무심은 이미 절대자였다.

그때부터는 한 걸음 한 걸음이 조심스러워졌다.

대자연은 절정고수라 해서 봐주지 않는다.

절정고수도 미끄러져 죽을 수가 있다.

사소한 실수로도 절정고수가 죽을 수 있다는 것!

그것은 사진옥 등이 강호에 나와 처음으로 얻은 확실한 깨달음이었다.

진성자가 몸으로 보여준 깨달음을 발판으로, 일행이 삼백여 장을 내려가는 데는 반 시진이 걸렸다.

와중에 부상이 심한 당위와 청무는 전무심이 도맡다시피 업어야만 했다.

다른 사람들은 자신들의 몸만 움직였는데도 계곡 아래에 도착했을 때는 진이 다 빠질 정도였다.

일행은 계곡 아래에 도착하자마자 계곡 물에 고개를 처박았다.

자신들이 지나온 길을 한 번쯤 뒤돌아 볼 법한데도 위쪽은 쳐다보지도 않았다. 질린 것이다.

진성자는 허리까지 물에 담근 채 긁힌 상처를 씻어내면서 사람들을 힐끔거렸다.

'씨발! 쪽팔려 죽겠네!'

환장할 일이었다. 절정고수라 자부하는 자신이 떼굴떼굴 구르다 절벽에서 떨어져 죽을 뻔하다니.

한편으로는 자신의 목숨을 구한 전무심의 가공할 신법에 몸이 떨렸다.

다른 사람은 몰라도 자신만은 아는 것이다.

뒷덜미가 잡히고 허공을 날 때의 그 기분. 바람에 몸이 녹아들어 간 것처럼 느껴진 그 황홀함을.

'쓰으, 아랫도리에서 찔끔거리지만 않았으면 더 좋았을 텐데. 그런데…… 설마 그건 못 봤겠지?'

그가 멍하니 물을 바라보며 기묘한 표정을 짓는 걸 보고 상유상이 예종에게 속삭였다.

"저 양반, 아직도 제정신이 아닌 것 같은데……?"

'저 곰 같은 자식이!'

움찔한 진성자가 쓱 상유상을 꼬나보았다.

그러자 예종이 말했다.

"나이 들어서 그런 걸 거야. 우리 중에 나이가 제일 많잖아. 네가 이해해. 그리고 솔직히 나라고 해도 바지에 얼룩이 지면 쪽팔릴 거야."

풍덩!

결국 진성자는 물속에 고개를 처박았다.

'으아아! 이대로 숨 안 쉬고 죽어버려?'

진성자가 자괴심에, 자살 충동에 온몸을 바들바들 떨 때다.

휘이이이익!

휘파람새 우는 듯한 호각 소리가 멀리서 울렸다.

순간 시원한 계곡 물에 몸을 맡긴 채 휴식을 취하고 있던 사람들이 반사적으로 고개를 돌렸다. 물속에 머리를 처박은 진성자만 빼고.

그때 전무심은 이미 근처의 십여 장 높이의 바위 위로 올라가 있었다.

'너무 빠르군.'

쉽게 끝나지는 않을 거라 생각했다.

하지만 아무리 그렇다고 해도 이런 절곡에까지 쫓아오리라고는 생각지도 않았다. 더구나 해가 뜬 지 얼마 되지도 않았잖은가 말이다.

묘한 불안감이 그의 감각을 자극했다.

첩은단의 단원을 잡으려 하는 이유를 짐작 못하는 바는 아니다.

그러나 이렇게까지 무리를 해가며 쫓을 필요가 있을까?

다섯 명의 장로를 부상 입힌 자신과 혈천단의 무사 이십여 명을 죽인 고수들을?

문득 뇌리를 스치는 생각.

'저들이 노리는 것은 첩은단의 단원들만이 아닐지도 모른다.'

그렇다고 은천비원도 아니다. 그들은 극히 소수만 움직였고, 그것은 한 가지를 의미했다.

문득 든 생각에 전무심의 표정이 굳어졌다.

'혹시 나……를?'

2

산정 위에서 맞이한 바람은 한겨울처럼 매서웠다. 일반인이 라면 두터운 솜옷을 입고도 추위에 떨 정도였다.

하지만 뒷짐을 진 채 무표정한 모습으로 서 있는 백의청년 이나, 그 옆에서 염려의 눈빛으로 백의청년을 바라보는 청의 청년은 얇은 장포만을 걸치고도 한 점 흐트러짐이 보이지 않 는 자세를 일각째 유지하고 있었다.

"지금쯤 상황이 진행되고 있을 것입니다, 주군."

"직접 보지 못하는 것이 안타깝군. 볼 만할 텐데 말이야."

"이곳에 오신 것만도 위험한 결정을 하셨습니다."

"훗, 위험하다? 아래서 죽음과 싸우는 사람들도 있는데, 내 가?"

백의청년, 백리군악이 싸늘한 자조의 미소를 지었다.

그러고는 청의청년 공오가 안타까운 표정을 짓자 피식 웃으 며 말했다.

"그래, 그건 그렇고, 그가 이곳에서 빠져나갈 수 있다고 생 각하나?"

"사신곡에 헌원무강과 광마귀 스물이 들어갔습니다. 그가 아무리 강하다 해도 불가능합니다."

"다른 사람들이 있는데도?"

"사진옥을 비롯한 네 사람이 아무리 강해졌다 해도 기껏해야 광마귀와 비슷한 정도일 겁니다. 그 정도로 결과가 달라지겠습니까?"

"너는 상황을 너무 낙관적으로 보는 경향이 있어."

"헌원무강이 예전의 그였다면 장담할 수 없겠지만, 지금의 헌원무강은 예전의 그가 아니잖습니까?"

"그래서 하는 말이다. 헌원무강이 예전의 그가 아니듯, 유옥도 예전의 그가 아니다."

공오의 눈이 조금 크게 뜨였다.

"하면 왜 저들만 들여보내신 것입니까?"

백리군악은 대답을 미루고 옅은 안개 속에서 피어오르기 시작한 살기에 입술을 지그시 깨물었다.

그러더니 까마득한 아래에서 강렬한 충돌음이 메아리치며 들리기 시작하자 나직이 입을 열었다.

"실험을 하기 위해서라고 해두지. 환락단을 어디까지 이용할 수 있나 하는 실험."

물론 다른 이유도 있었다. 그러나 그것에 대해서만큼은 공오에게조차 말하지 않았다.

그것은 하늘 아래 오직 한 사람, 자신만이 알고 있어야 했다.

*   *   *

쏴아아아아!

마치 광풍이 밀려오는 듯했다.

살기가 섞여 있지 않았다면 그리 생각했을지도 몰랐다.

사람은 보이지 않고 살을 에는 기세가 몰려오자 사람들의 얼굴이 잔뜩 굳었다.

"씨발, 뭐야? 대체 어떤 놈들이 이렇게 지독한 거야?"

철곤을 움켜쥔 상유상이 잔뜩 긴장한 표정으로 욕지거리를 해댔다.

그사이 몰려오는 기세가 점점 더 가까워졌다.

금방이라도 계곡의 굽이를 돌아 뛰쳐나올 것만 같았다.

온몸에 소름이 돋는 기분!

상유상의 철곤을 쥔 손에서 핏줄이 툭툭 불거졌다.

칼을 반쯤 빼 든 사진옥과 검병을 쥔 채 눈을 반개한 고후명의 눈빛도 긴장으로 인해 얼음처럼 굳었다.

보다 못한 예종이 상유상의 옆으로 가서 섰다.

"물러서, 예종! 위험한데 왜 나서!"

"지랄 마! 그래서 나서는 거니까. 내 남자는 내가 지켜야 할 거 아냐!"

"무슨 소리야! 남자가 여자를 지켜야지……"

잔뜩 고조된 긴장이 갑자기 무너져 내렸다.

어이가 없는지 사진옥이 빽 소리쳤다.

"두 사람 다 물러서! 죽느냐 사느냐 하는 판에 뭐 하는 짓이야!"

복수할 절호의 기회라는 듯 진성자가 혀를 차며 상유상과 예종을 노려봤다.

"끌끌, 자알 한다. 요즘 젊은 것들은 어째……."

"오줌싸개도사는 빠져요!"

예종의 한마디에 진성자의 얼굴이 벌겋게 달아올랐다. 하지만 그는 예종에게 화를 낼 수조차 없었다.

"모두 찢어 죽여라!"

"케케케케!"

기괴한 광소가 절벽을 울리는 가운데, 허름한 행색의 괴인들이 계곡의 굽이를 돌아 나온다.

생각보다도 많은 숫자다. 적어도 이십 명은 될 듯하다.

'제기랄! 저것들은 또 뭐야?'

진성자의 이마에 다섯 줄기의 골 깊은 주름이 질 때다. 날듯이 바위를 건너뛰며 일행을 향해 빠르게 다가오는 자들. 그들이 손에 들린 무기들을 허공에 휘저으며 말했다.

"낄낄낄낄! 저기 덩치 큰 놈의 심장은 내 거다!"

"케케케, 그럼 저 계집의 오동통한 넓적다리는 내가 먹을 거다!"

"우히히히, 미친놈들이 여기에 있었구나!"

미친놈들이 거꾸로 자신들을 미친놈 취급하며 어찌나 시끄럽게 떠들어대는지, 긴장한 채 무기를 꼬나 쥐고 있던 사람들은 귀를 막고 싶을 정도였다.

그러나 그럴 수는 없었다.

미친놈들에게서 뿜어지는 기세는 결코 자신들의 아래가 아니었다.

하나하나가 절정의 고수인데다, 광기로 인해 두려움을 모르는 그들의 공격에는 수비라는 개념 자체가 없었다.

그래서 더욱 무서운 자들이었다. 한시도 마음을 놓을 수 없을 정도로.

뒤늦게 정신을 차린 진성자가 빽 고함을 쳤다.

"조심들 하라고! 진짜 미친놈들은 상대하기가 까다로우니까!"

한편 전무심은 광인들이 나타났는데도 움직이지 않았다.

아직 나타나지 않은 자가 있다. 그것도 지금까지 나타난 자보다 월등히 강한 자가!

그러나 그가 움직이지 않는 이유는 꼭 그것만이 아니었다.

'네가 왔더냐!'

산꼭대기 쪽에서 익숙한 기운이 느껴진다.

몸으로 느껴지는 것이 아니다. 마음으로 느껴지는 것이다.

절대의 감각인 초감각! 바로 그것이 느끼고 있는 것이다!

백리군악, 바로 그가 왔다!

'네가 이곳까지 직접 오다니. 왜?!'

의문이었다. 그가 움직일 이유가 없다. 아무리 정천무맹의 무사들을 잡는 것이 중요하다 해도 그가 직접 움직일 정도의 일은 아니다.

그가 움직일 이유는 오직 하나.

'내가 왔다는 것을 알았단 말이냐?! 내가 살아 있다는 것을 네 눈으로 직접 확인하고 싶었더냐, 백리군악!'

아니라면 설명이 되지 않는다.

한데 어떻게 알았을까?

물론 그라면 자신이 천왕곡에 들어온 것을 알았을지도 모른다. 하지만 그가 아는 것은 전무심이지 천유옥이 아니다.

그때 문득 한 가지 생각이 뇌리를 후려쳤다.

'영안촌? 그렇군! 내가 영안촌에 들렀다는 것을 알아냈구나.'

작수에서부터 추적했다면 충분히 가능한 일이다.

더구나 혈곡의 일을 천왕교가 주도했다면 그 가능성은 더욱 커질 수밖에 없다.

자신이 영안촌에 들렀다는 것을 알아내고, 그곳에서의 일과 그 이후의 행적을 발자국 하나 남기지 않고 샅샅이 파헤쳤다면, 결국 자신이 천왕교로 향했다는 것을 알아내는 것은 그리 어렵지 않았을 것이다.

거기다 척이 아버지라도 만났다면, 전무심이 천유옥이라는 것까지 눈치 채는 것쯤은 식은 죽 먹기였을 게 분명했다.

'어쩌면 궁사한과 소미하란이 위험에 처했을지도 모르겠군.'

하지만 그렇다 해도 지금은 어쩔 수가 없었다. 눈앞의 일을 해결하는 것이 먼저였다.

그렇게 전무심의 표정이 차갑게 굳어져 갈 때다. 굽이진 곳에서 기다리고 있던 자가 나타났다.

붉은 기가 넘실거리는 눈빛. 뒷짐을 진 채 태연히 옮기는 걸음이 삼사 장에 달한다.

그를 본 전무심의 눈빛이 싸늘하게 번뜩였다.

'설마 헌원무강?!'

멀리서 본 적밖에 없지만, 집마원주 헌원무강이 분명하다.

한데 기이한 일이다. 아무리 봐도 정상이 아닌 듯하다.

비록 집마원이 백리군악에 의해 유명무실해졌다고 해도, 그는 천극마신 헌원무강이 아니던가! 그런 헌원무강이 제정신이 아니라니.

그러나 분명한 것은 그가 누구든 자신의 적이라는 것이었다. 그것도 지금까지 만난 적과는 차원이 다른 강적!

전무심은 혈안을 번들거리며 빠르게 다가오는 헌원무강을 향해 몸을 날렸다.

자신의 움직임을 알아챈 그가 고개를 든다.

거리가 순식간에 이 장으로 좁혀지고, 전무심의 손에서 시퍼런 벼락이 일렁이는 순간 천강벽월이 헌원무강을 덮쳤다.

"킬킬킬킬! 좋아! 아주 좋아!"

동시에 괴이한 광소를 흘리면서 쌍수를 들어 허공에 대고 흔드는 헌원무강이다.

일순간!

콰과광!

다른 곳의 격돌과는 비교도 안 되는 굉음이 절곡을 뒤흔들었다.

전무심의 신형은 다시 허공으로 떠오르고, 헌원무강의 몸뚱이는 절곡 바닥의 바위를 발목까지 파고들었다.

발을 빼내며 하늘을 올려다보는 헌원무강의 입에서 광소와 함께 분노에 찬 외침이 터져 나왔다.

"크하하하! 네놈이 감히!"

오 장 허공에서 떨어져 내리는 전무심의 표정이 더욱 깊게 가라앉았다.

'과연 헌원무강!'

평소의 그인지, 아니면 광기로 인해 더 강해진 것인지는 모르지만, 천왕대전의 장로와 호법들의 무위와는 차원이 다르다.

그러나 자신을 웃도는 실력 또한 아니다.

그렇다면 오늘의 운(運)이 그리 흉한 것만도 아니다.

쩡!

떨어지는 전무심의 손에 무정이 들리고, 허공을 길게 가르는 무정에서 시퍼런 검강이 주욱 뻗쳤다.

헌원무강의 시뻘겋게 물든 두 손에서도 가공할 경력이 미칠 듯이 소용돌이치며 하늘로 솟구쳤다.

쿠르르릉!

하늘과 땅이 낮고 깊게 울어댔다.

천지를 진동시키는 굉음은 들리지 않았지만, 그 충격은 두 사람 주위에 있던 모든 것을 파괴해 버렸다.

바위고, 초목이고, 반경 삼 장 내의 모든 것이 부서져 흩날렸다.

전무심은 십여 장 옆으로 날아 내리며 새삼 헌원무강의 무위에 놀라지 않을 수 없었다.

'생각보다 훨씬 더 강하다!'

신비에 쌓여 있는 천외비각의 노고수들을 제외하고 천왕과 일전을 결(決)할 수 있는 고수는 헌원무강뿐이라더니, 결코 허언이 아니었다.

'뜻밖의 장애물이군.'

아무래도 헌원무강을 처리하려면 시간이 걸릴 것 같다.

문제는 그럴 여유가 없다는 것이다.

광인들의 무위는 일행이 쉽게 상대할 수 있는 자들이 아니다. 더구나 숫자도 몇 배나 많다. 이대로 시간이 흐르면 십여 초가 지나기 전에 희생자가 나올 수밖에 없다.

하나가 무너지면 둘은 더 빨리 무너진다. 놈들이 힘을 합칠 테니까.

그리고 갈수록 무너지는 시간은 더욱 더 줄어들 것이다.

답답한 상황. 전무심은 무정을 쥔 손에 힘을 주었다.

바로 그때, 문득 헌원무강의 붉어진 눈이 보였다.

광기로 번들거리는 눈빛. 입가의 괴이한 웃음.

어디 헌원무강뿐인가? 광인들의 행동은 그보다도 더하다.

'확실히 뭔가에 정신이 제압당해 있어. 대체 무엇이 저자

를······.'

그때 문득 번개처럼 한 가지 가능성이 뇌리를 스쳤다.

'환락단?!'

충분히 가능한 일이다. 복용하면 고통을 모르고, 내공을 일이 할 정도 더 끌어 쓸 수 있다고 했다.

게다가 흑화령의 연락에 의하면, 다량의 환락단이 천왕교로 유입되었다 하질 않던가 말이다.

헌원무강이나 광인들이 환락단을 복용했다면 지금 상황이 이해가 간다.

그리고 산 정상의 백리군악.

모든 상황이 실타래 풀리듯 확연히 드러난다.

'백리군악! 역시 너답구나! 환락단을 이렇게 사용하다니!'

잠깐 생각에 잠긴 사이, 헌원무강이 다시 혈기를 뿜어내며 달려들었다.

"크크크크! 한 놈도 이곳에서 빠져나가지 못한다!"

광소를 터뜨리는 그의 두 손에서 사발만 한 시뻘건 혈구(血球)가 뻗어 나온다.

이미 적지 않은 내상을 입었을 텐데도 여전한 기세다.

전무심은 두 발이 바위에 뿌리내린 듯 그 자리에 굳건히 서서 무정을 내려쳤다.

순간! 다섯 자 길이의 시퍼런 검강이 혈구를 정면으로 후려쳤다.

콰앙!

일성 굉음이 울리며 헌원무강의 신형이 이 장 이상 튕겨졌다.

전무심도 그 반동을 이용해 삼 장을 물러섰다. 그리고 재빨리 상황을 살펴봤다.

그가 헌원무강과 부딪친 시간은 촌각에 불과했다. 한데도 그사이 상황은 빠르게 악화되고 있었다.

'이대로는 안 된다!'

전무심은 헌원무강과의 거리가 벌어진 틈을 타 늘어뜨린 왼손을 가볍게 틀었다.

순간 찰칵! 팔목의 고리가 풀리고, 스르르 차디찬 감촉이 미끄러지며 손안으로 빨려들었다.

찰나! 그의 손가락 사이에서 붉은 빛이 열십 자로 새어 나왔다.

'어쩌면…… 아버지가 남긴 힘을 써야 할지도 모르겠군.'

『천사혈성』 제5권 끝

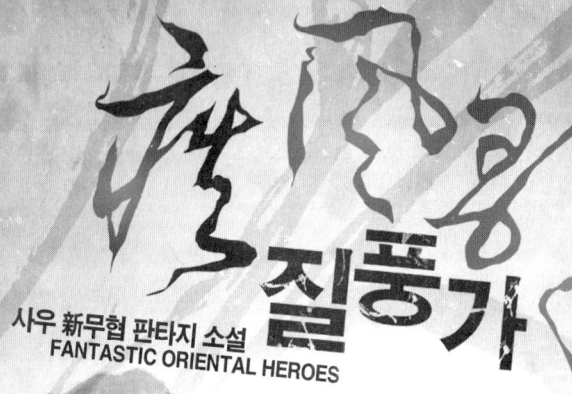

사우 新무협 판타지 소설
FANTASTIC ORIENTAL HEROES

이것은 바람처럼 질주하였던
한 사내의 이야기이다!

철혈의 무인은 아니었지만 호쾌함이 무엇인지를 아는 사내였고,
모든 이들이 그를 떠올릴 때면 미소를 머금었다.

이제 그의 이야기를 시작한다.

Book Publishing CHUNGEORAM

오딘 퓨전 판타지 소설
FUSION FANTASTIC STORY

SERVER

서버

"차원 관리자?"

"세상에 존재하는 수많은 차원들을 관리하는 사람이랍니다.
그리고 평생 보장직입니다. 특근수당, 야근 수당, 연금,
의료 보험, 아이들 교육비 모두 지원 됩니다!"

우연한 기회에 철밥통을 움켜쥔 사나이.
그러나 주어진 권능에 버금가는 버거운 의무.
괴로운 좌우충돌 관리자 인생의 시작이었으니…
이제 그가 원하는 것은 단 하나!!

"좀 상식적인 애들은 없는 거야?"

유행이 아닌 자유추구 -
WWW.chungeoram.com

Book Publishing CHUNGEORAM

초등학생이 반드시 읽어야 할 좋은 책 49권

각 학년별로 초등학생이 반드시 읽어야할 좋은 책을
선정하여 통합논술의 기본이 되는 '올바른 독서법'을
일깨워 줍니다.

교과서와
함께하는
초등학교 통합논술

초등1학년 | 값 12,000원 / 초등2학년 | 값 9,500원 / 초등3학년 | 값 11,000원 / 초등4학년 | 값 9,500원 / 초등5학년 | 값 9,500원 / 초등6학년 | 값 11,000원

♣ 혼자 할 수 있어요.

엄마가 책 읽는 방법을 가르쳐 주어도 좋아요.
독서지도하는 선생님이 가르쳐 주어도 좋답니다.
"초등 교과서와 함께하는 **통합논술 시리즈**"는
아이 스스로 독서할 수 있도록 꾸며진 책이에요.
엄마와 선생님은 요령만 가르쳐 주시면 된답니다.

♣ 교과서의 중요한 내용이 총정리되어 있어요.

각 학년별로 중요한 교과 내용이 함께 수록되어 있어요.
초등학생은 교과서 내용을 충실하게 공부해야 합니다.
아울러 그와 병행한 독서가 대단히 중요하지요.
"초등 교과서와 함께하는 **통합논술 시리즈**"는
두 가지 방법 모두 알려준답니다.

♣ 이 책은 훌륭하신 선생님들이 함께 쓰신 책이랍니다.

동화작가 선생님들이 쓰셨어요. 소설가 선생님도 쓰셨답니다.
국어 논술독서지도 선생님들도 함께 쓰셨지요.
"초등 교과서와 함께하는 **통합논술 시리즈**"는
엄마의 마음으로 모든 선생님들이 함께 꾸민 책이랍니다.

입소문을 통해 아는 분은 다 알고 계십니다!
올 한해 공인중개사 최고의 화제작!

1~2권 합본 | 이용훈 지음
3~4권 합본 | 이용훈 지음
5~6권 합본 | 이용훈 지음
용어해설 | 이용훈 지음

수험생 기본 필독서
만화 공인중개사

제목 : 만화공인중개사 쓰신 분에게 감사드립니다.

학원을 두 달 다녔어요. 근데 과연 그 숫자 외우기 그런 게 몇 문제나 나올까 생각을 했어요.
아니라는 생각이 드네요. 학원강의를 뒤로하고 서점을 갔어요. 내 머리에 가장 이해될 수 있는
책이 없나 하구요. 거기서 만화를 발견했어요. 무조건 세 번 봤어요. 3개월 걸렸어요. 문제집을 보라고
했는데 그건 시행을 못했어요. 근데 합격을 했네요.
어떻게 감사의 말을 해야 될지…….
도서관에서 만화책 들고 다니니까 사람들이 비웃더라구요. 만화책으로 공인중개사를 공부한다고
미친 사람처럼 보더라구요. 근데 그거 다 감수하고 했던 내가 자랑스럽습니다.
어떻게 감사의 말을 해야 할지… 정말 감사합니다.
부디 행복하세요. 제 나이 41살에 좋은 스승을 만난 것 같습니다.
엎드려 감사드립니다.